AF237447

Ina Hubert hat nach vielen Berufsjahren in der Entwicklungszusammenarbeit mit dem Schreiben begonnen. Ihr erstes Buch führt die Leser nach Italien. Als Soziologin und Sprachwissenschaftlerin interessiert sie sich für den gesellschaftlichen Wandel im 20. Jahrhundert.

Ina Hubert

Gesichter einer Ausstellung

Roman

Bibliografische Information der Deutschen Nationalbibliothek:
Die Deutsche Nationalbibliothek verzeichnet diese Publikation in der
Deutschen Nationalbibliografie; detaillierte bibliografische Daten sind
im Internet über http://dnb.dnb.de abrufbar.

© 2022 Ina Hubert

Lektorat: Veronika Weiss, Weiss-Texte Hamburg
Herstellung und Verlag: BoD – Books on Demand, Norderstedt

ISBN: 978-3-7543-2870-5

Inhaltsverzeichnis

Kapitel 1: Der Sonntag danach
Ende der Ausstellung – Verspätete Besucher:
Franziska, Paola, Alfred

Das wäre geschafft! Es ist ein wunderschöner Abend. Am westlichen Himmel deuten lila und rosa Streifen an, dass die Sonne gerade hinter der Bergkette versunken ist, die hinter dem ligurischen Bergdorf Villa den Talkessel abschließt. Etwas müde drückt Anna die beiden Flügel der verwelkten alten Holztür des alten Oratoriums (Bethaus) zu und bringt den Bügel des kleinen Anhängeschlosses in seine Stellung. Überglücklich und zufrieden schaut sie zurück durch den kleinen Schlitz der halb geöffneten Tür ins Innere. Der letzte Tag ihrer Fotoausstellung war noch einmal richtig anstrengend. Die Drahtvorrichtungen an der Decke und an den Wänden, an denen die 120 Jahre alten Fotografien befestigt waren, hatte sie am späten Nachmittag zusammen mit ihrem Partner Bernt, seiner Großnichte Sonny und anderen lieben Helfern abgenommen.

Sonny haben sie gerade unten in „ihrem" Küstenstädtchen am Tyrrhenischen Meer zum Bahnhof gebracht. Es sei himmlisch gewesen bei Onkel und Tante in Villa, und sie sei traurig abzureisen, hat sie mit einem verträumten Lächeln zum Abschied gesagt. Zwei Wochen hat sie im ligurischen Olivendorf oberhalb der Küste verbracht und kräftig mitgeholfen, die vergrößerten Aufnahmen aus dem vorigen Jahrhundert zu montieren, zu beschriften, im Oratorium sowie am Haus von Anna und Bernt aufzuhängen. Quer über der kleinen Gasse neben dem Haus hängt noch immer ein lebensgroßes Bild von einem jungen Mann, und man kann sich vorstellen, wie er vor vermutlich 120 Jahren eben diesen schmalen Weg heraufgestapft kam. Das Konterfei von zwei Damen steht am unteren Ende der Gasse vor dem heutigen „Schwedenhaus" auf einer Holzstaffelei. Und am Fuß der Rampe, die von der Piazza hoch zum Oratorium führt, wurde mit Hilfe einiger tüchtiger Nachbarn ein Banner mit Wegweisern zur Ausstellung angebracht. Bei all

7

diesen Arbeiten war Sonny eifrig und gelenkig, mit Nägeln, Hammer und Zangen bewaffnet, auf Leitern und an Hauswänden emporgeklettert, mehr oder weniger verstohlen bewundert von all den helfenden Männern. Besonders Stefano, der junge Sohn des Schlossers aus Annas italienischer Nachbarschaft, konnte sich kaum sattsehen an der hübschen, blonden Sonny und wachte sehr besorgt darüber, dass sie sich nicht verletzte, bei all den Kraxeleien. Sollte sich da etwas angebahnt haben? Sonny hatte immerhin einmal verschmitzt bemerkt, dass sie ihn sehr nett finde und er ihr ein wenig Italienisch beigebracht habe.

Annas und Bernts weite Reisen nach Afrika und Asien und ihre langjährigen Aufenthalte dort im Rahmen von Entwicklungsprojekten haben ihr Interesse und ihre Empathie für andere Gesellschaften und Traditionen befördert. Bereits als Kind hatte Anna ein ausgeprägtes Interesse für archäologische Ausgrabungen gezeigt. Ausgiebig hat sie in den Nachkriegstrümmern gewühlt, in der Hoffnung auf historische Funde zu stoßen. Stolz hat sie dann die eigenhändig ausgegrabenen und gesäuberten Steine, Scherben und Tierskelette in ein benachbartes Museum getragen und dem Museumswärter, der mittlerweile ihr heimlicher Freund geworden war, zum Auslegen dieser Funde zusammen mit den anderen Kostbarkeiten in den hübschen Glasvitrinen gebracht.

Das alles hat sich natürlich im Laufe der Jahre relativiert. Dem Sprachenstudium folgte nach einigen Jahren das Soziologiestudium, was ihr ermöglichte, zusammen mit Bernt, dem Stadtplaner, in die Welt zu ziehen und als soziologische Beraterin bei vielen Fachthemen der Entwicklungszusammenarbeit mitzuwirken. Nach 30 Jahren intensiver Auslandstätigkeit hatten beide den Wunsch, einen hübschen Ort in Ligurien zu finden, um sich eine Ferienbleibe am Mittelmeer zu schaffen. Sie fuhren zurück in den kleinen Ort Villa, den sie bereits in den Siebzigerjahren durch Besuche bei ehemaligen Nachbarn kennen gelernt hatten. Sie hatten Glück und fanden dort das Haus ihrer Träume. Hier verschmolzen die Erinnerungen an Afrika und Asien in wundersamer Weise. Viele der warmherzigen, lauten und mitunter chaotisch erscheinenden Verhaltensweisen der Ligurer erinnerten sie an Afrika, die Olivenhaine auf steinigen Terrassen und die steilen Mauleselpfade an Nepal.

Seitdem in ihrem Nachbarhaus – genannt das Schwedenhaus – vor einem Jahr antike Fotonegative auf Glasplättchen mit alten Dorfansichten und Porträts gefunden worden waren, ist viel passiert. Ein Dorfverschönerungsverein mit dem klingenden Namen „Villa im Herzen" wurde gegründet und widmet nun dem Dorf und seiner Geschichte viel Aufmerksamkeit. Anna hat gerade noch einmal die Eintragungen im Gästebuch gelesen. Was könnte man daraus schließen? Vielleicht hat sich im Dorf etwas verändert, vielleicht ist etwas wachgerüttelt, wieder zum Leben erweckt worden? Es ist, als würden lose Enden langsam wieder zusammenwachsen. Viele Personen der Vergangenheit, ihre Geschichten und damit ein Teil der Seele dieses Dorfes scheint wieder lebendig geworden zu sein. Etwa 40 Besucherinnen und Besucher aus der Küstenregion, den umliegenden Dörfern und sogar aus Deutschland sind seit der Ausstellungseröffnung am letzten Sonntag hierhergekommen. Die lokalen Besucher haben Anna an die alten Einwohner und deren Geschichten erinnert. Auch daran, wie sich das Dorf verändert hat, wie schon vor Jahrzehnten Scharen von Einwanderern zu den Olivenbauern hinzugekommen sind, sie auch teilweise – das muss man schon sagen – ersetzt haben. Die alte Generation liegt auf dem Friedhof, die jüngere Generation ist an die Küste gezogen. Neue Zuwanderer kamen aus Nord- und Süditalien, später aus Nordeuropa und sogar aus Nordafrika. Außer Italienern leben hier heute Schweizer, Dänen, Norweger, Schweden, Engländer, Marokkaner, Deutsche. Ein buntes, internationales Dorf ist mittlerweile hier entstanden, wo vor hundert Jahren noch ein von der Welt abgeschnittenes Olivendorf lag, das mit viel Tradition, innerer Kultur und Zusammenhalt gesegnet war, von wo aber auch viele junge Nachkommen, besonders in der ersten Hälfte des letzten Jahrhunderts, auf der Suche nach Arbeit und dem urbanen Leben ausgewandert sind. Was blieb, sind die bäuerlichen Häuser, die

Dorfkirche und das Oratorium, alles in bester Lage dem Meer zugewandt.

Wie ein schlafender Drache liegt das Dorf auf einem Bergrücken und streckt sich von oben nach unten und von Norden nach Süden dem Meer entgegen. Um im Bild zu bleiben, könnte man sagen, dass sein langer, dünner Leib aus dicht aneinander gebauten Häusern und Schuppen besteht. Oben, wo der Bergrücken breiter wird und in die Berge übergeht, die das Dorf wie eine weites, zum Meer hin offenes Amphitheater umgeben, hat der Drache seine Hinterbeine nach rechts und links ausgestreckt und seinen dünner werdenden Schwanz in dem Bergwald über dem Dorf versteckt. Dort sind nur noch wenige Reste von alten Hütten und Stützmauern aus jenen Zeiten zu finden, als noch Oliventerrassen bewirtschaftet wurden. Seinen Kopf hat der Drache unten auf die letzte kleine Anhöhe gelegt, wo der Bergrücken steil ins Tal abfällt; so hätte er eine schöne Aussicht auf das Mittelmeer, wenn er mal blinzeln würde.

Hinter seinem Hals sitzt die Kirche wie ein Reiter in seinem Sattel und sorgt dafür, dass der Drache schön ruhig bleibt und den Einwohnern kein Ungemach bereitet. Vor der Kirche liegt die Piazza, auf die man kommt, wenn man mit dem Auto von dem Hauptort Casaldi ins Dorf hinauffährt. Ein Teil dieses Dorfplatzes wird, wie in vielen italienischen Dörfern, als Parkplatz genutzt. Wer sich auskennt, kann über eine steile Rampe bis auf den Kopf des Drachen fahren; dort gibt es in Miniaturausgabe dieselbe Szene noch einmal: auf dem Kopf reitet hier das Oratorium und davor gibt es wieder eine Piazza, dieses Mal wesentlich kleiner, aber ebenfalls genutzt als Parkplatz. Von hier kommt man nur zu Fuß weiter und gelangt über die typischen engen Gassen zu einigen der großen alten Häuser, die sich die etwas wohlhabenderen Olivenbauern vor ungefähr 300 Jahren in bester Lage und mit kleinen Nutzbauten und Gartenterrassen an den Seiten mit Sicht aufs Meer erbaut haben.

Vom Vorplatz des Oratoriums sind es nur etwa 50 Meter bis zu Annas und Bernts Haus, das man sich wie die linke Schläfe des Drachen vorstellen könnte; jedenfalls kann Anna aus dem Arbeitszimmer sehr schön auf das Meer und ins Tal hinunterschauen. Der Blick nach rechts wird von der Nase des Drachen bzw. einem Nachbarhaus begrenzt. An dieses schließt sich ein großer Block von weiteren Nachbarhäusern an; eines davon bildet die rechte Schläfe des Drachen, das einst von dem Schweizer erworben wurde, der als erster ausländischer Immobilienkäufer das Dorf „entdeckt" hatte – so ähnlich wie Kolumbus einstmals West-Indien.

Von außen gesehen macht das alte Bethaus aus der Barockzeit einen eher nichtssagenden Eindruck. Das rechteckige Gebäude mit seinen

alten Mauern, dem abblätternden Putz, dem grauen Dach und den kleinen eckigen Luken im oberen Bereich an den Seitenwänden öffnet sich zu dem kleinen Vorplatz hin. Dort steht seit mindestens 100 Jahren, das kann man aus alten Fotos schließen, ein alter Mandelbaum. Eine meistens halb geöffnete, zerfurchte Holztür und ein rostiges Gitter geben den Blick frei in sein Inneres. Ein halbmondförmiges Fenster über dem Eingang wirft ein schwaches Licht hinein, am gegenüberliegenden Ende schließt eine Apsis mit einem ähnlich geformten Fenster über einem Altar den Raum ab. Man erkennt außer ein paar bunten Fresken an der Decke und Engelchen aus bröckelndem weißem Stuck vor allem Risse und Spuren von grünem Schimmel. Dieses Bethaus stammt aus dem 16. Jahrhundert und ist älter als die eigentliche Dorfkirche. Es ist der Heiligen Franziska von Alessandria gewidmet.

11

Die wunderschöne bemalte Holz-Statue dieser Heiligen, eine würdige Darstellung einer Frau in kostbarer Kleidung, die früher einmal Bestandteil und Schmuck des Oratoriums war, steht heute in der Hauptkirche, ein paar Dutzend Meter weiter auf dem Dorfplatz.

Die wesentlich größere Kirche ist in ihrem Erscheinungsbild ebenfalls schlicht, hat aber einen später angebauten, etwas gedrungenen Glockenturm mit einem orange-roten Dach. Diese Dächer haben hier in der Gegend oft die Form eines Zwiebelturms, aber dieser gleicht eher einem Kürbis. Jede Stunde erklingt eine scheppernde Glocke, und man fragt sich, aus welchem Metall sie wohl gegossen ist. Man fühlt sich an die Filme über Don Camillo und Peppone erinnert, aber leider gibt es hier keinen mutigen Priester mehr und erst recht keinen kommunistischen Bürgermeister; ein reisender Priester hält nur bei Bedarf die Messe und ein Bürgermeister

sitzt im Rathaus, im Hauptort der Kommune, Casaldi, circa drei Kilometer entfernt. Allerdings ist diese Kirche innen überaus prächtig ausgestattet, was jeden Besucher überrascht und in Staunen versetzt. Auch sie stammt aus dem 16. Jahrhundert, ist allerdings ein paar Jahre jünger als das Oratorium. Man weiß heute, dass beide Kirchen sowie etliche kleinere Kapellen am Rande des Dorfes und in den Oliventerrassen von ortsan-

12

sässigen Olivenbauern eigenhändig finanziert und errichtet wurden. Dabei gilt es zu bedenken, dass Einnahmen früher allein aus Oliven und Öl erzielt wurden. Hier, etwa 350 Meter über dem Meer lebten vor 300 Jahren um die vierhundert Menschen, die ganz auf den Olivenanbau angewiesen waren. Heute sind es nur noch circa vierzig dauerhaft hier Wohnende und saisonweise etliche Ferienhausbesitzer und deren Besucher. Das Leben der früheren Einwohner war eng mit den religiösen Festen und ihren schönen Kirchen verwoben. Dort wurden Kinder getauft und Tote beklagt, Heilige verehrt, Ehen geschlossen, dort wurde gesungen, gelitten und gefeiert. Lokale Pfarrer dokumentierten viele Begebenheiten und berichteten über Jahre hinweg die kleinen Ereignisse an ihre Bischöfe. Diese und andere Niederschriften aus Archiven, die Freunde des Dorfes ausgegraben und verfügbar gemacht haben, sind Quellen der Enthüllungen und Geschichten, aus denen Anna schöpfen konnte und die sie sehr inspiriert haben, sich in das frühere Leben der Menschen hier hineinzudenken.

Vor ca. 100 Jahren hatte ein begabter Fotograf aus dem Ort, Bernardo, das Leben der früheren Einwohner von Villa in hervorragender Weise in seinen schwarz-weißen Bildern festgehalten. Bernardo war ein in Turin ausgebildeter Ingenieur und Hobby-Fotograf zugleich. Es zog ihn immer wieder ins Dorf zurück, wo er wie ein Chronist Familienmitglieder und Dorfeinwohner ablichtete. Die Fotos zeigen Porträts von Frauen und Männern, wie sie in ihrer besten Kleidung, sozusagen im Sonntagsstaat, vor ihren Häusern stehen, wie sie auf den Feldern arbeiten, wie sie ihre Kinder zur Taufe festlich geschmückt haben oder wie sie ihre kleinen Babys – das war damals üblich – eingewickelt haben. Sie zeigen ganze Familien in ihren Innenräumen, wie sie bei Brot und Wein am Tisch sitzen oder vor ihren massiven Holzbetten stehen. Auf anderen Bildern zeigt der Fotograf, wie die städtische Bevölkerung in den Küstenstädten lebte und arbeitete und wie sie das Strandleben um die Jahrhundertwende genoss. Diese Schwarz-Weiß-Fotos auf Glasnegativen hat Bernt abfotografiert und dadurch digitalisiert. Danach hat er sie fototechnisch bearbeitet und vergrößert. Gemäß einiger schriftlicher Hinweise des Fotografen Bernardo datieren sie von 1895 bis 1900. Für die Ausstellung haben Anna und Bernt die Ablichtungen auf weißes Papier geklebt, um sie besser an den von der Decke hängenden Installationen im Oratorium befestigen zu können. Die baulichen Veränderungen im Dorf haben Anna und Bernt versucht, anhand von Bildkopien aus einem Album aus den Sechzigerjahren, das auf Tischen ausliegt, und von eigenen Vergleichsfotos aus der Gegenwart einzufangen. Außerdem ist am Eingang neben der Türe eine alte Katasterkarte angebracht, anhand derer man ehemalige Ortsnamen identifizieren kann. Und im Fonds des Oratoriums hängen ein paar fotografische Ansichten von Gegenden, die Anna und Bernt nicht identifizieren konnten – sozusagen als Rätselbilder.

Die Anmerkungen im Gästebuch zeigen, dass die Ausstellung sehr von den Besuchern geschätzt wurde, Erinnerungen in ihnen wachgerufen hat und sie wirklich Freude daran hatten, aber auch, dass sich neue Fragen stellten, zum Beispiel wie die jüngere Generation mit diesem internationalen Feriendorf in Zukunft umgehen wird, ob sie die sich eröffnenden neuen Gelegenheiten konstruktiv aufnehmen oder sich vom Dorf ganz abwenden wird.

„Grazie per l'impegno che avete messo per ricreare la storia di questo villaggio e aver riaffiorato i ricordi del paese. La mostra è stata bella e interessante!"

„Danke für die Mühe, die Sie aufbrachten, um die Geschichte dieses Dorfes wieder ins Bewusstsein zu rufen und um die Erinnerungen der Gegend zu bebildern. Die Ausstellung ist schön und interessant!"

„Ciò che per noi è ‚scontato‘, agli occhi di tanti ‚stranieri‘ diventa meravigliosamente interessante. E quasi una magia, di cui vi ringraziamo."

„Was für uns normal erscheint, wird in den Augen vieler Fremder wunderbar interessant. Das ist beinahe magisch, dafür danken wir euch."

14

„Non avrei mai immaginato tanto amore per questo piccolo ma grande paese. Grazie, mille volte grazie."

„Ich hätte mir nie vorstellen können, dass jemand so viel Liebe für diesen kleinen, aber großartigen Ort aufbringen könnte. Danke, tausend Dank."

„Veramente un grazie infinito per la vostra sensibilità. Un regalo per le nuove generazioni."

„Wir danken euch wirklich unendlich für eure Sensibilität. Ein Geschenk für die neuen Generationen."

„Complimenti vivissimi per il grande lavoro e l'eccezionale risultato. Grazie per avercelo presentato e per aver conservato tanto prezioso materiale."

„Großes Kompliment für diese großartige Arbeit und das erreichte Resultat. Danke, dass ihr uns das vorgestellt und so viel wertvolles Material für uns aufbewahrt habt."

Franziska, das Bild und der Fotograf

Annas Nachbarin Franziska, die schöne blonde Hanseatin, kommt gerade aus dem ‚Hamburger Haus' die Gasse herauf zum Oratorium gelaufen. „Ciao, Anna, wo sind die Bilder, die du mir schenken wolltest?", ruft sie ihr zu. – „Ich habe sie auf dem Tisch für dich zusammengerollt, ich hole sie dir rasch."

Anna hatte noch am Samstag einen Aushang gemacht mit dem Angebot, dass am Ende der Ausstellung die ausgestellten Bilder verschenkt werden können. Dieses Schild war zwar im Laufe der Ausstellung auf merkwürdige Weise von der Außenseite der Holztür verschwunden, aber Franziska hatte sich dennoch an das Versprechen erinnert.

15

Anna händigt Franziska die Bilder aus, die sie und ihre Kinder sich ausgesucht haben und in ihrem Haus aufhängen wollen. „Franziska, du hast dir eines der schönsten Porträts der Ausstellung ausgesucht. Falls ich mal ein Buch herausgebe, käme dieses Foto sicherlich auf die Titelseite", fügt Anna hinzu. Franziska schlägt vor, zuhause zusammen mit den Kindern das Bild nochmals anzuschauen und zu entscheiden, wo es hängen soll.

Es zeigt ein älteres Paar mit zwei Kindern und dem für die Region typischen schwarz-weiß gefleckten Jagdhund, der auf einem Stuhl sitzt, vor der Hauswand eines gemauerten bäuerlichen Hauses. Die beiden Erwachsenen, wohl die Eltern der Kinder, wenden sich etwas schräg zur linken Seite und schauen aus dem Bild hinaus, während das kleine Mädchen zu ihren Füßen und der Hund direkt in die Kamera blicken. Der Mann trägt einen etwas knittrigen, schwarzen Anzug mit Weste, ein weißes Hemd ohne Kragen und einen Hut, fesch nach hinten gerückt. Er ist hager, hat fülliges dunkles Haar und einen Schnurrbart. Sein linkes Bein ist nach vorn gestellt, die rechte Hand hält das Revers seiner Jacke. Über der linken Schulter hängt ein Gewehr, und mit der Hand hält er den Hund am Halsband fest. Er sieht noch jugendlich aus, lächelt mit geschlossenen Lippen. Seine Frau, etwas kleiner als er, wirkt ein wenig verhärmt. Sie trägt ein langes dunkles Kleid mit einer Brosche am Hals, die Haare zu einem Dutt aufgesteckt. Ihre Lippen sind leicht geöffnet, und ein bescheidenes Lächeln huscht über ihr Gesicht. Im rechten Arm hält sie ein schlafendes Kleinkind, das ein Spitzenhäubchen und ein hell kariertes weites Kleidchen mit einem weißen Kragen trägt. Unter dem Kleid schaut ein weiteres Stück Spitze hervor. Die Hand der Frau ruht auf den Schultern ihrer etwa vierjährigen Tochter, die vor ihr steht. Das kleine Mädchen trägt eine Schleife im zurückgekämmten langen Haar. In seinem hellen Kleidchen und den hoch geschnürten Lederstiefeln, im Arm eine Puppe, steht es stramm da und schaut etwas erstaunt, fast ängstlich mit großen Augen in die Kamera.

16

Die Familie steht vor der Fassade eines bäuerlichen Steinhauses; man erkennt Fenster, eine Türe und kunstvoll gemauerte Torbögen.

Anna und Franziska setzen sich gemütlich auf die kleine Terrasse über dem Torbogen und legen das Bild vor sich auf den Tisch. Franziskas große Tochter schaut ihnen interessiert über die Schultern. „Wie süß die Kleine aussieht und wie sie angezogen ist!" ruft Franziskas Tochter. „Wisst ihr, wer das Mädchen ist?" fragt Anna. „Nein", antwortet Franziska, „sag bloß, das ist jemand aus dem Dorf, den wir noch kennen?" „Nicht direkt", erwidert Anna, „aber vielleicht erinnerst du dich an eine gewisse Giovanna, eine kleine ältere Dame, die ab und zu mit ihrem Mann im Sommer für ein paar Tage herauf kam in einem alten Fiat? Sie wohnte in dem weißen Anbau drüben am Ende der Reihe der Häuser in der kleinen Gasse neben dem Oratorium. Das kleine Mädchen auf deinem Bild ist nämlich Giovannas Mutter, die Erwachsenen sind ihre Großeltern. Sie lebten damals in dem ursprünglichen bäuerlichen Haus, das neben dem Anbau steht. Dieses Haus wurde inzwischen umgebaut, aber die alten Bögen und Mauern kommen noch zum Vorschein. Hier auf dem Bild steht die Familie genau davor", erklärt Anna. „Ach ja, die alte zierliche Giovanna, ich weiß, wen du meinst", sagt Franziska. „Ich habe erst kürzlich mit einem ihrer Söhne gesprochen, der seine Ferien jetzt öfters mit seiner Familie in dem weißen Anbau verbringt."

„Genau", sagt Anna, „es gibt zwei Söhne; einen von ihnen habe ich auch mal getroffen und nach seiner Familiengeschichte gefragt. Da hat er mir ein wenig über seine Mutter und seine Großmutter erzählt. Giovannas Mutter stammte aus einer ortsansässigen Familie mit dem Nachnamen, den früher fast alle Einwohner hier hatten. Sie hatte schwere Zeiten durchzustehen. In den Kriegsjahren hat sie alleine als junge Frau mit ihrer Tochter im Dorf gewohnt und ein paar Zimmer vermietet. Sie war eine Frau, die schon früh aus dem Dorf hinaus strebte, was in der damaligen Zeit für eine Frau eher eine Seltenheit war. Sie zog an die Küste, verliebte sich in einen mobilen Händler aus Italiens Süden und folgte ihm auf seinen Verkaufstouren. Dann wurde Giovanna geboren, aber die Beziehung zu dem Händler war leider gescheitert. Giovannas Mutter kam zurück ins Dorf und zog ihre Tochter alleine auf. Ihre eigenen Eltern, die alten Herrschaften hier auf dem Bild, waren bereits früh gestorben. Das alles erzählte mir Giovannas Sohn, der bestätigte, dass er dieses herrliche Familienporträt auch selbst besitzt." Nachdenklich schauen Anna und Franziska das Bild an und versuchen, sich in die Zeit des Fotos, aber auch in jene der Kriegsjahre hineinzuversetzen. „Man stelle sich vor, in jener Zeit eine alleinerziehende Mutter in einem abgelegenen Olivendorf zu sein", meint Franziska. „Ich möchte nicht in ihrer Lage gewesen sein." „Ja, das war sicher nicht einfach", pflichtet Anna ihr bei. „Und wohin soll nun das Foto, Franziska?" „Ich glaube, hier im Esszimmer neben dem Buffet hätte es einen guten Platz. Was meinst du?", fragt Franziska. Sie laufen hinüber und probieren es aus. „Ja, prima", pflichtet ihr Anna bei und schlendert zurück zur Ausstellung.

Über die Identität des Fotografen, der dieses Bild und die anderen wundervollen Aufnahmen gemacht hatte, war Anna und Bernt zunächst wenig bekannt, außer dass er der Onkel einer sehr alten Frau namens Franca war. Diese hatten sie sogar noch kennengelernt, als sie in den frühen Siebzigerjahren ab und zu im Dorf ihre Ferien bei Freunden verbracht hatten, die ein Haus hinter der Dorfkirche aufgebaut hatten. Franca lebte in einem Teil des Häuserkomplexes an der Vorderseite des Dorfes. Sie kam in langen schwarzen Kleidern zu Fuß die Gassen heraufgestiegen, auf dem Kopf ein Bündel geschnittenes Gras für ihre Ziege. Auch der Vorbesitzer in Franziskas Haus, Volker, ein Künstler aus Hamburg, hat sie noch kennengelernt, als er in den frühen Neunzigerjahren sein Haus erstand. Es war die alte Franca, die Volker angeblich stolz erzählte, dass sie einen Onkel hatte, der ein ‚ingegnere' (Bauingenieur) war und als Junge eine klösterliche Schule in einer großen Küstenstadt besucht hat. Er hatte stets viele Fotos gemacht hat, von denen sie einige wie einen teuren Schatz in einer Holztruhe aufbewahrte. Das war Bernardo.

18

Bernardo war also ganz offensichtlich in einem jener Häuser des großen quadratischen Komplexes groß geworden, deren Besitzer heute zum Teil Franziska und ihre Familie, zu einem anderen Teil die Nachkommen des ersten Hauskäufers aus der Schweiz und zu wieder einem anderen Teil neuerdings eine schwedische Familie ist. Er war eines der wenigen Dorfkinder, das für damalige Verhältnisse ziemlich privilegiert war, denn seine Erziehung und Ausbildung fielen doch sehr aus dem Rahmen, ungewöhnlich für eine Bauernfamilie aus diesem Dorf. Einige seiner Fotos erlauben kleine biografische Einblicke – ein paar Bilder zeigen zum Beispiel Padres in Kutten, was auf seine Schulfreunde und seine Nähe zur Kirche hindeutet. Andere zeigen städtische Gebäude und das Strandleben in der Küstenstadt unterhalb der Dörfer, was vermuten lässt, dass er zum Stadtmenschen geworden war. Keines der Fotos jedoch zeigt ihn selbst; nur einmal hatte er sich selbst als Schatten abgebildet. Und auf einigen Bildern verrät ein an die Wand gehängter Hut irgendwo am Bildrand seine heimliche Handschrift – ganz offensichtlich hatte Bernardo Humor!

Auf jeden Fall muss er den Menschen in dem heute noch original vorhandenen Gebäudekomplex der in einem Block aneinandergebauten Häuser in Annas Nachbarschaft viele Besuche abgestattet haben, davon zeugen all jene Bilder, die in der Ausstellung gezeigt werden. Einige seiner feinen Aufschriften auf den Kartons mit den Glasnegativen zeigen, dass er seine eigenen Eltern, Brüder, Schwestern, Neffen und Nichten und eventuell Besucher und Nachbarn abgelichtet hatte. Die Mauern und Arkaden des großen Gehöfts zur Meeresseite hin dienten ihm oft als willkommene Kulisse, vor denen viele der Familienmitglieder posieren mussten. Auch der Eingang zu einem der Gebäudeteile am unteren Ende der Gasse, direkt gegenüber der Ecke von Annas Haus, ist auf einigen Fotos klar wiederzuerkennen.

Paola, ihre Familie und die neue Heimat

Von der anderen Seite kommt Paola die Rampe von der Piazza herauf und hält ein Stück zerknäultes Papier in der Hand. „Habt ihr das vielleicht verloren? Es lag unten auf der Straße", fragt sie. „Oh ja, das ist das Plakat, das ich an die Tür geheftet hatte. Vielleicht hat es der Wind weggeweht", sagt Anna. Es ist tatsächlich das verloren geglaubte Plakat mit dem Angebot an die Besucher, sich nach der Ausstellung Fotos abzuholen. Offenbar hatte der Wind es von der Eingangstür losgerissen. Anna hatte schon Schlimmeres vermutet, womöglich hatte es jemand abgenommen? Vielleicht gab es Widerstände gegen diese Ausstellung, vermutete sie. Die Besucher waren begeistert, aber wer wusste schon so genau, wie manche Dorfbewohner wirklich reagierten.

Die Ausstellungsvorbereitungen hatten nämlich ergeben, dass es eine andere Chronistin der Dorfgeschichte gab. Carmela, Paolas Tochter, hatte vor vielen Jahren zusammen mit Freunden ein Album mit Familienfotos aus dem Leben der Dorfbewohner zusammengestellt und es „Per non dimenticare" (Um nicht zu vergessen) genannt. Sie verband damit einen liebevollen, emotionalen Appell, der auch als Text im Album vermerkt ist, die Erinnerung an die alten Einwohner mit Respekt zu bewahren. Der Text lässt darauf schließen, dass sie dieses Dorf sehr liebt und das langsame Verschwinden der alten Einwohner und der Dorftraditionen zutiefst bedauert. Es lässt auch vermuten, dass sie die Verwandlung des Dorfes zu einem Feriendorf überwiegend für Ausländer nicht als nur vorteilhaft erfahren hat.

Das Album enthält eine etwas wild zusammen gewürfelte Ansammlung von Familienfotos, Dorfansichten, Prozessionen, Hochzeiten, vor allem aus den Fünfziger-, Sechziger- und Siebzigerjahren. Dabei werden die damaligen Bewohner meistens mit ihren Ruf- und Spitznamen vorgestellt. Diese sind entweder Hinweise auf ihre Berufe, ihre Herkunft, ihre väterliche Familie, oder es sind einfach Verniedlichungen oder Verulkungen ihrer ursprünglichen Namen, z.B. il calzolaio (der Schuster), il

Piemontese (der Mann aus Piemont), Giannollu (der kleine Hans). Für Außenstehende, die diese Menschen nicht kennen, heißt es, eine schwere Nuss zu knacken, wenn man herausfinden will, wer die einzelnen Personen waren und in welcher Beziehung sie zueinanderstanden, denn sie trugen beinahe ausschließlich den gleichen Nachnamen. Nur ein „di" (von) in Verbindung mit einem anderen Vornamen z.B. Federico di Niccolò, verrät, dass Niccolò der Vater von Federico war. Oft führt einen das aber auch nicht weiter im Verständnis der Verwandtschaftsverhältnisse der Familien untereinander. Für Ausländer ist es ein Puzzlespiel, doch für Einheimische ein genauer Hinweis dafür, mit wem man verwandt ist und vor allem, wie die Gebäude- und Geländeteile einmal vererbt wurden. Die später zugewanderten italienischen und ausländischen Dorfbewohner spielen in dem Album verständlicherweise kaum eine Rolle.

Carmela selbst gehört nicht zu den alteingesessenen Dorfbewohnern, sie kam in den Achtzigerjahren zusammen mit ihrer Familie aus Kalabrien, die hier eine neue Heimat suchte. In der Zeit nach dem 2. Weltkrieg waren schon immer viele Wanderarbeiter aus dem verarmten Süden und aus dem benachbarten Piemont in die Olivendörfer gekommen, um im Winter bei der Olivenernte zu helfen. Manche fanden hier die Liebe ihres Lebens, verheirateten sich und blieben, andere kehrten jedes Jahr zurück. Oft war die Liebe im Spiel, so auch bei Carmelas Bruder Raffaele, der zunächst alleine als Arbeitssuchender für eine Saison gekommen war. Er verliebte sich in eine junge Frau, die heute noch in Annas Nachbarschaft lebt. Damals war sie ein Mädchen aus der nahe gelegenen Hafenstadt. Als er zurückkam, brachte er seine gesamte Familie mit.

In der Ausstellung wollte Anna zunächst ausschließlich die gefundenen Fotos von Bernardo aus den Jahren 1895-1900 zeigen. Die ursprünglich teilweise beschädigten und verstaubten Glasnegative, in Zigarettenetuigroße Pappschachteln verpackt, waren nach einiger Zeit des Vergessens während eines Umbaus im heutigen Schwedenhaus wieder aufgetaucht.

Da die neuen Besitzer des Hauses nichts damit anzufangen wussten, hatten sich Bernt und Anna der Glasnegative angenommen. Bei den vorsichtigen, eigenhändigen Entwicklungsmaßnahmen kam eine wunderbare Sammlung antiker Aufnahmen zum Vorschein, für die damalige Zeit von großartiger fotografischer Qualität. Sie wollten diese gerne einem größeren Publikum vorstellen.

Auch war es Anna seit Langem schon ein Anliegen, ein stärkeres Bewusstsein für die Geschichte der Menschen im Dorf zu schaffen, den wunderbaren alten Bauernhäusern und Mauern wieder Leben einzuhauchen und bei Besuchern einen größeren Respekt vor der schwierigen Existenz und dem Wirken seiner ehemaligen Bewohner hervorzurufen. Schließlich wohnten sie in den alten Gemäuern, deren schiefe Winkel, Ecken, Anbauten und Kanten viele Geschichten zu erzählen schienen. Dies war ihr deshalb so wichtig geworden, weil sie den Funktionswandel und die Veränderung des Dorfes von einem armen, auf den Olivenhügeln versteckten und schwer zugänglichen Dorf, in herrlicher Lage über dem Meer, hin zu einem Feriendorf mit ständig wechselnden Besuchern aus aller Welt darstellen wollte. Die damit verbundenen sozialen Veränderungen schienen ihr besonders interessant. Da die meisten Kurzzeit-Besucher heute hauptsächlich am Strandleben und ihren eigenen familiären oder gruppendynamischen Aktivitäten oder aber an ausschließlicher Ruhe in den alten Häusern und auf den Terrassen interessiert sind, fehlt ihnen oft der Zugang zur Geschichte des Dorfes. Sie zeigen wenig bis kein Interesse für die zugegebenermaßen kaum noch sichtbare alte Dorfkultur. Dafür gibt es bisher leider auch kaum Angebote oder Anregungen im Dorf. Diese Veränderung und die Ignoranz vieler Touristen schmerzen Anna schon lange und haben sie dazu geführt, über eine Ausstellung nachzudenken, die an die Alltagskultur der Bewohner erinnert.

Die Aufnahmen in dem besagten Album von Carmela hatten Anna bereits zu einem früheren Zeitpunkt fasziniert, hauptsächlich jene aus den Sechziger- und Siebzigerjahren. Sie fühlte sich inspiriert, mehr

22

über die Häuser und ihre Bewohner herauszufinden. Carmelas Album bot wirklich einen reichhaltigen Einblick in das damalige Leben und Treiben im Dorf. Man konnte aus den Bildern viele Geschichten erahnen, wenn man sich bemühte. Carmela hatte sich einen großen Verdienst erworben mit diesem Kompendium, das nun für alle verfügbar war und das mehr bot als etwa die eigenen vergilbten Fotos in der Kommodenschublade der eigenen Großmutter. Anna hatte die im Album erwähnten biografischen Daten und Namen der dargestellten Personen gründlich studiert, sich auf dem Friedhof um Ergänzungen bemüht und einige Geschichten der einheimischen und später zugezogenen Bewohner gesammelt. Sie fand dabei zwar kaum Verbindungen zu den viel älteren Aufnahmen von Bernardo, war aber dennoch der Meinung, dass einige von Carmelas gesammelten Fotos eine ideale Ergänzung wären, um in der Ausstellung den sozialen Wandel des Dorfes zu illustrieren. Sie hatte dabei nicht vordergründig an Porträts oder Familienfotos gedacht, sondern an Aufnahmen, die einige der sich im Laufe der Jahrzehnte verändernden Strukturelemente des Dorfes zeigen, zum Beispiel die Piazza, bestimmte Gassen und Häuser, charakteristische Ecken, einige besonders prominente Bäume, die Illustrierung der Wirtschaftsweise und der damals lebendigen Traditionen der Einwohner.

Anna hatte ursprünglich die Idee, um Carmelas Mithilfe zu bitten, um einige Fotos aus dem Album zu vergrößern und aktuellen Bildern der Situation von heute gegenüberzustellen. Da Carmela dies aber leider abgelehnt hatte, zum Teil mit der Begründung, die Fotos dürften nicht weiterverwendet werden, das habe sie den Eigentümern versprochen, bat Anna ein paar Freunde, ihr deren Alben für die kurze Zeit der Ausstellung zur Verfügung zu stellen. Auf diese Weise konnte Anna mehrere Exemplare des Albums auf einem großen Tisch auslegen, um so mit einigen Hinweisen eine visuelle Ergänzung der baulichen Veränderungen im Dorf für die Zuschauer zu schaffen. Einige Aufnahmen von Baulichkeiten, ohne irgendwelche Personen zu zeigen, hat Bernt zudem abfotografiert, vergrößert und neben eigenen aktuellen Aufnahmen der gleichen Situation gehängt.

Carmela ist eine eigenwillige Persönlichkeit. Ihr äußeres Erscheinungsbild ist das einer eher androgyn wirkenden, durchaus attraktiven, jungen Person. Sie versteckt ihr Äußeres unter leger sportlicher Kleidung und einer Schirmmütze, die sie stets trägt, sodass man Augen und Mimik nur erahnen kann. Sie arbeitet als Hausmeisterin, manchmal Pflegerin in privaten Haushalten. Man sieht sie aber auch oft im Dorf, wo sie unter Einsatz all ihrer physischen Kräfte und etlicher schwerer Gerätschaften Gärten, Straßenränder und leere Grundstücke umgräbt, säubert und Berge von abgeschnittenem Laub verbrennt. Wenigstens einmal am Tag überquert sie mit ihren vielen Hunden die Piazza an der Kirche und führt sie im umliegenden Gelände spazieren. Ab und zu fährt sie mit ihrem kleinen Jeep die enge Bergstraße zum Nachbarort entlang, wobei sie kurz hupt und winkt, wenn sie an einem vorüberfährt.

War es möglich, dass Carmela versucht hatte, die Ausstellung zu boykottieren? Vielleicht war das Entfernen des Plakats ihre kleine heimliche Strafaktion gewesen? Anna und Bernt konnten und mochten sich dies nicht vorstellen. Anna vermutet dennoch, dass Carmela sich vielleicht in ihrer Ehre gekränkt fühlte, denn wie konnten Fremde es wagen, Bilder aus dem Leben der einheimischen Bevölkerung in einer großartig angekündigten Ausstellung zu zeigen? Wie konnten sie sich anmaßen, etwas von der lokalen Kultur verstanden zu haben? Und wieso haben sie nicht respektiert, dass die Familien aus dem Dorf, die ihr, Carmela, die Bilder ihrer Liebsten für ein eher ‚intimes‘ Album zur Verfügung gestellt hatten, nicht wünschten, öffentlich ausgestellt zu werden? Vielleicht hatte Carmela ja Recht, dachte Anna und wir haben uns hiermit etwas angeeignet, eine Grenze überschritten, etwas gewagt, was die einheimische Bevölkerung zwar höflich gutheißt, aber im tiefsten Herzen verletzt? Wie das Plakat auf die Straße gelangt war, konnte letzten Endes nicht geklärt werden. Aber die Tatsache, dass Paola, die

Mutter von Carmela, das Plakat eben vorbeigebracht hat, lässt Anna spekulieren, dass zumindest sie die Ausstellung wohlwollend zur Kenntnis genommen hat. Anna hofft, dass sie irgendwann noch einmal Gelegenheit hat, ausführlicher mit Carmela über ihre Vermutungen zu sprechen.

„Danke, Paola", sagt Anna und nimmt das Schild entgegen. Es hat ja nun seine Schuldigkeit getan. Paola geht am Oratorium vorbei und steuert auf das Hamburger Haus zu. Sie wird wohl bei Franziska vorbeischauen, denn die beiden sind gut befreundet. Paola schaut öfters nach Franziskas Haus, wenn diese nicht da ist. Jetzt wird sie sie wahrscheinlich begrüßen wollen.

Alfred und seine Feriengäste

Alfred, Annas und Bernts schwedischer Nachbar aus dem Haus unterhalb ihres eigenen, schlendert am Oratorium vorbei. „Did you see the exhibition?", fragt ihn Anna. Schließlich war er es, in dessen Haus die Glasnegative gefunden worden waren. „Yes, quite nice", ist sein Kommentar. Dabei kann Anna sich nicht erinnern, dass er auch nur einen Fuß in die Ausstellung gesetzt hat. Er wohnt gerade bei einer Freundin im Oberdorf und trägt kurz ein paar Taschen hinunter zu seinem eigenen Haus. Bereits sein Schwiegervater Jan, der als erfahrener Architekt die Umbauarbeiten an dem Schwedenhaus geplant und überwacht hat, hatte Anna davon in Kenntnis gesetzt, dass seine Tochter und sein Schwiegersohn wenig Interesse an historischen Sachverhalten oder dem Leben der anderen Dorfbewohner zeigten.

Als Jan zu Beginn der Bauzeit wieder einmal aus Schweden in einer Tag-und-Nacht-Fahrt bis nach Ligurien durchgebraust war und man in dem Haus noch nicht übernachten konnte, wohnte er ein paar Tage in Annas Gästeapartment. Das von ihm geplante neue alte Haus nahm immer mehr die Gestalt eines Landhauses im Toskana-Stil an, mit gepflasterten Terrassen auf mehreren Niveaus, wenig Grün, keinem Baum, kaum Schatten, einem offenen Duschplatz unter einer hölzernen Vorrichtung, einem Ständer aus Holz mit Drähten zum Wäscheaufhängen, einem Deko-Mühlstein, einem Essplatz mit Grillanlage im Freien, ebenfalls ohne Überdachung.

Als Anna eines Abends bei einem Glas Rotwein mit ihm zusammen auf ihrer eigenen Terrasse saß, erzählte er dann ein wenig von sich. „Ich habe viele Projekte in Italien", begann er seine Ausführungen und steckte sich die fünfte Zigarette des Abends an. „Einige in der Toskana, zwei in der Emilia Romagna und nun schon drei in Ligurien." Anna machte ein erstauntes Gesicht, was er offensichtlich sehr genoss. „Und was machst du da?", fragte sie neugierig. Er zog tief den Zigarettenrauch ein, reckte sich etwas und berichtete weiter. „Ich sehe mir Ruinen von Häusern und Anwesen an und plane den Umbau dafür. Dann gehe ich zu den Gemeinden und beantrage alle Genehmigungen. Das Material stelle ich dann ins Internet und verkaufe so die Häuser oder Grundstücke im Projektzustand." „Aha, und was hat das für einen Vorteil?", fragte Anna. „Das ist äußerst attraktiv für die Käufer, es erspart ihnen die Lauferei zu den Behörden, und sie haben damit bereits eine genehmigte Bauplanung", antwortete Jan. „Ich biete auch die Bauüberwachung an. Es macht mir alles solchen Spaß, glaub' mir. Weißt du, ich arbeite ja jetzt nicht mehr in Vietnam, diese Italienprojekte füllen mich voll aus. Nur noch fünf Wochen im Jahr verbringe ich in Schweden, die meiste Zeit reise ich in Italien herum und suche nach neuen Projekten." „Das klingt ja wirklich spannend. Wie viele solche Projekte hast du denn schon verkauft?", fragte Anna. „Na ja", fügte Jan hinzu, „bei einem Projekt hat ein Interessent neulich angebissen, viele andere sind noch im Entwurfsstadium. Aber Alfred, mein Schwiegersohn, kümmert sich dann um das Marketing. Er ist eigentlich sehr erfolgreich; ich hoffe, dass es mit dem Interessenten klappt."

„Was hast du denn in Vietnam gemacht? Leider kennen wir Vietnam gar nicht; wir waren zwar sechs Jahre in Asien und haben dort von unserem Arbeitsplatz aus viele Länder besucht, aber in Vietnam waren wir leider nie", sagte Anna. „Ich habe dort für einen Investor einen großen Vergnügungspark entworfen; das war ein Projekt, das über viele Jahre lief. Aber leider ist nichts daraus geworden, die Investoren sind irgendwann abgesprungen." „Oh, so ein Mist", sagte Anna. Sie räumte das Abendessen ab und gemeinsam schauten sie noch einmal von oben auf das werdende Hausprojekt, dann gingen sie alle zu Bett. Als Anna später am nächsten Tag das Gästeapartment aufräumte, fand sie Zahnpasta, eine angebrochene Flasche Duschgel, einige Zigarettenkippen im Aschenbecher und eine halbe Flasche Rotwein. Ein Vermächtnis von Jan, dem Architekten. Er war bereits wieder abgereist.

Sein Schwiegersohn und seine Tochter, die das Haus seit etwa zehn Jahren besitzen, vermieten es die meiste Zeit. Nur zu Anfang haben sie es ab und zu selbst genutzt. Dann gab es nächtliche Partys mit Unmengen von Besuchern, was für die Anwohner, unter anderem Anna und Bernt, nicht immer einfach zu ertragen war. Besucher aus Lateinamerika entfachten nächtliche Lagerfeuer, was in den Sommermonaten wegen der Trockenheit und der Brandgefahr eigentlich verboten ist. Yogagruppen hielten ihre „Retreats" im Haus und auf der großzügigen Terrasse ab, was ja normalerweise ruhig verläuft, aber in diesem Fall wurde dazu relativ laute Musik gespielt. In einem Fall gab es am Ende der Yogaübungen mit wenig Körperbekleidung auch schon mal pikante erotische Szenen. Es gab merkwürdige Gruppen junger Männer, die in einem aufblasbaren Swimmingpool Shisha-Partys veranstalteten. Mitunter flogen auch schon mal Drohnen über die Köpfe von Anna und Bernt hinweg, als sie gerade auf ihrer Terrasse frühstückten, was auch kein angenehmes Ereignis war. Anna hatte sich sogleich gründlich bei den Touristen drüben beschwert und gebeten, dies zu unterlassen.

Natürlich ist dieses Anwesen mit seiner großen Terrasse auf drei Ebenen – im Toskana-Stil – für Familien mit Kindern ein ideales Ferienhaus. Alfreds Marketing preist ein enorm großes Anwesen mit Raum für große Gruppen an. In einigen Fällen hatte er damit aber wohl zu viel versprochen, denn einige Gruppen, die hier ankamen, waren so groß, dass die Räumlichkeiten gar nicht ausreichten und sie schnell wieder abreisten. Dies alles geschieht mit Fernsteuerung durch Alfred und seine Frau. In anderen Ferienhäusern im Dorf, die an Touristen vermietet werden, läuft das anders. Dort sind die Vermieter zumindest zum Zeitpunkt der Vermietung vor Ort und sorgen dafür, dass die Gäste sich zurechtfinden und sich wohlfühlen. Nicht so im Fall von Alfred, er hat mittlerweile die zweite Hausmeisterin-cum-Vermieterin angestellt, die aus der Ferne per Telefon oder Mail über die Ankunft der Gäste unterrichtet wird und dafür zu sorgen hat, dass alles pünktlich, sauber geputzt und hergerichtet an die Mieter übergeben wird. Der ersten Hausmeisterin war gekündigt worden, aus Annas Sicht grundlos und unerwartet, was zu einem schweren Zerwürfnis zwischen Alfred und einigen der alteingesessenen Familien geführt hatte.

Plötzlich fährt ein Mini-Van mit französischer Nummer, offensichtlich ein Mietwagen, die Rampe herauf auf den kleinen Platz vor dem Oratorium, wo Anna gerade noch steht. Fünf kreischende Amerikanerinnen mittleren Alters steigen aus. „Oh, your exhibition was wonderful, we loved it; this place is paradise", rufen sie Anna begeistert zu und tragen ihre Habseligkeiten die Gasse hinunter zu Alfreds großzügigem Ferienhaus. Die Amerikanerinnen waren zwei Tage zuvor einmal durch die Ausstellung gerauscht. Jetzt bereiten sie sich auf ihre Abreise vor; sie haben zwei Wochen in dem Haus gewohnt. Alfred selbst, der gerade ausnahmsweise auf Kurzbesuch im Dorf ist, hat sich, weil sein Haus vermietet ist, bei einer Bekannten im Oberdorf einquartiert. Bei ihrer Ankunft hatten die Amerikanerinnen eine Regenbogenfahne auf der Terrasse gehisst, wohl als Zeichen für Liberalität und Diversität. Schön, aber da das Haus am vorderen Ende des Dorfes und am Ende einer Sackgasse liegt, fragte sich Anna, wem gegenüber sie damit ihre Einstellung zum Ausdruck bringen wollten, denn hier kommt in der Regel kein Dorfbewohner vorbei. In der Folge schauten sie morgens, mittags und abends begeistert aufs Meer und sprühten ihre Freude von der

Terrasse aus in die Bergluft. Anna und Bernt bekommen das alles hautnah mit, denn wenn sie aus ihrem Wohnzimmerfenster aufs Meer schauen, liegt diese Terrasse direkt unterhalb ihrer Nase und ist mangels einer Überdachung oder schattenspendender Bäume für sie voll einsehbar. Bei der Abreise laden die Damen große Mengen zu viel eingekaufter Burrata, Basilikum-Pesto, dicke Tomaten, Parmaschinken und Limoncello, alles wofür Ligurien bei wohlsituierten Bürgern in den USA berühmt ist, bei Anna und Bernt ab.

So donnern alle zwei bis drei Wochen Rollkoffer die enge Gasse hinunter oder herauf und kündigen neue Gäste an. Anna findet, dass Feriengäste in dieser Form tatsächlich im Wortsinn Fremdkörper im Dorf sind. Vielleicht wollen sie ja anonym bleiben und niemanden treffen oder kennenlernen, aber so sind sie auch sich selbst überlassen, kommen nicht in den Genuss, als Gäste empfangen und bewirtet zu werden oder freundlich eingewiesen und mit nützlichen Hinweisen versehen zu werden. Ist Reisen in die Fremde, wo man sich ja als Gast aufhält, so ein Gewinn für alle Beteiligten? Gäste und Gastgeber hätten unter anderen Bedingungen wirtschaftlich und sozial wesentlich mehr voneinander, mehr Kontakte, mehr Informationen, mehr Wertschätzung. Diese Art der Fremdvermietung ist hier im Dorf noch ein relativ neues Phänomen, und man weiß nicht, wohin es noch führen wird. Man stelle sich vor: Irgendwann ist dies ein leeres Dorf, und der Zutritt zu den Häusern wird durch Tasten und per Mobilfunk ermöglicht – das ist andernorts bereits so. Hier gibt es viele Ferienhausbesitzer, die Ruhe, Glück und Freude in ihrem eigenen Zuhause suchen. Hauptsächlich Familienangehörige oder Freunde werden als Gäste empfangen. Viele der Ferienhausbesitzer sprechen relativ gut Italienisch und haben sich mit den Einheimischen angefreundet. Einige leben hier dauerhaft, verbringen mehrere Monate ihrer Ferien im Dorf, so auch Anna und Bernt. Diese neuere Form der Kommerzialisierung des Besitzes der alt-ehrwürdigen Dorfhäuser ist eine Entwicklung des neuen Jahrtausends, die sich zu Annas Bedauern immer mehr auszubreiten scheint.

Kapitel 2: Montag
Beginn der Ausstellung – Erster Hauskauf durch Ausländer
Besucher – Marco, Signora Grazietta

Von der Existenz der alten Fotos wusste Anna schon länger. Nachdem sie und Bernt Anfang der Neunzigerjahre ihr italienisches Haus gekauft hatten, hatten sie einen Maurer namens Federico mit einigen Umbauten beauftragt, die von Vincenzo, dem ‚geometra' (Katasterbeauftragter der Kommune) vorher genehmigt worden waren. Federico hatte schon viele alte Bauernhäuser in den umliegenden Dörfern renoviert und kannte sich gut aus. Mit der Zeit wurde er den beiden ein guter und loyaler Freund. Viele Jahre, solange er noch rüstig war, war er auch der Schlüsselverwalter des Hauses. So manches Missgeschick wie geplatzte Abwasserrohre, überlaufende Siphons und die unangenehmen Folgen davon hat er im Fall ihrer Abwesenheit mit beherztem Einsatz repariert und beseitigt. Auch in dem großen Komplex des Nachbarhauses hat er viele Umbauten vorgenommen, im Auftrag der Schweizer Besitzer, die bereits seit den frühen Sechzigerjahren dort die ersten ausländischen Hausbesitzer waren. Als Federico die ehemalige Küche der mittlerweile verstorbenen Bäuerin Franca, die noch lange hier in den Gemäuern gelebt hatte, leerräumte und renovierte, fand er die Truhe mit den alten Glasnegativen und zeigte sie schon damals heimlich Anna. Er wusste, dass sie sich für solche Dinge interessierte. Danach stand die Truhe lange unentdeckt in irgendwelchen Nebenräumen herum.

Aber als vor ein paar Jahren Alfred und seine Frau den Schweizern einen Teil des großen Komplexes abkauften, tauchte die Truhe mit den antiken Fotos plötzlich in einer Kellerecke wieder auf. Alfreds Schwiegervater Jan verwandelte gerade den ehemaligen, seitlich angrenzenden kleinen Garten mit Zisterne, Weinlaube, Rosmarin und ein paar Sträuchern, nach den Wünschen der jungen Generation in mehrere übereinander angeordnete Terrassen. Der Toskana-Stil wollte nach Ansicht von Anna und Bernt nicht so recht hierher passen. Die Terrassen boten

30

nun keinen Schatten und keinerlei Sichtschutz mehr, zum Beispiel nach oben hin, wodurch sie für Anna und Bernt voll einsehbar waren. In Ligurien haben Baustil und umgebende Landschaft einen anderen Charakter, es gibt entweder einen ans Haus angrenzenden kleinen Garten mit Kräutern, reichlich blühenden Sträuchern und einigen Obstbäumen, oft auch einen Innenhofgarten oder versteckte Balkons und Terrassen, meist von blühenden Pflanzen bewachsen. Große Gemüsegärten liegen eher am Rande des Ortes. Für Ausblicke und Verweilen fanden die Olivenbauern nicht wirklich Zeit und Muße, die Blicke und die frische Luft hatten sie schließlich täglich auf ihren Oliventerrassen.

Jan hatte nun die Glasnegative in einem Keller neben diesen neuen Terrassen gefunden, sie zunächst mit nach Schweden genommen, dann aber unverrichteter Dinge wieder zurückgebracht. Als er mit Anna und Bernt ganz offen darüber redete und deren Interesse bemerkte, überließ er sie ihnen sofort. Er hatte ja bereits versichert, dass seine Kinder daran kein Interesse hätten.

Anna und Bernt hingegen nahmen sie mit Begeisterung entgegen. An einem Nachmittag packten sie sie im Beisein von Freunden am Küchentisch aus. Die kleinen Schachteln mit dem wertvollen Inhalt im Format 9 x 12 cm waren braun, verschimmelt, angefressen und verstaubt. Vorsichtig öffneten sie sie, wischten den Staub von den Glasnegativen und staunten nicht schlecht über das, was sie da zu Tage förderten. Der

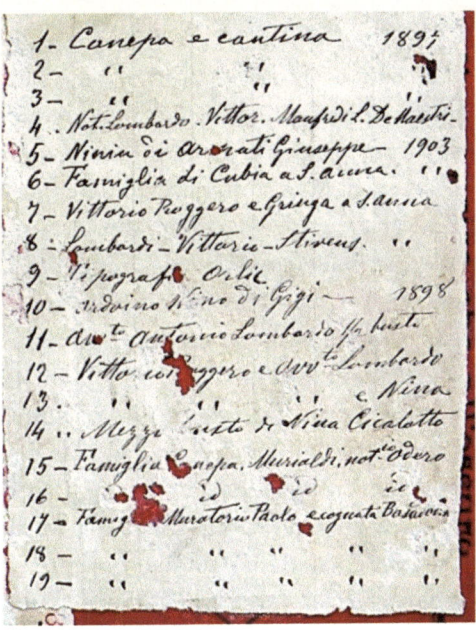

31

Fotograf hatte jeden kleinen Karton sorgfältig in schmalen Federstrichen beschriftet. Dort standen die Namen von Personen, Orten, Landschaften und Jahreszahlen. Als Anna aber versuchte, sie zu entziffern und mit dem Inhalt zu verbinden, merkte sie, dass der Inhalt der Kästchen leider nicht immer mit den Beschriftungen übereinstimmte. Längst hatte jemand die Deckel vertauscht und die darin enthaltenen Fotos durcheinandergebracht. Einmal entdeckte sie die Jahreszahl 1895, ein anderes Mal 1900; das gab ihr die Sicherheit, dass die Aufnahmen mehr als 100 Jahre alt waren. Die Motive selbst waren zunächst vor lauter Staub und Schmutz kaum zu erkennen. Nach einer sanften Reinigung mit kleinen Pinseln hielten sie die feinen Glasnegative gegen das Licht und entdeckten darauf Abbildungen von Menschen vor Steinmauern oder drapierten Teppichen. Der Fund war großartig! Nach einer langwierigen und sorgfältigen Bearbeitung sind Anna und Bernt nun glücklich, die vergrößerten Fotos heute, am ersten Tag der Ausstellung nach der gestrigen Vernissage, in voller Schönheit an den Wänden des Oratoriums hängen zu sehen.

Wie sieht es nun im Oratorium aus? Anna schreitet es nochmals ab, um alles zu überprüfen: Nach dem Betreten des Gebäudes kann man neben der Türe zunächst die alte Kataster-Karte mit der Anlage des Dorfes bestaunen. Man kann dort studieren, wie auf dem Bergrücken die alten Häuser angeordnet waren, alte Orts- und Gewannnamen, Wege und Maultierpfade von vor 120 Jahren entdecken. Beim weiteren Rundgang den Pfeilen auf dem Stein-Fußboden folgend wird man von der Eingangstür bis in die Apsis des Oratoriums und von da wieder zurück an die Eingangstüre geführt. Nach dem Eintreten können die Besucher zunächst einige vergrößerte Fotos von Gebäuden aus Carmelas Album betrachten. Auf diese Weise hat man die Möglichkeit, die Situation von „damals" um 1900, jene in den Sechzigerjahren und „heute" im 21. Jahrhundert zu vergleichen. Die Bilder waren zu den Themen Gassen, Plätze, Dorfleben, Berufe und Lebensunterhalt gruppiert. Das Album selbst liegt auf einem großen Tisch aus, sodass sich die Besucher dort allen

Aufnahmen widmen können. Auf den Ständern in der Raummitte kann man die Porträts einiger Einwohner um 1900, vorwiegend im Dorfquartier des Fotografen, bestaunen. Bernardo hatte viele seiner Zeitgenossen kunstfertig vor den Gewölben und Mauern des großzügigen Hauskomplexes aufgenommen.

Über die Anordnung der Bilder im Oratorium hatte sich Anna lange den Kopf zerbrochen und viele Skizzen angefertigt. Auch Bernt und seine Großnichte Sonny hatten viele Vorschläge, die sie dann gemeinsam umsetzten. Am Altar des Oratoriums mit seinen gedrehten leider sehr baufälligen Säulen waren Bernardos fantastische schwarz-weiß Aufnahmen von alten knorrigen Olivenbäumen zusammen mit eigenen Oliven-Impressionen aufgebaut. Über die Jahre hatte Anna Hunderte von solchen Fotos aufgenommen, weil sie von den Olivenbäumen und -

terrassen so begeistert war und festhalten wollte, wie sie im Laufe der Jahreszeiten immer wieder ihr Gesicht verändern. Es ist bezaubernd schön, wie sie, umgrenzt von alten Steinmauern und umwickelt von Olivennetzen, wie Akteure auf einer Theaterbühne auftreten. Die großen farbigen Netze, die im Herbst vor der Olivenernte unter den Bäumen ausgebreitet werden, wirken wie zarte mehrfarbige Wolken; im Frühjahr nach der Ernte, wenn sie zusammengerollt an den Bäumen befestigt werden, denkt man an Waldelfen und Gnome, die einen tanzenden Reigen aufführen. Die verhüllten Terrassen, aus denen die knorrigen alten Bäume inmitten der alten Mauern herausschauen, se-

33

hen zu verschiedenen Tageszeiten und je nach einfallendem Licht immer wieder wie Zaubergestalten aus. Ebenso verwandeln die bunt und wild aufgeknoteten Stränge und Knäuel der Netze im Frühjahr und Sommer die Bäume in merkwürdige Figuren; man glaubt wirklich, ein Hexentheater zu sehen. Wenn dann im Frühjahr noch unendlich viele wild blühende Blumen und Gräser hinzukommen, könnte man vermuten, dass ein versponnener Künstler hier seine Hand im Spiel hatte.

Bernt hatte noch eine hübsche Idee gehabt. Die Fotos mit Motiven von Orten, die überhaupt nicht zuzuordnen waren, hatte er auf einer „Rätseltafel" zusammengestellt. Dort sollten die Besucher raten, wo sich das jeweilige Motiv ihrer Meinung nach befindet. Wenn dieses Spiel regen Zuspruch findet, könnte man am Ende der Ausstellung auf kleinen Kärtchen an einer Pinnwand ablesen, was die Besucher über die von Bernardo aufgenommenen Motive vermuten oder sogar herausgefunden haben.

Auf dem Rückweg zur Tür wird der Blick der Besucher auf die weitere Umgebung des Olivendorfes gelenkt, nämlich auf die Küstenstädtchen mit ihren Badeständen und der mediterranen Gründerzeitarchitektur. Der Fotograf, der ein Stadtbewohner geworden war, verstand es auch, wie ein Chronist die Freizeitaktivitäten und das professionelle Leben an der Küste festzuhalten. Menschen in lustiger Strandkleidung, aber auch fein sonntäglich herausgeputzt, posieren um 1900 am Meeresstrand, vor ihren Booten, vor Eisenbahnbrü-

cken, vor Strandkabinen. Die Bilder sind interessant und auch teilweise skurril. Man erkennt deutlich, dass der Fotograf seine „Objekte" dirigierte, er zeigte ihnen genau, wie sie sich hinzustellen oder hinzulegen hatten, Vorder- und Hintergrund sind perfekt gestaltet. Auch diese Bilder sind von erstaunlicher Klarheit und Schönheit; man könnte viele Geschichten daraus ablesen und dazu erfinden, aber Anna und Bernt hatten sich entschlossen, ihr Interesse zunächst auf die Geschichten aus ihrem Dorf zu richten.

Am Vortag hatten sie die Ausstellung feierlich eröffnet, die Vernissage war ein großes Ereignis gewesen. Im Garten vor der unteren kleinen Wohnung ihres Hauses hatten sich internationale und einheimische Freunde und Bekannte eingefunden. Darunter waren auch geladene Gäste und deren Angehörige, die ihnen über die Jahre viel mit dem Aus- und Umbau geholfen haben: die Tochter ihres früheren Maurers Federico; Vincenzo, der ‚geometra' (Landvermesser), der ihnen damals auch die Erlaubnis erteilt hat, eine Treppe vom Garten zur Terrasse im 1. Stock zu bauen; der Schmied Emilio, der alle Gitter, Gartentore, Rankgerüste und Geländer geschmiedet hat; der marokkanische Maurer Ahmad, der vor Kurzem die Stützmauern und die unteren Terrassen repariert hat; der Klempner, der alle Rohre im Hause kennt und der Elektriker, der ihnen bei der Einrichtung der Kücheninstallationen und später beim Einbau der Gasheizung geholfen hat.

Um elf Uhr eröffnete der ‚sindaco' (Bürgermeister), ein junger dynamischer Rechtsanwalt, der mit Charme und einer gewissen Eleganz sein Amt im ‚municipio' des Hauptortes Casaldi ausübt, mit einer schwungvollen, frei gehaltenen Rede den offiziellen Teil. Er hat die Initiative vom ersten Tag an unterstützt und schließlich sogar ein paar Helfer geschickt, um das arme Oratorium auszuräumen, das die Kommune bis zu dem Zeitpunkt als Lagerraum für ihre Plastikstühle, Straßenschilder und Absperrgitter benutzt hatte. Sogar der alte Steinfußboden wurde mit einem großen Staubsauger ordentlich gereinigt. Die Ausstellung ist sogar offiziell als Auftakt zum Sommer-Festival angekündigt worden, das aber längst seinen Charakter als musikalisches und künstlerisch wertvolles Ereignis verändert hat. Während seiner Rede reichte Annas Freundin Dorothea den Besuchern Pizzahäppchen und Prosecco. Anna war sehr stolz und glücklich, dass ihr Traum nun Wirklichkeit geworden war, und ihre nachfolgende Rede verriet ein wenig ihre Vorfreude, ihre innere Erregung und auch eine gewisse Eitelkeit, die in ihr aufkamen. Anna richtete ebenfalls ein paar Worte in italienischer Sprache an die Gäste – sie hatte eine Freundin gebeten, ihre Rede zu übersetzen, denn so sicher war sie sich in ihrer eigenen Sprachkenntnisse nicht. So hob sie feierlich an, sich bei dem Sindaco zu bedanken und die Gäste zu begrüßen.

„Liebe Gäste, lieber Bürgermeister,
es ist uns eine ganz besonders große Freude, Sie heute hier begrüßen zu dürfen. Warum diese Ausstellung? Der vordergründige Anlass ist, dass wir vor genau 25 Jahren dieses Haus gekauft haben. Es hat uns sofort gefallen, weil es eine so traumhaft schöne Lage hat. Der Blick von hier ist zu jeder Jahreszeit bestechend schön, das blaue Meer im Sommer oder das silberne Meer im Winter, der Ausschnitt dieser Bucht mit dem Blick auf die anderen Dörfer hier oben, auf die Küste, auf die Oliventerrassen und den Himmel mit seinen ständig wechselnden Wolkenbildern – das ist einfach paradiesisch. Aber auch die Architektur dieses Dorfes mit seinen alten Steinhäusern strahlt einen besonderen Charme aus. Die ‚cantine' (ebenerdige Lagerräume mit Gewölben) und ‚frantoio' (Ölmühlen), die Lage der Häuser, an den Hängen, auf Felsen oder auf dem Berggrat thronend, die gemauerten Terrassen, die Bögen und Gewölbe, die Gärten und Oliventerrassen unterhalb der Wohnhäuser, die Kirchen, Kapellen und Plätze, die ‚mulattiere' (Maultierpfade) – überall spürt man noch, wie das Dorf früher einmal pulsierte.

„Und immer noch quaken nachts die Frösche in den Zisternen, immer noch gibt es Glühwürmchen, immer noch läuten von ferne die Glöckchen der Kühe und Ponys oben auf dem Berggrat. Immer noch drehen Bussarde und Falken ihre Kreise hoch oben in den Lüften. Immer noch schrauben sich morgens weiße Qualmwölkchen in den Himmel, wenn die Bauern das abgeschnittene Gras und Laub auf den Oliventerassen verbrennen. Immer noch hört man das schnarrende Geräusch von Motorsensen von den umliegenden Feldern und Terrassen. Vieles ist noch übrig aus der fernen Zeit, aber vieles hat sich auch völlig verändert. Viele Fremde besitzen oder mieten heutzutage die modernisierten bäuerlichen Häuser und kommen, um hier ihre Ferien zu verbringen. Sie kommen mit Begeisterung, aber gehen wieder, oft ohne jeglichen Kontakt mit den Bewohnern oder ohne Kenntnis der einstigen Lebensgewohnheiten, vielleicht mit einer Ahnung, häufig aber ohne jegliches Interesse, ein bedauerliches Phänomen in unserer schnelllebigen, konsumorientierten Zeit.

„Der andere Anlass ist, dass vor 120 Jahren ein Bewohner der Häuser in der Via Mare, Bernardo, neben seinem Beruf als Ingenieur, das Hobby des Fotografierens für sich entdeckte und dies beinahe professionell betrieb. Diese Fotos seht ihr gleich im Oratorium.

„Ein dritter Anlass ist, dass wir mit diesem kleinen Ereignis den Bewohnern des Dorfes dafür danken wollen, dass wir hier sein dürfen, so vieles über all die Jahre entdecken und genießen durften und noch dürfen. Wir sind hier immer gut aufgenommen worden, haben viel Hilfe erhalten, freundschaftliche Kontakte geknüpft und fühlen uns hier sehr wohl, irgendwie ein bisschen zuhause. Das ehemalige Dorf, in dem noch vor 120 Jahren die meisten Bewohner den gleichen Namen trugen, ist dank der vielen alten und neuen Hausbesitzer und Bewohner, die neben Italienern aus Ländern Nordeuropas, aber auch aus Nordafrika, hierherkamen, zu einem Ort mit internationalem Flair geworden, zumindest im Sommer. Es ist ein Ort voller Harmonie und Solidarität, wenn es auch ab und zu Meinungsverschiedenheiten aufgrund der hier gelebten mannigfaltigen Lebensweisen gibt.

„Dies alles und der Fund der alten Fotos haben uns zu dem Entschluss geführt, diese Ausstellung zu organisieren, die wir hiermit eröffnen.

Eine Woche lang werden wir sie im Oratorium vormittags und nachmittags zeigen. Wir hoffen, dass Sie, liebe Gäste, die Kunde weitertragen und vielen Freunden davon erzählen, sodass auch eventuell Freunde und Nachkommen der Familien, die hier gelebt haben, schauen, ob sie ihre Verwandten auf den Bildern von 1898 finden oder erkennen können. Tipps und Hinweise sind sehr willkommen, Klebezettel und ein Gästebuch liegen aus. Sie sind herzlich eingeladen, sie zu nutzen und uns Kommentare zu schreiben. Vielen Dank."

Bernt betonte anschließend in seiner kleinen Rede, die sein Freund aus dem Tessin und Mitbesitzer des Hauses für ihn dolmetschte, noch einmal, dass er und Anna hiermit ihren Dank für die wundervolle Aufnahme in die Dorfgemeinschaft zum Ausdruck bringen wollten, denn schließlich sei dies für uns Deutsche keine Selbstverständlichkeit.

„70 Jahre nach Kriegsende sind wir Ferienhausbesitzer in einem italienischen Dorf über der Mittelmeerküste und verbringen wie viele andere hier unseren jährlichen Urlaub. Aber man darf nicht vergessen", fügte er hinzu, „auch hier sind die Menschen von den Kriegsereignissen vor 75 Jahren nicht verschont geblieben. Auch hier sind Bomben gefallen, auch hier sind Menschen, die sich in den Bergen und Dörfern versteckt hielten, von deutschen und italienischen Faschisten verfolgt und teilweise vernichtet worden. Das haben wir nicht vergessen, auch wenn darüber nicht gerne und nur selten geredet wird."

Nach diesem kurzen Blick auf den unrühmlichen, aber nicht zu verleugnenden Teil der Geschichte, die Deutsche mit Italienern teilen, ging die Feier dann aber bald in fröhliches Geplauder über, und alle erhoben ihre Gläser auf ein gutes Gelingen. Nach dem Anstoßen waren die Gäste eingeladen, sich kurz hinaus auf die Gasse und auf den Weg nach oben ins Oratorium zur Ausstellung zu begeben.

Am Abend trafen sich alle noch einmal im Dorfrestaurant. „Salute" und „Cincin" klang es aus jeder Ecke. Im Vorgarten gab es zunächst den ‚aperitivo' und ein paar Snacks. „Oh when the saints go marching in ...",

„You are my sunshine..." und vieles mehr gab die Dixieland-Band zum Besten. Neben sechs Musikern spielte dort auch Annas Freundin Dorothea mit. Als einzige Frau saß sie auf einem kleinen Hocker und erzeugte mit einer Art Metallrechen auf einem originalen Waschbrett den typisch schrägen Dixie-Rhythmus. Ab und zu griff sie auch zum Megaphon, unterbrach das Schrammeln auf dem Waschbrett und sang mit ihrer sonoren Stimme die bekannten Refrains. Uns allen stieg bereits der Alkohol zu Kopf und der Rhythmus fuhr uns in die Beine. Zum Festabend begaben wir uns auf die Restaurantterrasse und genossen das vom Koch Marco bereitete leckere Menü. Zwischen den verschiedenen Gängen gab es natürlich weitere Musikeinlagen. Der Abend wurde immer beschwingter, die Gäste tanzten zwischen Stühlen und Tischen auf der kleinen rauen Tanzfläche. Jüngere Paare und solche wie unsere Schweizer Hausmitbesitzer, die trotz reiferen Alters schlaksig und jugendlich wirken, legten einen flotten Boogie auf das nicht vorhandene Parkett. Marco schaute fröhlich aus dem Küchenfenster und klopfte mit dem Kochlöffel den Takt auf das Fensterbrett, seine Frau und die Serviererin jonglierten in Tanzschritten mit den Tellern durch die Reihen. Es war ein sehr vergnügter Abend.

Heute Morgen verlässt Anna fröhlich und leicht beschwingt das Haus und geht hinüber zum Oratorium. Blauer Himmel und die frische Morgenluft begrüßen sie an diesem Julimorgen. Ein spannender Tag erwartet sie und Bernt. Sie sind neugierig auf die Besucher und Besucherinnen heute am ersten Tag der Ausstellung. Vor dem Oratorium trifft sie auf Stefano, den Sohn des deutsch-italienischen Schmieds, der gerade aus der kleinen Gasse neben dem Oratorium hervorkommt und auf sein Mofa steigen will. Als er Anna sieht, kommt er gleich auf sie zu. „Guten Morgen Anna, wie geht es dir?" „Gut", antwortet sie und schaut ihn ob seiner ungewohnten Förmlichkeit etwas erstaunt an. Sonst hat er es immer sehr eilig und rast auf seinem knatternden Mofa über die Rampe auf die Piazza und die Serpentinen hinunter an die Küste. „Entschuldige, Anna, hast du mal in Sonnys Gästezimmer geschaut? Sie hat dort etwas vergessen!" „Ach ja?", fragt Anna, „woher weißt du denn das?" „Sie hat mir eine Nachricht geschickt, und ich soll dich fragen." „Aha, ich werde in der Mittagspause nachsehen, Stefano, und ihr dann schreiben. Okay?" „Ja, danke, das sag ich ihr", meint er und braust davon. Verblüfft schaut sie ihm hinterher. Wieso hat Sonny nicht direkt bei ihr angerufen oder gemailt? Welchen Kontakt pflegt sie mit Stefano? Anna wundert sich ein wenig, erinnert sich an Sonnys kurze Äußerung bei ihrer Abreise, als sie erwähnte, dass Stefano ihr ein wenig Italienisch beigebracht hatte. Na, vielleicht hat sie ja beim Telefonieren keine Antwort erhalten oder meinte, Anna und Bernt hätten zu viel mit der Ausstellung zu tun, denkt sie und schließt die Türe zum Oratorium auf.

Marco, seine alte Schule und das ehemalige Haus seines Onkels

Es kommen viele Besucher am ersten Tag. Ein Besucher, über den sich Anna besonders freut, ist Marco, der Wirt und Koch des Dorfrestaurants. „Lass mich mal sehen, ob ich etwas erkenne auf den alten Fotos", sagt er lachend. Mit seiner Frau wohnt er in einem anderen Ortsteil etwas unterhalb des Dorfes. Es ist ein kleiner Weiler, der auf einer anderen Bergnase liegt und denselben Namen wie Villa trägt, allerdings die Nachsilbe „-etta" angehängt bekam, also Villetta. Es ist sozusagen die kleine Schwester von Villa. Im Rathaus des Hauptortes Casaldi, der wiederum ein paar Schritte und Kurven weiter an derselben Straße liegt, werden fünf Orte dieser Gemeinde verwaltet. Villetta hat vielleicht 20 bis 30 Häuser und eine kleine Kirche, während Villa etwas weiter oben immerhin um die 100 Häuser zählt.

„Marco, wie schön, dass du kommst. Du weißt ja: Mein Haus ist auch dein Haus. Hier ist ein Bild vom Haus deiner Großeltern, schau es dir an. So sah es aus, als Bernardo es um 1900 fotografiert hat. Hast du dieses Foto schon einmal gesehen?", fragt Anna. „Nein", antwortet er erstaunt, „das hab' ich noch nie gesehen. Es sieht ja aus, als würde es

40

leer stehen?" „Ja, das habe ich auch bemerkt und frage mich, zu welcher Zeit es deine Großeltern wohl erworben haben?" „Das weiß ich auch nicht so genau, aber ich meine, es war Anfang des Jahrhunderts, vielleicht aber auch erst nach dem ersten Weltkrieg."

In Carmelas Album kann man auf mehreren Bildern Marcos beide Onkel, die Brüder seiner Mutter sowie seine Großeltern erkennen. Seine Mutter wurde sehr alt; Anna hat sie noch gekannt. Als die Mutter schon sehr betagt und etwas verwirrt war, ist sie öfters von Marcos Haus in Villetta einfach die Straße hochgelaufen, um ihren Sohn um die Mittagszeit in seinem Restaurant zu besuchen. Bei ihrer Hochzeit mit Marcos Vater, der auf den alten Fotos recht verwegen aussieht, hat sie von ihren Eltern, Marcos Großeltern, deren ehemaliges Haus in Villetta erhalten, sozusagen als Mitgift. Aus diesem Haus waren die Großeltern damals ausgezogen, um in Villa zu leben. „Warum kamen deine Großeltern damals hierher?", fragt Anna und Marco antwortet: „Ich weiß es leider auch nicht genau. Vielleicht weil das Klima hier besser war, vielleicht aber auch, weil der Weg zu ihrer Getreidemühle, die sie damals betrieben, kürzer war oder einfach, weil sie alt waren und die schwere Arbeit nicht mehr bewerkstelligen konnten?" Tatsächlich hat Anna vor langer Zeit einmal völlig zugewachsene Ruinen einer ehemaligen Mühle unterhalb der Piazza an einem verborgenen Fußweg entdeckt. Marco selbst wuchs folglich dort unten in Villetta auf, war aber oft hier in Villa, wo er zur Schule ging. „Schau mal", sagt er und zeigt Anna im Album ein Bild von seiner Schule. Man sieht ihn dort tatsächlich als kleinen Buben mit drei anderen Kindern und einer „Maestra" (Lehrerin) in einem schwarzen Schulanzug mit weißem Krägelchen strahlend auf der Schulbank sitzen. „Und hier in demselben Gebäude koche ich heute", sagt er lachend. Das flache ehemalige Schulgebäude in der Kurve mit dem guten Meeresblick wird seit circa 40 Jahren als Restaurant genutzt, Marco ist der dritte oder vierte Pächter. „Wie bist du eigentlich Koch geworden?", will Anna von ihm wissen. „Oh, das ist eine lange Geschichte."

Bevor er sie richtig erzählen kann, fällt ihm seine Frau lachend ins Wort. „Du solltest sehen, wie er sich freut, wenn er seinen alten Freund und Lehrer wiedertrifft. Vor ein paar Jahren sind wir in die Schweiz gefahren, wo er diesen Bekannten besuchen wollte, den er jahrzehntelang nicht gesehen hatte. Für mich war es die erste Reise in die Schweiz. Wir fuhren in einen kleineren Ort im Tessin, hielten an einem Platz an, stiegen aus und näherten uns einem Restaurant. Ein älterer Mann mit Kochmütze kam gerade zu einer Verschnaufpause heraus und setzte sich auf einen Stuhl vor dem Restaurant. Da ging Marco langsam auf ihn zu. Der ältere Mann stand auf und breitete seine Arme aus. Die beiden Männer umarmten sich, weinten und lachten zugleich. Sie haben sich sofort wiedererkannt."

„Ja, das war so", fügt Marco hinzu. „Dieser Freund heißt Federico und war einmal mein Lehrer und mein Vorbild. Er arbeitete als Koch in einem Hotel an der Küste, wo meine Mutter Zimmermädchen war. Sie nahm mich oft mit. Ich stahl mich dann in die Küche und schaute ihm zu. Als Jugendlicher wusste ich lange nicht, was ich arbeiten sollte. Meine Mutter machte mir zwar Vorschläge – Maurer, Schreiner, Schuster –, aber das passte alles nicht zu mir. Schließlich nahm mich Federico als Halbwüchsigen mit nach Deutschland und später in die Schweiz. Dort kochte er in einem sehr edlen Restaurant, und ich lernte alles von ihm. Dazu kam, dass Federico sich sehr nett um mich kümmerte. Und er war in der ganzen Stadt und der Umgebung berühmt für seine gute italienische Küche. Besucher kamen von weit her, um seine Ravioli ‚casalinga' (hausgemacht) zu probieren. Das Restaurant gehörte bald zu den Sterne-Restaurants. Das hat mich schon sehr beeindruckt. Als ich nach Italien zurückkam, habe ich noch ein paar Kurse gemacht und an Kochwettbewerben teilgenommen, um mich weiter zu verbessern. Seit über 20 Jahren führen meine Frau und ich das Restaurant hier in Villa gemeinsam. Früher hat auch meine Tochter mitgeholfen, aber sie hat nun ihre eigene Familie und muss sich darum kümmern. Hier kommen auch viele Menschen von weit her, um meine ländliche Küche zu kosten; sie ist anders als die maritime Küche. Ich habe mich auf ‚antipasti', verschiedene ‚pasta'-Gerichte mit feinen ‚sugos' (Saucen) und ein paar lokale Fleischgerichte spezialisiert. Hier hatten die Bauern immer Kaninchen, Ziegen, ab und zu Rind zur Verfügung, aber eben keinen Fisch. Auf meine Menüs bin ich sehr stolz. Jetzt, wo Federico alt ist und Pensionär, kommt er uns ab und zu besuchen und bleibt ein paar Wochen zur Erholung bei uns. Ihm verdanke ich so viel."

Tatsächlich sind die Menüs von Marco und die anderer Landgasthöfe legendär. Es gibt normalerweise keine Menükarte mit einer Auswahl an Speisen, sondern einen festgelegten Speiseplan. Ein Landgasthof hat ein paar wenige vorbereitete Speisen oder man hat sie gerade „im Angebot", weil der jeweilige Koch oder die Köchin dies für sich und die eigene Familie zubereitet hat. Schließlich wird gesundes mediterranes Essen in Italien sehr ernst und wichtig genommen. Die Speisefolge ist für viele Nordeuropäer insofern ungewöhnlich, als es vieles hintereinander und nicht miteinander gibt. Außerdem hält man sich lange mit den ‚antipasti' und mehreren ‚pasta'-Speisen (‚primo') auf, bevor man zum Hauptgang (‚secondo', oft mit zwei verschiedenen Fleischsorten hintereinander) kommt. Annas Großvater, der öfters aus der Pfalz zu Besuch bei Anna und Bernt war, aß liebend gerne Kaninchen, wahrscheinlich weil ihn das an seine eigene ländliche Jugendzeit erinnerte. Während eines Restaurantbesuchs in Villa wurde er einmal scheinbar richtig wütend. „Zu dene Italiener geh isch nimmer", rief er in gespielter Verzweiflung aus, weil das traditionelle ligurische Kaninchengericht zuletzt, nämlich vor dem Nachtisch, kam und er nach den köstlichen Antipasti und dem Primo nichts mehr zu sich nehmen konnte. Er beschloss, fortan entweder nur noch das ‚secondo' oder nur die „grüne Kneppscher" des ‚primo' zu bestellen, die ‚gnocchi' mit ‚pesto', die er auch so gerne mochte.

Marcos Menü startet normalerweise mit acht bis zwölf Antipasti, die für alle Gäste von seiner Frau und einer Helferin nach und nach Stückchen für Löffelchen auf dem jeweiligen Teller angerichtet werden. Das führt dazu, dass man, kaum hat man die Scheibe edler Trüffel-Salami fertig gegessen, schon die in Olivenöl eingelegten getrockneten Tomatenscheiben vor sich auf dem Teller findet, dann die im Ofen gegarten herrlichen süßen Paprika, den herzhaften Bohnen-und-Thunfisch-Salat, die feinen kleinen Pastetchen mit Trüffelsahne oder die in Teig gebackenen kleinen Zwiebeln und so fort. Alleine dieser reichhaltige und voller Überraschungen steckende Vorspeisengang weckt schon alle Geschmacksnerven und Lebensgeister. Dann kommen normalerweise zwei bis drei unterschiedliche Teigwarengerichte, häufig selbstgefertigte Ravioli, Tortellini mit Borretsch-Füllung oder Nudeln in irgendeiner dünnen oder dickeren Form, stets mit feinsten Saucen angerichtet. Danach folgt erst die Hauptspeise aus zwei, mitunter drei Fleischspeisen – Roastbeef, Kalbsschnitzelchen oder Lammkoteletts, geschmorte Kaninchenteile mit Oliven zum Beispiel. In manchen Dörfern werden auch noch die berühmten ‚lumache' serviert, das sind kleine fette Schnecken, die die Bauern früher in kleinen Drahtkäfigen züchteten und zum Verspeisen vorher säuberten, garten und meist mit Knoblauchsauce zubereiteten. Im Herbst kann man sicher sein, dass man in den Bergen Wildschwein und herrliche Pilze serviert bekommt. Zum Abschluss kommt die Serviererin und überrascht die Gäste in bestem Italienisch mit einer Auswahl von mindestens sechs bis sieben Variationen von Desserts – ‚panna cotta', Pudding, Sorbet, Früchte, Kuchen und was es da so alles gibt. Danach noch ein Espresso und ein oder zwei ‚grappa', zu allem Wein und Wasser nach Gusto – und das alles für einen relativ niedrigen Fixpreis. Es ist ein Hochgenuss, man muss es einfach lieben.

Scherzhaft nennt Anna den Koch ihren „Cousin", weil er eben so eng mit dem Haus verbunden ist, das Bernt und sie vor 25 Jahren erstanden haben, allerdings nicht von seinen Verwandten, sondern von der Vorbesitzerin, einer Italienerin namens Chiara, die es bereits zu einem Ferienhaus mit drei getrennten Wohnungen umgebaut hatte. Anna kann also nur ahnen, wie das Haus einmal ursprünglich ausgesehen hat, interessiert sich aber brennend dafür. Marco könnte es wissen, und vor einem halben Jahr hatte sie beschlossen, ihn zu fragen, was er noch über das Haus seiner Großeltern wusste. An einem seiner freien Tage im Winter hatte sie ihn und seine Frau zum Kaffee eingeladen und mit ihnen einige Teile des alten Hauses erforscht.

Ob er sich an das Haus irgendwie erinnern konnte, das er ja nur als Kind gekannt hat, wollte sie wissen. „Marco, bitte geh mit mir durch das Haus und sag mir, woran du dich erinnerst", bat sie ihn damals. Er lief langsam, vorsichtig und versonnen überall herum. Dann gingen sie auf die an der Ostseite des Hauses angebaute Terrasse, wo Kaffee für die Gäste vorbereitet war und von wo man den berühmten Meeresblick am besten genießen kann. Er schaute sich auch hier genau um. „Diese Terrasse und die Treppe nach unten gab es zum Beispiel damals nicht. Der Hang war steil und irgendwie abgestuft. Wahrscheinlich hat eure Vorbesitzerin hier bereits vieles verändert", kommentierte er.

Anna fragte ihn, ob er das Haus zu jenen Zeiten einmal im Umbau oder später von innen gesehen hatte. Er verneinte, seit seiner Kindheit hatte er das Haus niemals mehr betreten. Er war ziemlich gerührt, dass er jetzt durch Anna daran anschließen konnte, an was er sich erinnerte. Anna fand es etwas unsympathisch, dass Chiara, die italienische Vorbesitzerin, die ja von seinem Großvater oder Onkel das Haus abgekauft haben musste, ihn niemals eingeladen hatte. Sie musste doch gewusst haben, in welcher Beziehung Marco zu dem Verkäufer stand und sie war bestimmt oft mit ihren Gästen und ihrer Familie bei ihm im Restaurant zum Essen.

Anna und Marco versuchten während dieses Hausbesuchs von Marco, sich die Entstehungs-Geschichte des Hauses und die Bauphasen zu erschließen. Das Haus steht am Hang und wurde wahrscheinlich mehrfach um- und ausgebaut. Möglicherweise ist der ursprüngliche Teil des Gebäudes jener, der zum Meer hin ausgerichtet und auf Felsen erbaut ist. Hier stützen starke Mauern und schräg nach außen strebende Eckpfeiler das Haus. Die Hausfront ist heute noch so, wie sie auf dem 120 Jahre alten, antiken Foto zu sehen ist. An der Hangseite im Souterrain betritt man eine Ölmühle, die in Teilen bis heute erhalten ist. Dieser ebenerdige Kellerraum hat drei Kammern mit eindrucksvollen Kreuzgewölben auf verschiedenen Ebenen; auf einer tieferen, gleich nach dem Eingang, sind ein Steinbecken und eine hölzerne Presse zu sehen. Wie in beinahe allen größeren Häusern wurde diese Mühle wahrscheinlich mit einem Esel betrieben, der rund um das Steinbecken lief und das Mühlrad zum Drehen brachte. Das kann man in einem Olivenmuseum an der Küste genauer studieren. ‚Cantina' ist ein anderer häufig gebrauchter Begriff für diese Kellergewölbe in der Gegend, die unteren Geschosse der bäuerlichen Häuser waren immer Keller, Ställe und Lagerräume.

Auch dieses Haus von Anna und Bernt hat Bernardo im Zustand vor 1900 in einem Foto festgehalten; damals war es wahrscheinlich vorübergehend unbewohnt. Es ist zu vermuten, dass der heutige bergseitige Teil des Hauses erst in einem späteren Bauabschnitt angebaut wurde, eventuell von Marcos Großeltern oder aber von früheren Olivenbauern im 19. Jahrhundert. Die bergseitigen Räume könnten zum Beispiel ein Heuschober plus Pferdestall gewesen sein, denn es scheint logisch, dass ein solcher Heuschober von der Bergseite aus besser zu füllen und zu besteigen war als von der unteren Seite des Hauses. Dieser Gedanke war Anna gekommen, als sie einmal bei einem Besuch in Marcos Restaurant ein altes Foto neben der Küchentüre entdeckt hatte, das einen stattlichen schlanken Mann mit einer Kutsche und einem Pferd zeigt. „Das ist mein Onkel", erklärte er ihr immer wieder voller Stolz, wenn sie ihren Blick darauf richtete. „Er wohnte in eurem Haus und ich habe ihn dort oft besucht."

„Und wo war eigentlich der Stall, weißt du das?", fragte Anna ihn nun, da er gerade hier in ihrem Haus war und sie versuchte, Beweise für ihre These zu finden. „Die unten am Ende der Gasse liegende Ölmühle, die vielleicht einmal mit einem Esel betrieben wurde, konnte doch logi-

46

scherweise kaum der Stall gewesen sein, oder? Und schließlich musste doch nicht nur sein Pferd, sondern auch der Esel, der den Kollergang in dem Becken um seine Achse drehte, irgendwo untergebracht werden?" „Da hast du recht", sagte er nachdenklich, „aber daran erinnere ich mich leider nicht mehr. Nur dass der Onkel ein Pferd und eine Kutsche hatte, das weiß ich gewiss, er hat mich auch immer mal wieder mit aufsitzen lassen!"

Da kam ihnen beide eine Idee. Es gibt einen kleinen Eckraum an der Bergseite des Gebäudes, der von den Schweizer Mitbesitzern heute als Gästewohnung genutzt wird und von der oberen Gasse aus zu zugänglich ist. Sie hatten viele Jahre nach Annas und Bernts Ankunft im Dorf die oberste Wohnung einschließlich dieser Ecke von Chiara gekauft. Dieser Eckraum könnte einmal als Unterstellplatz für das Pferd und vielleicht den Esel gedient haben. Folgt man dieser These, so hätten der Stall und der Heuschober nebeneinander beziehungsweise übereinander gelegen und wären so vom Dorfplatz aus gut zu erreichen gewesen.

So versuchten sich Anna und Marco in das alte Haus, seine ehemalige Funktion und die Nutzung durch die früheren Bewohner hineinzudenken und wanderten im Haus umher. Es gab noch ein anderes Phänomen am Haus, das Anna vermuten ließ, dass der bergseitige Teil des Hauses ein späterer Anbau war. Neben ihrem eigenen Wohnungseingang auf der oberen Gasse weist das Haus eine erstaunlich dicke Trennmauer auf. Dies könnte darauf hindeuten, dass das Haus hier einmal endete. Ein wenig oberhalb des Eingangs befindet sich eine weitere Tür, hinter der eine Treppe bis ganz nach unten auf die Keller-Ebene des ‚frantoio' (Ölmühle) führt; dies könnte früher einmal die Außentreppe vor der besagten ehemaligen Außenmauer gewesen sein. Marco bejahte diese These. Dazu passte, dass sich laut Annas befreundetem Maurer Federico hinter Annas Wohnungseingang unter dem Fußboden Reste einer Zisterne befinden, also eine in den Felsen gehauene Vertiefung, in der Regenwasser aufgefangen wurde. Das hatte er einmal herausgefunden, als er dort ein kleines Gäste-WC eingebaut hatte.

Marco und Anna unterhielten sich über den immer einmal wieder auftretenden Wassermangel. Zisternen findet man noch heute vielfach an den Außenmauern der bäuerlichen Häuser in der Umgebung, vor allem solche im Freien. Gemauerte Wasserzisternen waren früher lebensnotwendig. Auch heute sind sie noch oft intakt, damit man bei einem Feuer sofort Wasser zum Löschen entnehmen kann. Aber da das Wasser heutzutage kaum mehr geleert wird, sind die offenen Zisternen das Heim fröhlicher und sich im Sommer lautstark bemerkbar machender Frösche geworden. Anna und Bernt haben zwei offene Zisternen an der Rückseite des Hauses, und im Sommer klettern die Frösche sogar munter von dort in die im Garten stehende Linde oder an den Weinranken empor und besuchen sie auf ihrer Terrasse. Der älteste Teil des Hauses muss also der quadratische, vordere, zur Meeresseite ausgerichtete Teil des Hauses sein, alles weitere waren spätere Anbauten. Darüber wurden sie und Marco sich dann irgendwann einig. Annas Neugierde für die frühere Baugeschichte, Nutzung und die ehemaligen Besitzer des alten Hauses war damit aber noch nicht befriedigt.

Sie hatte gerade erfahren, dass Marcos älterer Onkel das Haus übernahm, als die Großeltern alt geworden waren. Der andere Onkel war ganz aus dem Dorf verschwunden und seine Mutter mit ihrem Mann waren nach Villetta gezogen. So übernahm dieser älteste Onkel mit seiner Familie dieses Haus und verkaufte es dann in den Sechzigerjahren an Chiara, Annas und Bernts Vorbesitzerin. Während sie über die Familiengeschichten plauderten und ihren Rundgang durch das Haus fortsetzten, betrat Marco eines der beiden vorderen Zimmer, ein sehr helles Eckzimmer mit ebenfalls herrlichem Meeresblick. Plötzlich konnte er die Tränen nicht mehr zurückhalten. „Marco, was ist los?", riefen Anna und Marcos Frau erschrocken aus. Mit feuchten Augen sagte er: „Hier stand das Bett meiner Großmutter, und hier ist sie gestorben. Das sehe ich jetzt ganz klar vor mir. Jahrelang habe ich nicht

48

mehr an sie und dieses Haus gedacht." Alle waren ziemlich betroffen und versuchten ihn zu trösten. Als sie sich auf der Terrasse an den Tisch setzten, hatte sich Marco wieder ein wenig beruhigt. Danach bedankte er sich für den Rundgang und verließ mit seiner Frau das Haus.

Noch immer stehen Anna und Marco sinnierend vor der 100 Jahre alten Aufnahme dieses Hauses und versuchen, sich nochmals die Bewohner in Erinnerung zu rufen. Dabei kommen Chiara und ihre Familie, die erste nicht-ansässige Käuferin nochmals ins Spiel. Anna fragt Marco, wie gut er Chiara gekannt habe. Begeistert tauschen sie sich darüber aus, was sie über sie wissen, denn sie war einmal eine bekannte Persönlichkeit im Dorf.

„Anna Chiara war im Dorf als ‚avocatessa' bekannt. Sie kam aus einer der größeren und berühmten Küstenstädte und war eine Institution im Dorf. Aber nicht etwa, weil sie mit einem besonderen Gerechtigkeitssinn oder mit juristischem Gedankengut ausgestattet gewesen wäre, sondern weil sie die Frau eines Anwalts war", erklärt Marco. „Ach, und das galt als besondere Autorität?" fragt Anna. Marco erläutert weiter, dass sie zu den ersten fremden Hauskäufern hier im Dorf gehörte, allerdings war sie Italienerin, keine Ausländerin. Sie kam allerdings schon recht bald nach dem Wanderer aus der Schweiz ins Dorf, jenem ersten Ausländer, der das größte Haus des Dorfes erworben hatte. Chiara verhielt sich allerdings ähnlich wie jener Schweizer, sie erstand gleich mehrere Immobilien, unter anderem auch eine benachbarte Ruine am oberen Ende der Gasse. Diese benutzte sie über viele Jahre, halb aufgebaut, als Garage für ihr Auto. Das Haus von Marcos Großeltern hatte sie als Ferienhaus für ihre Familie erstanden und es dementsprechend umgebaut. Allerdings wohnte sie später dauerhaft alleine hier.

„Ja", sagt Anna, „ich glaube ich weiß, was sie umgebaut hat; sie hat es mir einmal erzählt. Schau dir die Vorderfront des Hauses auf dem alten Foto an. Die kleinen quadratischen Fenster hat sie zu langen Fenstern mit einem Balkongitter auf halber Höhe vergrößert, so wie es in Frankreich üblich ist. Neue Fensterläden gehörten selbstverständlich auch dazu. Sie hatte ja eine große Schwäche für die französische Lebensart. Die Fußböden in den drei Wohnungen des Hauses und auf der großen Terrasse erhielten neue rote Fliesen. Bäder und Küchen mit den sanitären Anlagen wurden erneuert. Eine Öl-Zentralheizung wurde eingebaut. Die Aufteilung der Räume hatte sie jedoch belassen wie im ehemaligen bäuerlichen Haus. Deshalb hast du wahrscheinlich sofort das ehemalige Schlafzimmer deiner Großmutter gefunden und wiedererkannt."

„Chiaras Ehemann war wesentlich älter als sie selbst", erinnert sich Marco. „Ja, er starb bereits in den Neunzigerjahren, als sie noch das Obergeschoss bewohnte", fährt Anna fort. „Da hatten wir gerade die beiden darunter liegenden Wohnungen gekauft. Früher bewohnten die Mitglieder ihrer Familie einmal das ganze Haus, so hat sie mir erzählt; sogar ihr aus Argentinien zurückgekehrter Vater wohnte in jenem kleinen Apartment an der Hausecke. Wir nahmen ja einmal an, dass das der ehemalige Stall war. Auf der mittleren Etage, unserer heutigen Hauptwohnung, lebte ihre Mutter, im unteren Apartment, dem ‚frantoio', ab und zu ihre Schwester mit ihren Töchtern. Das mittlere Apartment hat sie später von Zeit zu Zeit vermietet. Zum Beispiel an jene deutsche Galeristin, die eine eigene Hausruine hatte, die sie aber aufgrund von Geldmangel nie aufgebaut hat. Sie hat einen prächtigen Oleander dort oben im Garten gepflanzt, den wir heute noch pflegen und lieben." „Ach ja", sagt Marco, „ich erinnere mich an sie. Sie kam immer wieder und mietete sich irgendwo ein, weil sie das Dorf so sehr liebte. Aber sie hatte wenig Geld, ich weiß, dass sie ab und zu uns zum Essen kam und anschreiben ließ", fügt er etwas peinlich berührt hinzu. „Wir müssen jetzt aber wieder los", sagt Marco, „ich habe ja auch noch einen Garten, und an unserem freien Tag gibt es immer sehr viel zu erledigen. Danke für alles, Anna. Das war sehr schön und wertvoll für

50

mich. Kommt bald mal wieder ins Restaurant", rufen er und seine Frau Anna und Bernt zu und verlassen die Ausstellung.

Da gerade eine Pause im Besucherstrom entsteht, sinnt Anna noch länger den Erinnerungen an ihre Hausvorgängerin nach. Chiara verkaufte 1993 also zuerst das mittlere Apartment mit der großen Terrasse an Anna und Bernt und kurz darauf die „cantina" mit dem davorliegenden kleinen Garten, in dem eine Linde und ein Aprikosenbaum stehen. Sie selbst blieb noch ein paar Jahre im oberen Apartment wohnen. Als sie wenig später, nach dem Tod ihres Mannes, nochmals einen neuen Partner fand, zog sie mit ihm in eine der mondänen Städte an der Côte d'Azur. Diese neue Altersresidenz mit dem berühmten französischen Flair schien für die alte Dame genau das richtige zu sein, und darüber hinaus war es dort etwas bequemer als ihr bäuerliches Haus mit seinen vielen Treppen, zudem sie die steilen Gassen und unwegsamen Pflaster nicht mehr so gut bewältigte. Aber sie liebte dieses Dorf von ganzem Herzen und schwor, als Anna und Bernt das Haus zum ersten Mal besichtigten, dies sei der schönste Ort an der gesamten westligurischen Küste. Sie habe lange gesucht; dieser Ort sei der ruhigste, der bestgelegene, im schönsten Tal, mit der bezauberndsten Aussicht, weit weg von der Küsten-Autobahn und ihrem Lärm. Ja – und sie hatte völlig Recht, auch wenn ihre Elogen sehr schwungvoll waren! Damals erkannten Anna und Bernt sofort: Es gab nichts Besseres!

Als ‚avocatessa' hatte Chiara viele Funktionen im Dorf inne, obgleich sie den hinterlassenen Möbeln nach zu urteilen – es gab viele große Tische und Kommoden mit Schubladen für Schnittmuster – vermutlich einmal das Schneiderhandwerk erlernt hatte. Sie war eine wohlhabende und resolute Frau, die eine gewisse Autorität ausstrahlte. Das hatte wohl dazu geführt, dass man ihr ein paar „wichtige" Aufgaben überließ: Man hatte ihr die Schlüssel für das Telefonhäuschen neben der Kirche anvertraut, sie war „Küsterin" in der Kirche, zündete die Kerzen an und musste die Glöckchen betätigen, wenn der Pfarrer das Zeichen dafür gab. Sie beschäftigte ständig etliche Handwerker im Haus und hatte

Raffaele, den Sohn von Paola und Bruder von Carmela, als Gärtner, Fahrer und „Mädchen-für-alles" so gut wie angestellt. Zwei Angorakatzen, die immer fülliger wurden, „wohnten" in einer ihrer Kommodenschubladen und mussten in ihrer Abwesenheit betreut und gefüttert werden. Anfangs war Chiaras Kontakt mit Anna und Bernt gut und eng. Unvermittelt stand sie mitunter auf der Terrasse vor ihrer Küchentür und rief resolut Annas Namen, weil sie sie etwas fragen, ihr dringend etwas empfehlen oder ihr eine Rechnung präsentieren wollte. Während einer kürzeren Kennenlernphase schien sie Anna und Bernt zunächst richtig ins Herz geschlossen zu haben. Sie machte sie auf viele Gegebenheiten und Geschäfte in der Umgebung aufmerksam, lud sie auch ins Restaurant ein und überließ ihnen sogar den Telefonanschluss ihrer Mutter.

Als die beiden Neuankömmlinge damals aber eine Treppe zwischen dem Garten vor der "cantina" und ihrer Terrasse bauen ließen, um den Umweg rund um das Haus herum zu vermeiden und als sie gar ein Rankgitter für wilden Wein anbrachten, hatten sie Chiaras Gunst leider verspielt. Chiara hatte große Angst vor den ‚ladri' (Einbrechern), die ihrer Meinung nach auf diese Weise geradezu eingeladen wurden, zu ihrer Wohnung hinauf und dann weiter zu Chiara hochzusteigen. Und ‚ladri' gab es immer mal wieder, seitdem die Straße, die in den Fünfzigerjahren gebaut worden war, von der Küste relativ bequem herauf in die fünf Dörfer sowie an ihnen vorbei ins östlich gelegene Nachbardorf führte. Daraufhin ließ sie ihre Wohnung, die einen eigenen Zugang über eine bergseitige Außentreppe in ihr Obergeschoss des Hauses hat, mit mehrfach hintereinander gestaffelten Gittern absichern, sodass es aussah, als bewohne sie Alcatraz oder ein Gefängnis. Das ganze Dorf amüsierte sich über sie, auch weil sie immer skurriler und zunehmend herrischer wurde. Sie kommandierte alle Handwerker herum, die bei ihr etwas reparieren sollten und sprach beim Telefonieren so laut, dass man ihre Ansagen bis auf die Gasse hören konnte. Mitunter kam sie nur halb bekleidet, das heißt mit einer Kittelschürze, die hinten halb offen war und ihre Unterwäsche zeigte, die Treppe herunter, hielt ihren Riesenschlüsselbund in der Hand, um die mehrfachen Gittertüren zu öffnen und Raffaele oder einen Handwerker hereinzulassen.

Alle atmeten auf, als ihr neuer Partner und sie beschlossen, nach Frankreich umzuziehen, denn mittlerweile hatte sie sich im Dorf etwas unbeliebt gemacht. Sie redete oft schlecht über manche Dorfbewohner, ihre eigenen Landsleute. Sie erwähnte Anna gegenüber einmal, dass sie die Deutschen deshalb so schätze, weil nur sie richtig zu arbeiten wüssten, die Italiener hingegen seien alle faul. Ihre konservative Haltung und politischen Einstellungen wurden immer eindeutiger. Ihrer diskriminierenden Haltung besonders Süditalienern gegenüber verlieh sie manchmal dadurch Ausdruck, dass sie mit der Ferse auf den Boden stampfte, wenn sie vermeintlich Süditaliener auf der Straße vermutete. „Meridionali, disgraziati", zischte sie Anna dann zu; das konnte nichts Gutes bedeuten. Mitunter, wenn Anna und Bernt sie, auf ihren Wunsch hin, zum Einkaufen an Frankreichs Küste mitnahmen und sie immer wieder darauf hindeutete, dass dies alles einmal italienisch gewesen sei, rief Chiaras Verhalten bei ihnen doch ziemliches Entsetzen hervor. Sie entwickelte gewisse Phobien, und dies ging sogar so weit, dass Chiara ihnen den Umgang mit bestimmten Dorfbewohnern verbieten wollte. Eine Dorfbewohnerin, Ernestina, besaß auf einer ehemaligen Oliventerrasse am unteren Ende von ihrem und Chiaras gemeinsamen Grundstück einen kleinen Garten, den sie öfters aufsuchte, um dort ihr Gemüse zu ernten. Wenn sie Anna oder Bernt entdeckte, schenkte sie ihnen manchmal ein paar Früchte oder Gemüse, was Chiara sehr missbilligte. Sie warnte sie schließlich vor ihr und meinte flüsternd, sie dürften nichts von ihr annehmen, sie sei eine Hexe.

Diese Angst oder der Irrglauben, es gäbe hier Hexen oder zumindest „Räuber", bewahrheitete sich allerdings eines Tages für sie: Als sie einmal verreisen wollte und am Vortag ihre Koffer in ihren Wagen eingeladen hatte, fand sie zu ihrem großen Schrecken am nächsten Morgen das Gepäckfach ihres Wagens leer. Ob sie ihren Wagen offengelassen

53

oder die Koffer aus Versehen daneben gestellt hatte, blieb ungeklärt; die Koffer waren jedenfalls verschwunden und der Diebstahl wurde nie aufgeklärt. Vielleicht hatten Diebe tatsächlich das Haus im Visier gehabt und alle Bewohner beobachtet. Das kam nicht nur einmal vor.

Kurz nach dem Einzug von Anna und Bernt waren tatsächlich einmal am helllichten Tage Einbrecher durch das Küchenfenster von der Terrasse aus in die Wohnung eingestiegen, als Anna mit Bernt ins Dorfrestaurant zum Essen gegangen war. Ihre Kamera und ihre Handtasche samt Inhalt waren entwendet worden. Chiaras Eingangstüre hatten die Einbrecher nicht erreichen können, waren aber über die Terrasse eines Nachbarhauses, das hinter dem von Anna und Bernt liegt, in ein anderes Apartment eingestiegen. Das passierte alles um die Mittagszeit. Zwei ältere befreundete Damen, die dauerhaft im Dorf lebten und Anna gut kannten, fanden später bei einem Spaziergang den Inhalt von Annas Tasche am Wegesrand wieder. Als die beiden von ihrem Gang zur Polizei im tieferliegenden Hauptort Casaldi wieder zum Dorf heraufgekommen waren, warteten die beiden Damen am Ortseingang bereits und streckten Anna strahlend ihren Geldbeutel und einige ihrer Ausweise entgegen, allerdings fehlte der gesamte Inhalt des Portemonnaies. Die Diebe hatten diese Dokumente, nachdem sie das Bargeld und die Kreditkarten an sich genommen hatten, wahrscheinlich im Wegfahren aus dem Autofenster geworfen. Die Sache ging für Anna und Bernt somit noch glimpflich aus; die Diebe hatten zwar die Kreditkarten benutzt und innerhalb kürzester Zeit größere Einkäufe an Tankstellen und Raststätten getätigt, aber Gottseidank wurde dies von der Versicherung erstattet. Eine andere Warnung sollte sich allerdings später bewahrheiten – das Leben der von Chiara als Hexe verschrienen alten Dame sollte viele Jahre später leider in Verwirrung enden.

Bei ihrem Wegzug verkaufte Chiara schließlich auch ihr Dachapartment. Die neuen Mit-Besitzer, das schon erwähnte junge Schweizer Ehepaar mit drei wunderbaren Kindern, haben Annas und Bernts volle

54

Sympathie. Anna war sehr glücklich über diese willkommene Veränderung.

In der Mittagspause

Anna erinnert sich mittags an Stefanos Hinweis und steigt rasch die Treppe zur unteren Gästewohnung hinab, um nachzusehen, ob Sonny dort etwas liegen gelassen hat. Nach ihrer Abreise hatte sie dort nur notdürftig aufgeräumt. Bei genauerem Hinschauen fällt ihr ein besonderes T-Shirt auf, das Sonny immer zu ihren Yogaübungen getragen hat. Anna nimmt es hoch und faltet es zusammen. Dabei entdeckt sie darunter Sonnys Mobiltelefon. Oh je, denkt sie sich, das ist natürlich schlimm, dass sie das vergessen hat. Sie nimmt sich vor, Sonny am Abend deswegen noch anzurufen.

Signora Grazietta und die Familie des Fotografen

Am Vormittag des ersten Ausstellungstages war bereits ziemlich viel los gewesen. Als Anna nach der Mittagspause wieder ins Oratorium schlendert und gerade aufschließen will, sieht sie zwei Damen auf der Piazzetta stehen. „Warten Sie auf mich?", fragt sie. Diese bejahen, Anna fühlt sich beinahe etwas schuldig und bittet sie rasch herein. Die ältere der beiden ist nicht sehr sicher im Gehen und wird von der anderen jüngeren Dame gestützt. Sie stellen sich vor als Signora Grazietta und ihre Tochter von der kleinen Ölproduktionsfirma am Fuße des Hügels. Dort kaufen Anna und Bernt und alle ihre Besucher regelmäßig Öl und Leckereien wie die selbstgemachten ‚sugos' (Saucen) ein. Anna erinnert sich nun, dass sie auch dort ein Informationsblättchen mit der Ankündigung der Ausstellung hinterlegt hatte. Sie fragt sich aber nun, welches Interesse die beiden Damen hergeführt haben könnte und welche Verbindung sie zum Dorf und den hier ausgestellten Fotos haben.

Die beiden Damen gehen schweigend durch den ersten Teil der Ausstellung. Plötzlich bleiben sie vor einem Foto stehen und drehen sich zu Anna um: „Dies hier ist mein Großvater Pietro", sagt die alte Dame und zeigt auf ein vergrößertes Bild aus dem Album. „Er hat dort unten in dem Haus am Dorfende gelebt, wo auch die Familie des Fotografen gewohnt hat; heute gehört das Haus einer Schweizer Familie, die es von uns gekauft hat. Gibt es dort noch Rinaldos alte Ölmühle? Sie gehörte einmal meinem Großvater."

Anna ist sehr überrascht. „Ach wirklich?", fragt Anna. „Ich freue mich sehr über Ihren Besuch. Rinaldo und seine Tante Franca lebten ja vor einigen Jahren noch hier in ihren eigenen Häusern. Beide habe ich tatsächlich auch noch gekannt. Ich wusste aber nicht, dass Sie mit der Familie von hier oben verwandt sind. Leider kann ich ihnen nichts Genaueres über diese Ölmühle von Rinaldo sagen."

Anna schwört sich, Monique bei nächster Gelegenheit unbedingt um nähere Auskünfte zu bitten. Anna hatte zwar von dieser Ölmühle gehört und vermutete, dass sie ein Teil des riesigen Kellergewölbes unter dem großen Häuserkomplex in ihrer direkten Nachbarschaft ist. Volker, der ehemalige Hausbesitzer des Eckhauses mit dem Torbogen, ‚Hamburger Haus' genannt, und Vorgänger von Franziska, hatte Anna einmal in seine ‚cantina' hineinschauen lassen. Sein Keller reicht unter dem riesigen Haus hindurch von der einen bis zur anderen Seite und hat auch eine kleine Eingangstüre auf Annas Gasse. Auf der Westseite befinden sich kleine Luken, durch die man von der obersten Stufe eines Leiterchens mit etwas Mühe so etwas wie eine Ölmühle erspähen kann. Dort sind im Halbdunkel Reste einer alten Mühleninstallation zu erahnen. Allerdings war ihr damals nicht klar, wo der direkte Zugang dorthin war, denn Volkers Kellergewölbe war davon getrennt. Also musste es von außen einen anderen Zugang geben, den weder Volker noch Anna kannten.

Anna ist ganz aufgeregt, eine Verwandte dieser Familie und damit auch von Bernardo, „ihrem" Fotografen, zu treffen und erhofft sich mehr Informationen von diesem Besuch. Vielleicht würde sie einiges über ihn in Erfahrung bringen und bald das Bild dieses Mannes wie ein Puzzle zusammensetzen können? Die beiden Damen schauen lange und ausgiebig alle Bilder in der Ausstellung an, auch die in Carmelas Album. Dann möchte die alte Dame die Gasse hinunter zum Hauseingang jenes Hausteils gehen, wo ihr Großvater einst gelebt und wo sie angeblich als Kind gespielt hat, wahrscheinlich auch, um diese Ölmühle zu suchen. Anna verspricht sie zu begleiten. Sie verlassen gemeinsam das Oratorium, gehen vorsichtig durch den romantischen Torbogen des Hamburger Hauses den kleinen Weg hinunter und gelangen schließlich an das Eingangstor des Schweizer Grundstücks. Hier kommen sie leider nicht hinein: Das Gittertor ist verschlossen und von den heutigen Besitzern ist niemand da. Signora Grazietta schaut sich versonnen um, blinzelt in die Sonne und auf die gegenüberliegenden Berghänge. „Ja, hier war ich oft als Kind. Ich bin aber auch später noch manchmal heraufgekommen, das letzte Mal vor etwa 20 Jahren. Da konnte ich noch besser laufen", sagt sie lächelnd.

„Wir haben übrigens auch ein ‚frantoio' in unserem Haus. Möchten Sie es sehen?", fragt Anna, um Signora Grazietta eine Freude zu machen. Die Signora blickt Anna überrascht an. „Ach, ich dachte, Rinaldos ‚frantoio' war die einzige Ölmühle hier im Dorf. Ja, das möchte ich gerne sehen", meint sie. „Es gab mehrere kleinere Ölmühlen in den ‚cantinas' hier", sagt Anna, „ich weiß von mindestens fünf." So bewegen sie sich auf demselben Weg zurück bis an die Ecke der Gasse, wo es zu Annas Haus geht. Um in die Cantina zu gelangen, müssen sie die steile Gasse vorsichtig hinabsteigen. Dabei streifen sie beinahe die große Leinwand, die Bernt und sie anlässlich der Ausstellung in die Gasse gehängt haben und die das Foto des jungen Mannes zeigt, wie er die Gasse heraufstapft. „Ach, das ist doch unser Rinaldo", ruft die Signora aus. „Nein, nein", erklärt Anna, „das ist sein Vater Niccolò, genannt nach seinem Großvater. Der Name Niccolò kommt ja öfters vor in der Familie, so wie auch der Name Bernardo. Ich habe gelernt, dass die Neffen oft den Namen des Onkels trugen, das war früher auch in Deutschland so. Einen Teil der Familiengeschichte habe ich versucht herauszufinden", fährt sie fort. „Ich habe ein paar Recherchen, unter anderem auf dem Friedhof, angestellt. Daraus kann man folgendes schließen: Der ganz alte Niccoló, den Sie vielleicht auch in der Ausstellung auf einem Foto gesehen haben, müsste eigentlich Ihr Urgroßvater sein. Laut der Aufschriften des Fotografen auf den Kästchen mit den Glasnegativen haben wir ein Bild jenes alten Herrn ausfindig machen können. Erinnern Sie sich an das Foto von dem alten Ehepaar, das etwas steif auf einem Stuhl sitzt? Das sind die Eltern des Fotografen, so hat er es auf einem der Kästchen vermerkt. Und laut meiner Recherchen hatten die beiden drei Töchter und drei Söhne. Ich kenne allerdings nur die Namen von den Söhnen: Sie hießen Pietro, Bernardo und Domenico. Pietro, Ihr Großvater, Bernardo, der Fotograf, und Domenico, der Vater von Niccolò, also der Großvater jenes Rinaldo, den wir alle noch kannten. Bernardo war ein herausragender Hobbyfotograf, dessen Fotos von 1900 wir hier ausstellen. Viele der Fotos hat er in- und außerhalb dieses großen Gebäudekomplexes aufgenommen, um den wir gerade herumgegangen sind und wo Sie einen Teil Ihrer Kindheit auf Besuch bei Ihrem Großvater verbracht haben."

„Das bedeutet dann also, dass mein Großvater sowie dieser Domenico und der Fotograf Bernardo Brüder waren?", fragt Signora Grazietta etwas erstaunt. „Ja", erklärt Anna weiter, „so muss es sein, und folglich sind die ganz alten Herrschaften auf jenem Foto Ihre Urgroßeltern." Sie sind am Eingang des Hauses gelandet, das jetzt als das Schwedenhaus bekannt ist. „Und hier stehen wir jetzt übrigens vor der Türe jenes Hauses, wo Anfang des letzten Jahrhunderts Domenico mit seiner Frau gelebt hat. Die beiden hatten einen Sohn, eben jenen Niccolò, und eine Tochter, genannt Franca. Später lebte Rinaldo, der Sohn von Niccolò und Neffe von Franca, noch hier. Er stapfte, genau wie sein Vater auf jenem Bild, die Gasse hinauf und hinunter. Von Franca sprach Rinaldo noch manchmal, wenn er sich an seine Tante erinnerte." Anna zeigt nach oben. „Und sie wohnte genau hier über uns, mitunter schaute sie aus diesem Fenster, das war ihr Küchenfenster." Sie gehen um die Ecke und gelangen in Annas Vorgarten.

„Kannten Sie Franca noch? Also Ihre Tante?", fragt sie die Signora. „Oh ja Franca lebte ja noch relativ lange und wurde sehr alt, ich glaube, sie starb mit 94 Jahren, und sie war eine sehr bekannte Frau hier im Dorf", antwortet die Signora. „Das glaube ich gerne, ich kann mich auch noch an sie erinnern. Sie hatte ein sehr markantes Gesicht, füllige weiße Haare und einen aufrechten Gang, selbst noch als Greisin. Wir haben sie noch in ihrem Haus und auf der Gasse gesehen. Sie trug immer ein langes schwarzes Kleid. In den Siebzigerjahren, als wir öfters zu Besuch bei Freunden im Dorf waren, haben wir gesehen, wie sie das Futter für ihre Ziegen als Bündel auf dem Kopf heimtrug", erinnert sich Anna. „Sie blieb unverheiratet, aber sie war eine durchaus wohlhabende Bäuerin", erläutert Signora Grazietta weiter. „Sie besaß einen Stier, von dem alle Kühe im Dorf gedeckt wurden; das war schon eine Besonderheit, dadurch hatte sie eine gewisse Stellung im Dorf."

Beide, Franca und Rinaldo, gehören inzwischen der Erinnerung an. Rinaldo sahen Anna und Bernt auch noch einige Male auf dem großen Dorffest, das jedes Jahr zu Ehren des Heiligen der Kapelle San Matteo im Tal am Fuße des Hügels stattfindet. Neben der Kapelle befinden sich heute eine Boccia-Bahn und ein Festplatz mit einer überdachten Tanzfläche. Damals gab es dort eine für Dorffeste eingerichtete Küche, und Rinaldo kochte die beste Polenta aller Zeiten. Das ist ein traditionelles Gericht aus Maismehl, das dort meistens mit einer Fleisch- oder einer Pilzsauce angeboten wird. Sie wird in riesigen Töpfen zubereitet; der etwas füllige Rinaldo rührte diesen Maisbrei mit Inbrunst stundenlang und teilte ihn dann aus. Er war der letzte männliche Überlebende dieser Großfamilie, daher war er verantwortlich für die noch nicht verkauften Häuser aus dem Häuserkomplex. So veräußerte er das große geräumige Eckhaus auf der Westseite mit dem wunderschönen Torbogen in den Achtzigerjahren an unseren damaligen Nachbarn Volker.

Als Rinaldo älter wurde, zog er hinunter an den Fuß des Hügels. Er hatte die noch völlig intakte Ölmühle seiner Familie zuvor der Gemeinde vermacht, sozusagen als musealer Ort einer längst vergangenen Zeit. Nochmals kommt Signora Grazietta auf die Ölmühle zurück. „Hoffentlich wird die alte Ölmühle von Rinaldo einmal restauriert und als kulturelles Zeugnis der alten Tradition der Öffentlichkeit zugänglich gemacht", sagt die Signora. Anna stimmt ihr zu. „Ich vermute, dass Rinaldo, der ja auch noch den Schweizer Hauskäufer gekannt und erlebt hat, durchaus ahnte, dass die neuere Nutzung der Dorfhäuser als Feriendomizile die alte Zeit so ziemlich auslöschen würde. Vielleicht wollte er durch diese Schenkung an die Gemeinde etwas bewahren, herüberretten in die neue Zeit?", äußert Anna gegenüber den beiden Damen. „So würde sie authentisch erhalten bleiben und nicht in ein Kellerapartment umgewandelt, wie es zum Beispiel unsere Vorbesitzerin und viele andere gemacht haben. In vielen anderen Häusern erkennt man nur noch an dem Mühlenrad, das dekorativ irgendwo aufgebaut ist, dass dort einmal ein ‚frantoio' betrieben wurde. Das ist auch hier im Schwedenhaus, dem ehemaligen Haus von Rinaldo und seinem Vater Domenico so. Vielleicht haben sie im Vorbeigehen das Mühlrad auf der Terrasse gesehen, wo früher Rinaldos Gärtchen war?"

Sie nähern sich dem Eingang zu Annas eigener kleiner Ölmühle und betreten die ‚cantina'. Die nach den Renovierungsarbeiten von Chiara dort noch verbliebene Mühleninstallation steht inmitten eines kleinen weiß gekalkten Raums mit hübschem Kreuzgewölbe. Dort befindet sich ein gemauertes rundes Becken mit dem Mühlrad und dem alten Holzgestell darüber; das alles ist heute ein Teil der Wohnküche. Da das Haus auf einem zum Meer hin abfallenden Felsengrat erbaut wurde, gibt es überall Stufen im Haus, so auch zwischen den verschiedenen Niveaus der ‚cantina'. Heute dienen die Räume als Küche, Wohn- und Schlafräume auf drei unterschiedlichen Niveaus. „Oh, das ist aber hübsch gestaltet und die Mühle ist sehr gut integriert", sagen beide

Damen und bestaunen dieses kleine Mühlenapartment, das Anna heute als Gästewohnung für Freunde, Familie und Besucher nutzt.

Wie in Italien üblich bereitet sie einen Espresso zu und alle setzen sich einen Moment an den runden Küchentisch neben der Ölmühle. „Eines würde mich doch noch interessieren: Wissen Sie eigentlich, wann, warum und wie das vordere Eckhaus aus dem großen Häuserkomplex, eben das Haus von Pietro, ihrem Großvater, Anfang der Sechzigerjahre an jenen Herrn aus der Schweiz verkauft wurde, von dem schon ein paar Mal die Rede war? Lebte da Ihr Großvater noch?", fragt Anna neugierig und sehr vorsichtig.

Einen Teil der Geschichte hatte sie bereits von Monique, der Enkelin jenes Schweizer Herrn, erfahren. Sie weiß zum Beispiel, dass das Haus in den Sechzigerjahren dem Verfall nahe war und von einem Schmied, der unterhalb des Dorfes eine Werkstatt betrieb, an Moniques Großvater verkauft wurde. Dieser verbrachte häufig seine Ferien in C., einem sehr hübschen, steil an einem Hang gelegenen Städtchen am Meer, das noch heute sehr beliebt und wegen seiner Sommerkonzerte berühmt geworden ist. Beworben wird es oft als ‚uno dei piu belli borghi d'Italia' (einer der schönsten Weiler Italiens), weil es wie ein Schwalbennest an einem Felsenhang über der Küste klebt. Lokale Bewohner vermieten dort schon immer Apartments in ihren antiken Palazzi und bald nach Kriegsende eröffneten auch Campingplätze mit attraktiven Standplätzen direkt am Meer. So kam auch der „alte Herr", der Großvater von Monique, nach C. und wanderte häufig, wie Schweizer das so tun, nicht etwa an den Strand, sondern den Berg hinauf. Es ist kein sehr weiter Weg bis nach Villa, wenn man gut zu Fuß ist. Man kann von C. aus in circa zwei Stunden das Dorf erreichen. Dort lief er verwundert herum, staunte über die alten Bauernhäuser mit ihren Ölmühlen, die Oliventerrassen, die Kirche und die herrliche Lage, sprach hier und da mit den Einheimischen, wenn er einen traf. Irgendetwas zog ihn immer wieder herauf; er hatte sich schließlich in das Dorf verliebt. So hatte mir Monique ihren Teil der Geschichte vor einiger Zeit erzählt.

„Oh, der Verkauf, das ist eine etwas beschämende Geschichte für meine Familie", sagt schließlich Signora Grazietta. „Mein Vater hatte allerdings nichts damit zu tun. Er wurde übrigens auch Niccolò genannt, nach seinem Großvater. Außer der Ähnlichkeit des Namens gab es noch eine andere Ähnlichkeit meines Vaters mit seinem Großvater: Meine Mutter stammte ebenfalls, so wie die Frau von Niccolò, dem Älteren, aus Altolago, einem Ort, der sich in einem weit entlegenen Tal hinter dem Küstenort A. befindet. Ich habe nach dem Tod meines Großvaters alte Briefe aus der Zeit um die Jahrhundertwende gefunden. Verwandte aus Altolago korrespondierten häufiger mit meinen Verwandten im Dorf hier. Leider kann ich die Schrift kaum entziffern. Die altmodische Sprache ist außerdem etwas schwer zu verstehen. Aber wenn es dich interessiert, kann ich sie dir gerne bei Gelegenheit zeigen. Vielleicht gibt es da noch ein paar interessante Informationen für dich", fügt sie lächelnd hinzu.

Dies sagt sie, weil Anna bei ihrer Schilderung große leuchtende Augen bekam. Sie bestätigt ihr, dass sie die Briefe sehr gerne sehen würde. „Also hier ist jetzt die Geschichte des Verkaufs", fährt sie fort. „Pietro, mein Großvater, hatte außer meinem Vater noch drei Söhne und vier Töchter. Eine der Töchter heiratete um 1920 einen Schmied aus C. In den Fünfzigerjahren, nach Ende des Krieges, kamen bereits wieder die ersten Urlauber an die Küste. Und C. war ein beliebter Ausflugs- und Ferienort, wie du vielleicht weißt", fährt sie fort. Anna schaut sie aufmerksam an und nickt eifrig.

„Ein älterer Herr aus der Schweiz, ein Urlauber, kam häufiger aus C. heraufgewandert und sah sich ein paar Häuser im Dorf an. Damals lebte aber mein Großvater Pietro schon nicht mehr", erzählt sie nach einer nachdenklichen Pause ihre Geschichte weiter. „Bereits in den letzten Kriegsjahren war Pietro gestorben, das Haus stand also leer. Keiner aus meiner Familie lebte noch hier oben im Dorf. Meine Tanten hatten alle geheiratet und waren fortgezogen. Einige der Onkel waren jung gestorben, als einziger männlicher Nachkomme lebte nur noch

62

mein Vater. Er lebte mit seiner Frau, meiner Mutter aus Altolago, unterhalb von Casaldi unten im Tal. Ich habe noch vier Schwestern, alle haben eigene Familien. Du kannst dir sicher vorstellen, wie das ist, wenn die Familie in alle Winde verstreut ist. Damals kümmerte sich eben jeder um sein eigenes Leben und das seiner Kinder. Höchstens bei Hochzeiten oder zum Fest des Patrons unserer Kirche trafen wir uns alle hier im Dorf wieder. Ein angeheirateter Onkel, der Mann einer meiner Tanten, war Schmied und hatte ein Haus mit einer Werkstatt auf dem Weg zwischen C. und unserem Dorf. Der Schweizer Urlauber und Bergwanderer, der offenbar seine Liebe für Villa entdeckt hatte, machte dort öfters Station und unterhielt sich ein wenig mit meinem Onkel. Als dieser das Interesse des alten Schweizers bemerkte und das konkreter zu werden schien, kam mein Onkel auf eine Idee. Er wollte ihm das Haus hier am unteren Ende von Villa, wo der Schweizer nach seinem Anstieg über einen traditionellen Maultierpfad immer ankam, schmackhaft machen. Er war sehr schlau. Es war das Haus meines verstorbenen Großvaters, seines Schwiegervaters. Als der Schweizer nach einiger Zeit Interesse dafür zeigte, machte der Onkel ihm ein Verkaufsangebot. Meine Tante war leider schwer erkrankt. Sie konnte sich daher zu dem Zeitpunkt wenig um diesen Geschäftsvorgang kümmern. Grundsätzlich hatte sie aber wohl dem Verkauf zugestimmt. Ohne die Einwilligung der weiteren Erben einzuholen, verkaufte der Schmied also das Haus an den Herrn aus der Schweiz. So vollzog sich dieser Kauf ohne Zutun und ohne Wissen meiner Familie. Es gab darum immer wieder Konflikt und Streitereien mit diesem Onkel. Denn der Schmied beanspruchte schließlich auch noch den Verkaufserlös für sich alleine. Leider war es nicht möglich, den Verkauf anzufechten oder alles rückgängig zu machen. Der Konflikt ging schließlich so weit, dass wir jeden Kontakt mit dieser Familie abbrachen, und das ist bis heute so geblieben", beendet sie diese für sie traurige Geschichte.

In der Folge erwies sich der alte Herr aus der Schweiz als recht geschäftstüchtig und vorausschauend, denn er erwarb zu damals günstigen Bedingungen weitere Hausruinen. Die Wohnhäuser in den Olivendörfern waren zu jener Zeit preiswert zu haben. Die Häuser hatten für die Bauern keine große Bedeutung, sie maßen ihren Grundstücken mit den Oliventerrassen einen wesentlich höheren Wert bei. Darauf basierte schließlich ihre Lebensgrundlage. Die Oliven und die Gärten ernährten sie, in den Häusern schlief man ja nur. Der Herr aus der Schweiz veräußerte seine Häuser und Ruinen später dann weiter an andere Interessenten aus dem Ausland. Ob er die Häuser vor dem Verfall retten wollte oder ob er ein gutes Geschäft witterte, ist Anna, und selbst Monique, seiner Enkelin, nicht wirklich bekannt. Damit begann jedenfalls eine große Veränderung im Dorf. Die Verkaufsbedingungen veränderten sich schlagartig, als das Kaufinteresse von Nordeuropäern immer deutlicher zunahm. Die Auflagen und Gebühren durch Gemeinden und Notare beim Kauf einer Immobilie wurden wesentlich strenger, die Preise stiegen an. In der Folge nahmen auch Erbstreitigkeiten unter den Besitzern der Häuser zu, und in der Regel musste ein Käufer mühsame Verhandlungen mit etlichen zerstrittenen Erbengemeinschaften und Teil-Hausbesitzern in Kauf nehmen, bevor er in den Besitz eines Stückchen Land oder eines Hauses kam.

Um wieder etwas mehr Heiterkeit in ihr Gespräch zu bringen, interessiert sich Anna noch für die Liebe. „Wie haben Sie eigentlich Ihren Mann kennengelernt?" Da hellt sich Signora Graziettas Gesicht sofort auf. „An einem 1. Maitag trafen wir uns auf dem ‚Prato dei Coppetti' (Wiese mit tassenförmigen kleinen Blüten, wahrscheinlich sind es kleine Narzissen)", verkündet sie. Als Anna einen fragenden Blick aufsetzt, erklärt sie sofort: „Das war ein sehr traditionelles Fest, zu dem sich jedes Jahr die jungen Leute aus der Region mit Picknickkörben auf einer weit oben liegenden Wiese versammelten und ein Frühlingsfest feierten. Diese Wiese liegt oberhalb von Veglio, dem Dorf, das auch zu unserer Gemeinde gehört, aber in etwa einer Stunde Fußweg weiter westlich liegt. Das war Ende der Sechzigerjahre. Ich wanderte oft mit meinen Schwestern und Freundinnen hinauf. Dort traf sich die ganze

64

Jugend der umgebenden Bergdörfer, sogar aus einem anderen Tal. Sie kamen von der anderen Seite heraufgestiegen und wir trafen uns dort. Es war immer sehr lustig, es gab Musik, wir sangen und tanzten, natürlich gab es auch reichlich Wein aus großen Korbflaschen. Erst spät am Abend kehrten wir nach Hause zurück. Und das auch nicht immer", erzählt sie mit einem Augenzwinkern. Anna ist überrascht darüber, wie lebhaft Signora Grazietta plötzlich ihre eigene Geschichte schildert. „Dabei lernte ich Adriano kennen, der aus einem Dorf unterhalb von Veglio kam. Wir haben uns danach noch öfters getroffen, bis er mich dann gefragt hat, ob ich ihn heiraten will. Ich hatte ein sehr glückliches Leben mit ihm. Leider ist er vor sieben Jahren von uns gegangen", beendet sie diesen Teil ihrer Geschichte. Seitdem ist sie nun die ‚padrona' des Ölproduktions-Betriebs, in dem ihre ganze Familie beschäftigt ist. Mittlerweile ist schon die Enkelgeneration in das Geschäft eingestiegen. Die jungen Leute produzieren reines biologisches Olivenöl aus den kleinen, in dieser Region heimischen Taggiasca-Oliven, Olivenpaste, Olivenseife, eingelegte Oliven und alle möglichen ‚sugos', die feinen Saucen, die man zur Pasta bereiten kann. Man kann diese Leckereien entweder direkt in einem Laden auf dem Betriebsgelände kaufen oder in einem von einer Enkelin der Signora geführten Geschäft an der Hauptstraße am Meer.

Signora Grazietta bedankt sich herzlich bei Anna für den Rundgang und Anna sich bei ihr für deren Besuch. Sie lädt Anna ein, zusammen mit Bernt im Winter einmal in ihr Unternehmen zu kommen, damit sie eine Original-Ölmühle, wenn auch bereits etwas modernisiert, in Betrieb sehen kann. Das Angebot nimmt Anna gerne an. Die Signora verspricht auch, die Briefe vorbeibringen zu lassen, die sie in dem Haus ihres Großvaters gefunden hat.

Kapitel 3: Dienstag

Objets trouvés – Künstler suchen Dorf
Besucher – Rosetta, Monique, Petra, Andreas, Elsa, Erdmuthe

Früh am Morgen gegen sieben Uhr klopft es laut an Annas Haustüre. Der Nachbar Gabriele, der bei der Polizei arbeitet, ruft, sie soll schnell in seinen Garten kommen, er habe etwas Wichtiges entdeckt. Erschrocken zieht sich Anna etwas über und folgt ihm in den Nachbargarten. Hinter dem Gartengitter liegt auf dem Boden ein aufgeklappter Geldbeutel. „Ja, das ist mein Geldbeutel, Gabriele", ruft sie. „Wie kommt der hierher? Und hier liegen auch meine Ausweise und Kreditkarten, schau! Tja, aber mein Bargeld ist weg." „Rasch, geh' ins Haus und sieh nach, ob sonst noch etwas fehlt. Das waren Einbrecher!", mahnt Gabriele. Tatsächlich: Es fehlen ihr Handy, ihre Kamera, und Bernts Notebook, alles Gegenstände, die im Wohnzimmer auf dem Regal und auf dem Tisch herumlagen. Die beiden sind tief erschrocken über den Diebstahl. Wie konnten Einbrecher in der Nacht in ihr Wohnzimmer in der ersten Etage gelangen, ohne sichtbar etwas beschädigt zu haben und ohne, dass Anna und Bernt irgendetwas gemerkt hatten? Das Fenster ist unversehrt, es war zwar in der Nacht geöffnet, um die frische Luft hereinzulassen, aber alles sieht intakt aus. Die Haustür war verriegelt und wurde nicht aufgebrochen. Wut, Enttäuschung und Angst ergreifen die beiden. Wie aus dem Paradies hinausgeworfen kommen sie sich vor.

Sofort schaut Gabriele sich in der Umgebung um. Im Haus der Schweden unterhalb von Annas Haus steht das Gartentor halb offen. Im hinteren Teil des Gartens findet er zwei ausgeräumte Rucksäcke, die auf dem Boden liegen. „Wer ist hier gerade zu Besuch? Wer ist zuletzt hier gewesen? Habt ihr jemanden gesehen?", fragt er. Anna hat hier zuletzt nur die Gruppe amerikanischer Gäste gesehen. „Wir haben vor ein paar Tagen noch ein paar Amerikanerinnen hier gesehen, aber sie sind abgereist. Vielleicht kamen inzwischen neue Gäste? Ich habe gestern oder vorgestern ein Pärchen gesehen, die früh morgens losliefen, vielleicht gingen sie wandern?", erinnert sich Anna. Ob sie aber noch im Haus waren, ob sie schliefen, oder ob sie irgendwo anders die Nacht verbrachten, wusste sie nicht. Über die offensichtlich durchwühlten und geleerten Rucksäcke waren Anna und Gabriele doch einigermaßen erstaunt. Auch dort lagen Pässe und Kreditkarten fein säuberlich aufgereiht daneben. „Das waren ja außergewöhnlich ordentliche Diebe", bemerkt Bernt sarkastisch. Gabriele ist außer sich. Er arbeitet als Kriminal-Ermittler bei der Carabinieri-Station an der Küste und wird daher nicht als Polizist in Uniform wahrgenommen. Anna und Bernt haben lange nicht genau gewusst, was er arbeitet. Dass so etwas in seinem eigenen Dorf geschieht, sozusagen unter seinen Augen, dass auch er nichts gehört oder vernommen hat, wo er doch selbst gleich in nächster Nähe zu der Gasse sein Schlafzimmer hat! Er kann es einfach nicht fassen und fühlt sich in seiner Ehre gekränkt! Und erst recht die beiden, Anna und Bernt, sie haben im Zimmer neben ihrem Wohnzimmer geschlafen, in das eingebrochen wurde, und haben nichts bemerkt. Wie konnte das geschehen? Gabriele verspricht, alles zu tun, um die beiden Diebstähle aufzuklären, und sagt, sie sollen den Einbruch auf jeden Fall in seinem Polizeirevier melden, was sie dann auch umgehend erledigen.

Etwas verwirrt und angeschlagen geht Anna an diesem Morgen zum Oratorium und öffnet die Tür zur Ausstellung. Dort wird sie heute von mehreren Besuchern überrascht, deren Präsenz und Erzählungen sie an einige der Bewohner der Dorfhäuser in den Sechziger- und Siebzigerjahren erinnern, nämlich diejenigen Mitteleuropäer, die nach dem ersten Schweizer ins Dorf kamen. Sie waren auf der Suche nach einem ruhigen, romantischen Ort, nicht allzu weit vom Meer entfernt. Damals haben viele Menschen aus den nördlichen Teilen Europas hier in diesem schönen Fleckchen Erde ein Feriendomizil gesucht und gefunden. Interessanterweise waren hier unter den ersten Ankömmlingen viele Musiker oder mit Kunst befasste Persönlichkeiten. Zunächst aber wird Anna durch eine Besucherin an einen bereits verstorbenen italienischen Helfer und Freund erinnert.

Rosetta und ihr Vater, der Maurer

„„Buon giorno', kennen wir uns nicht?" Mit diesen Worten begrüßt Anna eine kleine, aparte, sehr bescheiden auftretende Frau mit kurzem grauem Haar, die ihr bereits bei der Vernissage aufgefallen war. Sie kommt heute zum zweiten Mal und stellt sich als Rosetta, die Tochter von Federico ‚muratore' (dem Maurer) vor. Er hatte vor längerer Zeit bei ihr und Bernt sowie auch in vielen anderen Häusern in Villa und Umgebung Um- und Ausbauten vorgenommen. Sie ruft Bernt herbei: „Komm mal eben, hier ist Federicos Tochter." Er eilt hinzu und beide begrüßen Rosetta herzlich. „Rosetta, wie mich das freut, dass Sie zu unserer Ausstellung gekommen sind! Ihrem Vater haben wir so viel zu verdanken. Wir haben ihn im letzten Jahr während seiner Krankheit noch öfters in seinem Haus besucht. Wie geht es Ihrer Mutter? Nach dem Tod ihres Mannes ist sie sicher sehr alleine?", sagt Anna. „Sie kommt ganz gut zurecht. Mein Bruder und ich schauen öfters nach ihr, sie hat auch eine Helferin, die täglich ein paar Stunden nach ihr schaut", erwidert Rosetta ruhig und mit einem freundlichen Lächeln.

„Das kleine Bild von Federico, das Ihre Familie uns mit der Todesanzeige geschickt hat, steht noch heute in meinem Wandregal", erzählt Anna weiter. „Es erinnert uns noch immer an ihn. Er war für uns ein treuer Helfer und Freund der ersten Stunde. Später, als er nicht mehr wie früher die üblichen Maurerarbeiten ausführen konnte, sondern sich nur noch um ein paar Häuser und Gärten gekümmert hat, schaute er immer mal wieder bei uns vorbei, wenn er auf Kontrollgang in der Nachbarschaft unterwegs war." „Ja", lacht Rosetta, „er konnte die Dörfer hier oben nicht vergessen, er hat sein halbes Berufsleben damit zugebracht, die bäuerlichen Wohnhäuser umzubauen oder die verfallenen ‚rustici' (baufällige Wohnhäuser), die die Ausländer kauften, für sie aufzubauen." „Ja, das ist wahr", fuhr Anna fort, „er saß dann oft bei uns in der Küche oder auf der Veranda, meist bei einem Tee – denn er konnte ja wegen seiner Krankheit keinen ‚vino d'uva' (Wein aus den selbst geernteten Trauben) mehr vertragen – und erzählte aus seinem früheren Leben, von den guten alten Zeiten." „Ach ja, was hat er denn da so erzählt?", fragt Rosetta amüsiert. „Beispielsweise von seiner Zeit in Bergamo, wo er als junger Mann Ihre Mutter kennengelernt hat. Oder von seiner Arbeit in der Schweiz, wo er ja als junger Maurer arbeitete. Es gab ja damals während und nach dem Krieg kaum Arbeit in Italien. Dort hat er sogar an der berühmten ‚Via Mala‘ mitgebaut, das hat er immer wieder erzählt." „Ja, darauf war er sehr stolz", bestätigt Rosetta.

„Er hat uns so oft geholfen. Da kann ich Ihnen tolle Geschichten erzählen", fügt Anna hinzu. „Zum Beispiel waren wir damals beruflich oft lange Zeit im Ausland. Nur in den Ferien kamen wir her. Mitunter sind während unserer Abwesenheit ein paar dumme Geschichten passiert. Aber Federico hat uns immer wieder gerettet. Wasserleitungen waren so ein Problem in den alten Häusern. Nur Federico wusste ganz genau, wo sich diese in unserem Haus befanden, oftmals an unvermuteten Stellen und meistens waren sie stark verkalkt. Einmal ist das Haupt-Abwasserrohr des Hauses unten in der ‚cantina‘ gebrochen, und der aufgestaute Inhalt entleerte sich durch die Decke auf eines der Gästebetten. Eine sehr peinliche und übelriechende Angelegenheit! Gottseidank war gerade niemand in der Wohnung, aber Federico hat es bei einer Inspektionstour rechtzeitig entdeckt und sofort repariert. Er hat es uns erst viel später erzählt." Anna greift sich bei der Erinnerung vor Entsetzen an die Stirn. „Ein anderes Mal hat er uns logistisch sehr geholfen", fährt sie fort. „Wir hatten beschlossen, von hier aus eine Tour nach Rom zu unternehmen. Erst in La Spezia im östlichen Teil Liguriens fiel uns ein, dass uns der Zettel mit Adresse und Telefonnummer der Freunde, die wir dort besuchen wollten, fehlte. Er lag auf dem Telefontisch in unserer Wohnung. Verzweifelt riefen wir Federico an und baten ihn, in die Wohnung zu fahren und uns diese Nummern und Adressendetails bei unserem nächsten Anruf durchzugeben. Auch das hat er wunderbar bewerkstelligt. Wir mussten also nicht extra wieder zurückfahren. Er war einfach großartig, Ihr Vater!"

„Haben Sie übrigens die beiden großen ‚vasca‘ (große alte Ölbehälter aus Ton) in unserer ‚cantina‘ und im Garten bemerkt? Sie sind aus dem ehemaligen Garten Ihrer Eltern. Ich habe sie Federico damals abgekauft, und war überglücklich darüber, dass er sie mir bei seinem Umzug anbot." „Ach ja, ich weiß, was Sie meinen, die schönen alten

Ölvasen, eine davon hat er ja noch in sein neues kleines Domizil mitgenommen", fügte Rosetta hinzu. Federico hatte in den ‚cantine' der alten Häuser, die er in Villa und auch in den Nachbardörfern umbaute, die zurückgelassenen landwirtschaftlichen Gerätschaften wie Eggen, Sensen, Pferdegeschirr und besonders die heute sehr begehrten großen Ölvasen gefunden und an sich genommen. Die aus Lehm gebrannten, oft bis zu einem Meter hohen, oval geformten Gefäße, die oftmals noch einen Stempelaufdruck des Herstellers tragen, sind heutzutage besonders wertvoll. Man findet sie nur noch in Antiquitätengeschäften oder auf Antik-Märkten, z.B. in Taggia oder San Remo.

Federico war es auch, der die alten Fotos, die heute in der Ausstellung prangen, in dem ‚Schweizer' Gebäudekomplex in Annas Nachbarschaft schon frühzeitig entdeckt hatte. Er hatte Anna darauf aufmerksam gemacht, viele Jahre bevor sie durch den schwedischen Architekten wieder zutage befördert wurden. Die Gewölbe, die verschlungenen Treppen und Gebäudeteile, die er im Auftrag der Schweizer als Ferienwohnungen herrichtete, kannte er bis ins letzte Detail. Er fand dort antike Keramikfliesen und alte Türen, die er zum Teil für Volker, den Hamburger Kunstprofessor, im Nachbarhaus auf dessen Wunsch einbaute. Der hatte sich ebenfalls mit Federico angefreundet und hat sich besonders über die Fliesen sehr gefreut. Zwei Jahre vor Anna und Bernt hatte er sein Haus erworben. Immer wieder förderte Federico alte Streichhölzer, marode Zigarettenschachteln, verschlissene alte Bilder in Holzrahmen oder verrostete Eisennägel zutage und brachte sie bei Anna vorbei, weil er wusste, dass sie diese Raritäten liebte und sorgfältig aufbewahrte. Dabei fand er auch ein in Öl gemaltes Porträt eines Mannes, vielleicht eines Dorfbewohners, das er Anna schenkte und das bis heute in ihrem und Bernts Wohnzimmer neben dem Kamin einen guten Platz gefunden hatte.

„Wir teilten auch unsere besondere Vorliebe für Chiara, die ehemalige Hausbesitzerin unseres Hauses", erzählt Anna mit einem Augenzwinkern. „Federico ging der ‚avocatessa', wie sie im Dorf genannt wurde, eigentlich am liebsten aus dem Weg. Er hatte sie als auftrumpfende und schlecht zahlende Auftraggeberin kennengelernt, als eine sich gegenüber ihm und den Dorfbewohnern arrogant verhaltende Städterin. Daher zeigte er ihr unverhohlen seine Abneigung. Wenn sie in ihrer forschen Art Federico um einen Handgriff bat, verstand er es sehr gut, sie hinzuhalten. Er ließ sie warten, erfand Entschuldigungen, bis sie es schließlich aufgab. Er wollte einfach nicht mehr für sie arbeiten, er war der Meinung, er habe es auch nicht mehr nötig. Er behauptete, sie sei eine aus früheren Zeiten übrig gebliebene Faschistin. Er selbst, so dachten Anna und Bernt über ihn, war wohl eher ein ehemaliger Kommunist. Als Chiara in den späteren Phasen ihres Zusammenlebens Anna und Bernt ein wenig von oben herab behandelte, gab er ihnen mitunter ein paar wertvolle Tipps, wie sie damit umgehen sollten, nämlich weitgehend mit Nichtbeachtung.

Federico selbst lebte äußerst bescheiden. Als er in den Neunzigerjahren zu Annas und Bernts Haus-und-Hof-Handwerker wurde, besuchten sie ihn und seine Frau öfters in einem kleinen grauen Haus unten an der Küste. Es lag an einer großen Straße, die zur Autobahn führt. Ihre Kinder waren bereits erwachsen und ausgezogen. Seine Frau und er pflegten mit großer Liebe einen schönen Garten hinter dem Haus. Darin wuchsen Zucchini, Auberginen, Tomaten, Zitronen und Aprikosen, üppige Bougainvillea und wunderschöne Blumen; es war ein kleines Paradies. In einer winzigen Gartenlaube waren Anna und Bernt ein paarmal bei ihnen zu Gast, tranken ihren starken Espresso, einen Limoncello oder Saft und freuten sich mit ihnen über ihre Enkel und

71

Enkelinnen, die hier oft den Nachmittag nach der Schule verbrachten, während die Eltern noch bei der Arbeit waren. Rosetta, Federicos Tochter, die gerade mit Anna durch die Ausstellung ging, wohnte schon immer in der Nähe ihrer Eltern, der Sohn in einem Dorf oben auf der Höhe.

Federico liebte die Natur und die Dörfer in den Bergen. Er ging zum Ende des Sommers gerne in die höheren Bergwälder der Seealpen zum Pilze sammeln. Er lehrte Anna, die wilden *asparaggi* zu schätzen, die dünnen, grünen Stängel mit den stacheligen Blättchen, die sogar in ihrem Garten wild wuchsen und die viele ältere Italiener in den ländlichen Gebieten noch immer sammeln und auf den Märkten verkaufen. Er liebte ihren wunderbaren alten Aprikosenbaum, der die besten, süßesten Früchte des ganzen Dorfes trüge, das war seine Meinung. Er machte seinen eigenen Wein und schenkte ihnen ab und zu eine dickwandige Flasche aus braunem Glas, der einen recht herb schmeckenden Rotwein enthielt, den die lokalen Bewohner ‚vino d'uva' nennen. Wein aus Trauben, das klingt merkwürdig. Die Vermutung ist, dass sie früher nur ihrem selbst gemachten Wein aus echten Trauben die Authentizität und Güte von Qualitätswein zubilligten und dem Wein, den es damals als Novum auch im Supermarkt gab, nicht trauten. So kam es zu dem Begriff ‚vino d'uva', der noch heute für den in den Dörfern oft selbstgekelterten Wein gebräuchlich ist. Es war Anna und Bernt allerdings peinlich, dass sie Federicos Wein regelmäßig wegkippen mussten, weil sie ihn ungenießbar fanden. Federico war bis ins hohe Alter ununterbrochen aktiv. Wenn er nicht arbeitete, war er auf dem Boccia-Platz unten im Tal anzutreffen.

Es dauerte lange, bis es ihm gelang, ein Altersdomizil für sich zu finden und herzurichten. Um das baufällige graue Haus an der Kurve, das vom Verkehr umtost war, hinter sich zu lassen, erwarb er ein kleines, ehemaliges Pförtnerhaus am Eingang eines größeren Anwesens in einem nahegelegenen Dorf. Es hatte einen Keller, ein Erdgeschoss und ein ausgebautes Dachgeschoss mit jeweils vielleicht 30 Quadratmetern Fläche; es glich einem Puppenhaus. In fortgeschrittenem Alter zogen er und seine Frau dorthin um, und es war erstaunlich, wie gut das Paar

72

mit den engen Wohnverhältnissen und dem Treppensteigen zurecht-kam. Wenn man die Stufen zur Eingangstür hochstieg und eintrat, saß man bereits halb auf dem Sofa vor dem Fernseher. Direkt daneben be-fand sich ein runder Tisch. Hinter einer Trennwand verschwand dann meistens seine Frau in ihrer kleinen Küche, um mit Wermut, Likör, Keksen und Espresso für die Gäste wieder zu erscheinen. Dann saßen Anna und Bernt dort und sprachen von dem Dorf, den Häusern, den Menschen, die Federico gut kannte. Er konnte nach einer ernsthaften Erkrankung nicht mehr in ‚seine' Dörfer hinauffahren. Und dann schließlich war er irgendwann ganz gegangen. Anna verweilt in ihren Gedanken noch bei den guten Taten ihres alten Freundes Federico, als Rosetta ihren Rundgang beendet.

„Ich bin ganz begeistert von den Fotografien hier. Sie sind wirklich wunderbar, obwohl sie schon so alt sind. Mein Freund und ich, wir fotografieren auch beide, es ist unser Hobby", verrät sie Anna. „Komm uns doch mal besuchen. Ich würde dir gerne einmal unsere Fotos zei-gen. Wir machen auch Porträts von Freunden und Bekannten, und wir würden Euch gerne in unsere Galerie aufnehmen", sagt sie zum Ab-schied lachend. Anna bedankt sich, und verspricht, dass sie sich nach der Ausstellung einmal melden werde.

Monique und ihr Erbe

Am Abend zuvor war Monique, Annas Schweizer Nachbarin, eingetrof-fen. Anna hatte ihr einen Zettel in den Briefkasten gesteckt, auf dem sie ihr kurz von dem Besuch von Signora Grazietta berichtete. Darin hatte sie sie auch gebeten, ihr einen geführten Besuch im ‚frantoio' (der Öl-mühle) von „Rinaldo" zu ermöglichen, dessen Eingang sich hinter dem ‚cancello' (Gittertüre) von Moniques Grundstück befindet. Monique, eine zierliche, stets schick und sportlich gekleidete blonde Frau mittle-ren Alters ist die Enkelin des ersten Hauskäufers. Bereits in ihren Kin-dertagen war sie mit ihren Eltern, dem Großvater und ihren zwei Brü-dern oft in Villa. Viele Ferien hat sie hier in den Bergen und im Dorf verbracht. Auf einigen Fotos in dem Album von Carmela ist sogar zu sehen, wie sie auf einem Maultier sitzt und, von einem Dorfbewohner geführt, die Hauptgasse herunterreitet oder unter einem Mandelbaum schaukelt. Noch heute steigt sie nach ihrer Ankunft gerne als erstes auf den Berg oberhalb des Dorfes und genießt den Blick in die wunderbare Meeresbucht unter ihr. Sie sagt, sie liebt es zu wandern, die vom Meer angefeuchtete Luft zu atmen, das Grün der kleinen mediterranen Eichen und das Silber der Olivenbäume zu bewundern. Heutzutage verbringt sie ihre Ferientage im Dorf meistens alleine. Sie bewohnt dann das Erdgeschoß einer der vielen Wohnungen in dem zweistöckigen großen Haus mit seinen Anbauten, ehemaligen Stallungen und dem großen Garten und Terrassen. Für ihre Mutter und ihre Brüder sind immer ein paar eigene Räume reserviert. Als ihre drei Töchter noch klein waren, gab es viele lustige Kinderfeste in ihrem Haus und auf den Terrassen vor dem großen Häuserkomplex. Monique konnte sich wunderbare Spiele ausdenken, zum Beispiel schrieben sich ihre Kinder und andere Kinder aus der Nachbarschaft bei schlechtem Wetter gegenseitig Briefe und hingen sie an die verschiedenen Haustüren. Bei gutem Wetter rannten sie überall in den Gärten und kleinen Gassen herum und spielten Versteck. Manchmal wird sie noch von einer ihrer Töchter begleitet, die mittlerweile Yogalehrerein ist. Monique hat ihr für ihre Übungen und Kurse eine extra für sie geplante, von außen nicht einzusehende, Terrasse unterhalb ihres Hauses bauen lassen. Dazu werden dann für die Kursteilnehmer vegane Mahlzeiten und idyllische Spaziergänge angeboten.

Monique geht gerade mit ihrer Einkaufstasche draußen vorbei und stoppt kurz vor dem Oratorium. „Hey, Anna, ich habe gerade deine Nachricht gefunden. Natürlich kannst du gerne die Ölmühle sehen. Wann passt es dir?" „Am besten heute in der Mittagspause", sagt Anna, „denn die Signora könnte wiederkommen, um mir ihre alten Briefe vorbeizubringen; dann wüsste ich wenigstens etwas über diese Ölmühle und wenn du erlaubst, könnte sie sie dann auch irgendwann unter meiner Führung besichtigen." „Ja, klar", sagt Monique, „ich komm dich um ein Uhr abholen und zeige dir alles. Ich bin gerade auf dem Weg in die Stadt und habe wenig Zeit, aber erst will ich doch mal noch rasch durch deine Ausstellung gehen. An sich kenne ich die Fotos ja bereits, aber ich möchte doch sehen, wie ihr alles angeordnet und ausgestellt habt. Das sieht ja hier großartig aus." „Ja, geh' ruhig durch, du findest genügend Erläuterungen und Anweisungen. Wenn du Fragen hast, stehen wir dir gerne zur Verfügung." Da andere Gäste warten und Monique keine Fragen hat, kümmert sich Anna nicht mehr um sie. Monique verlässt das Oratorium bald und winkt Anna nochmals kurz zu.

Petra, ihr Mann und ihre Künstlerfreunde

„Petra, dich habe ich wirklich vermisst bei den Vorbereitungen zu dieser Ausstellung", ruft Anna Petra entgegen, die gerade zur Tür des Oratoriums hereinschaut. Petra läuft Anna lachend entgegen und umarmt sie herzlich. Die kleine zierliche Schweizerin mit dem offenen herzlichen Gesicht ist Annas beste Freundin hier im Dorf. „Ja", sagt sie, „wir konnten leider nicht früher kommen, du weißt ja, wir beteiligen uns an vielen Umweltaktivitäten zuhause. Ricardo hat wieder mal bei Protestaktionen gegen ein großes Projekt in unserem Ort mitgewirkt. Ein völlig unnötiger Baumarkt sollte dort gebaut werden, für dessen Bau viel Natur hätte geopfert werden müssen, dagegen haben wir uns mit einer Gruppe gewehrt und viel demonstriert. Das war dieses Mal richtig aufregend. Und wir haben tatsächlich gewonnen, die geplante Straßenerweiterung für den Baumarkt ist damit gescheitert!"

Petra und ihr Mann Ricardo gehören zur Minderheit der Ferienhausbesitzer, die sehr gut Italienisch sprechen. Ricardo ist ein halber Italiener und Petra hat für die Ausübung ihres Berufs als Reisebegleiterin auf großen Schiffen und in Flugzeugen mehrere europäische Sprachen gelernt und ist außerdem ein sehr kontaktfreudiger Mensch. So half sie Anna und Bernt schon früh bei ihrem Hauskauf, die Vertragsunterlagen besser zu verstehen und mit Chiara, der „avocatessa", sowie deren Agenten und Notar zu verhandeln. Und Petra ist nicht nur eine Verhandlungskünstlerin, sie hat auch die Gaben einer Diplomatin. Sie ist immer freundlich, ausgeglichen und hilfsbereit.

Ricardo ist dagegen eher ein wenig wortkarg. Wenn er mal etwas sagt, ist es meist kritisch, manchmal sogar sarkastisch oder gar provozierend.

Aber wer ihn kennt, nimmt ihm das nicht übel. Außerdem ist er ein Prachtexemplar dessen, was man scherzhaft einen ‚Schweizer Uhrmacher' nennen könnte. Er ist einfach ein ausgezeichneter Heimwerker und in jedem handwerklichen Beruf genauestens bewandert. Das ist zwar nicht sein Hauptberuf – er ist eigentlich Naturwissenschaftler und hat in Laboren gearbeitet – aber in seinem Pensionärs-Dasein ist er der Bau-Bastel-Experte par excellence. Seine große Leidenschaft hier in Ligurien sind Natursteinmauern, die für diese Gegend mit ihren unzähligen Oliventerrassen charakteristisch sind. Entlang der Straßen, in den Gärten und Oliventerrassen, aber auch zum Erhalt der kleineren landwirtschaftliche Bauten wie den Rundsteinhütten, in denen früher meist die landwirtschaftlichen Geräte und Netze untergestellt wurden, sieht man noch heute diese Trockenmauern. Felsen, alte Mauern und Steine, aber auch Fundstücke aus ehemaligen Ställen, sind für ihn Zeugen der Vergangenheit. Man weiß oft nicht, wie alt sie wirklich sind, für Ricardo deuten sie auf die Ewigkeit der menschlichen Existenz hin und nötigen ihm Respekt vor den alten Kulturen und Traditionen ab.

Er und Petra besitzen mehrere kleine Ruinen, so zum Beispiel ehemalige *fienile* (Heuschober), Ziegenställe, Hühnerställe, sogar Garten-Trockentoiletten, Brot- und Pizza-Öfen. Ricardo säuberte, verfugte und bewahrte die dortigen Mauerstücke mit viel Liebe zum Detail. Aus zwei aneinander gebauten Heuschobern entstand ihr zweistöckiges Wohnhaus mit einem Durchbruch und jeweils einer Wendeltreppen nach oben. Andere Gebäude verwandelte er in kleine Gäste- und Gartenhäuser. Meeresblick ist den beiden nicht so wichtig; der Blick auf die alten Gemäuer und die grüne Natur sind für sie ausreichend und wunderbar. In einem zweistöckigen Gebäude gegenüber ihrer Terrasse hat Ricardo sich mit einer Objektkunst verewigt. Aus alten Baugerüstmaterialien hat er in dem völlig entkernten Innenraum eines zweieinhalb Stockwerke hohen Natursteinhauses ein freistehendes zweites „Innen-Haus" mit eingelegten Böden gebaut, ohne dass die alten Mauern berührt werden. Dieses Innengebäude aus den metallenen Gerüstteilen wirkt wie eine Kunstinstallation. So kann man innerhalb des Hauses herumklettern, sitzen und die Aussicht auf das Mauerwerk genießen oder aus einem der kleinen Fenster überraschend hübsch gerahmte Ausschnitte

76

der Landschaft draußen bewundern. In ihren anderen Gebäuden befinden sich Wände, Decken und kunstvoll gemauerte Kreuzgewölbe voller zahlreicher Fundstücke aus altem Holz oder rostigem Eisen. Dazu zählen Nägel, Schrauben, Hämmer, Sägen genauso wie ein sanft von der Decke schwebendes Mobile eines guten Künstlerfreundes. Von diesem und anderen Freunden erzählen sie sowie Anna und Bernt sich oft die alten Geschichten, wenn sie zusammensitzen. Leider kann man keine öffentlich zugänglichen Fotos dieser Personen mehr finden, auch nicht in dem Fotoband von Carmela, obgleich sie zum Teil recht berühmte Künstler waren. Sie gehörten zu denen, die in den Sechzigern und Siebzigern im Dorf lebten oder immer wieder das Dorf besuchten.

Kunstfreunde, die sich für Villa begeisterten, gab es mehr als genug, und Hausruinen, die teilweise zum Träumen schön waren, ebenfalls. Die Ruinen, die der erste hier ansässig gewordene Schweizer aufgekauft hatte, sowie andere Wohnhäuser von Einheimischen standen zum Verkauf. Die meisten Interessenten waren auf Empfehlung von Freunden an die ligurische Küste gekommen und erstanden begeistert einige jener preiswerten, romantisch baufälligen Häuser in bester Lage. Die Vorliebe für diese Gegend war vielleicht der Nähe zu Frankreich, aber sicherlich auch einem gewissen Zeitgeist geschuldet. Cannes, Nizza, Monte Carlo, alles nur eine gute Autostunde mit dem PKW entfernt, waren große Anziehungspunkte für Lifestyle-Playboys, Möchtegern-Starlets, Journalisten, Künstler, Romanciers. Man genoss französische Weine, italienische Küche, das Dolce-far-niente. So wurden die romantischen Dörfer oft zu einer idealen, aber auch idealisierten Kulisse für künstlerisches Tun aller Art.

Ein Schweizer Musiker und Komponist moderner Musik namens Reinhard, ebenfalls mit Petra und Ricardo gut befreundet, wurde durch einen berühmten italienischen Musiker hierhergelockt, der eine Ferienresidenz an der Küste besaß. Beim Besuch jenes Musikerfreundes hatte jener Reinhard eine Autopanne und musste ein paar Tage warten, bis sein Wagen wieder fahrbereit war. Dabei kam er einmal hier herauf, verliebte sich in das Dorf, fand ein Haus, das ihm gefiel und kaufte es. Mit seiner Frau zog er bald dauerhaft hierher. Die beiden haben lange

Zeit hier gelebt und ein Musikfestival mit klassischer Musik gegründet, das über Jahre ein bekanntes Sommerereignis in der Region war. Viele nordeuropäische und auch italienische Künstler wurden dadurch für ein paar Wochen nach Villa und in die umliegenden Dörfer gelockt.

Diese Festivals hatten allerdings nichts bis wenig mit der einheimischen Musikkultur zu tun, die sich bis dato eher bei kirchlichen Festen oder im Oktober beim Kastanienfest der *alpini* (Gebirgsjäger) mit einem Bläserkonzert geäußert hatte. Außerdem ist anzunehmen, dass populäre Volks- und Schlagermusik, die den ganzen Tag über bis heute aus dem Radio erklingt, der Jugend des Dorfes wahrscheinlich näher lag als die für sie etwas elitär anmutende klassische Musik aus dem nördlichen Europa oder den großen kulturträchtigen italienischen Städten. Davon hatte die Jugend in diesen Bergdörfern oberhalb der ligurischen Küste wenig bis keinerlei Kenntnis. Außerdem kamen bildende Künstler hierher und zeigten mitunter Skulpturen und Installationen. Diese fanden Kunstkenner sicherlich anmutig oder gar revolutionär, besonders da sie vor den Fassaden der Kirchen, den alten Dorfhäusern und Ruinen aufgebaut wurden, aber mit dem Kunstverständnis der Dorfeinwohner hatten sie eher wenig zu tun. Als nach etwa zehn Jahren die ausländischen Sponsoren ausblieben und die Festivals schließlich von der Kommune und ihren Helfern organisiert wurden, veränderte sich der Stil dieser Festivals immer mehr. Sie nahmen die Gestalt von Wanderbühnentheater- oder Marionettenaufführungen an, enthielten Artistik- und populäre Musikdarbietungen, bis sie schließlich ganz verschwanden, nicht zuletzt auch, weil die Finanzierung immer magerer wurde und schließlich ganz wegfiel.

Petra wandert in der Ausstellung umher und bewundert gerade die Aufhängung der Fotoinstallationen. „Das erinnert mich an die grazilen Mobiles von Reinhard, der außer seiner klassisch-modernen Musik ja auch noch ein Meister im Zeichnen und Herstellen von feinen, kleinen Kunstobjekten und Zeichnungen war", bemerkt sie. „Und übrigens hatte er hier im Oratorium eine Weile seine Bücher und Musikunterlagen eingelagert, weißt du das eigentlich?" „Ja, das habe ich irgendwann einmal bemerkt", sagt Anna, „aber sie müssen hier ziemlich gelitten haben, denn das Oratorium ist ja leider recht feucht." „Klar", entgegnet Petra lachend, „die waren nach ein bis zwei Jahren völlig verschimmelt, aber das war eben Reinhard, ein wenig Künstler, ein wenig Chaot." „Hatte er nicht hier sogar auch sein Schrauben- und Werkzeuglager eingerichtet? Meiner Erinnerung nach war dies auch seine private Werkstatt, und so etwas wie ein kleiner informeller Baumarkt, wo man sich bedienen konnte, worüber sich einige seiner Freunde sicherlich sehr freuten." „Ja, das stimmt", sagt Petra und schlägt die Hände über dem Kopf zusammen, als sie sich an das Chaos erinnert, das einmal hier im Oratorium herrschte.

Reinhards Frau arbeitete für eine große internationale Konzertagentur. Mithilfe ihrer guten Verbindungen zu Künstlern und Musikagenturen gelang es ihr, viele bekannte Musiker und auch bildende Künstler für dieses Dorf zu interessieren und die Sommer-Kulturfestivals zu organisieren. Anna erinnert sich an ein etwas merkwürdiges modernes Kunstobjekt. Eine überdimensional große, quer geteilte hohle Skulptur in Form einer Olive – Anna hatte es lange für ein Ei gehalten – stand viele Jahre in einer Kellerruine in ihrer Nachbarschaft. Man erzählte sich, dass zum Zeitpunkt der eigentlichen Ausstellung die Besucher sich auf dem Weg zu diesem Objekt durch Textilien und Lederfetzen hindurchdrängeln mussten, die quer in der Gasse hingen und an bunte Vorhänge erinnerten. Das Objekt selbst, die Olive, aus hellem Ton, innen hohl und circa zwei Meter hoch, versteckte sich in der Kellerruine hinter den bunten Tüchern. Jahrelang stand es noch immer etwas verloren und vergessen in jenem Kellerraum, bis das Haus restauriert und wieder aufgebaut wurde.

Dieses Schweizer Musikerpaar hatte viele Kunstbegeisterte in den Ort gezogen, von denen einige dauerhaft im Dorf blieben. Zum Beispiel war da Peter, ein Kunstschreiner und Grafiker, der bereits 1969 im jugendlichen Alter von nur 19 Jahren gemeinsam mit seinem etwas älteren Cousin begeistert vor einer Ruine in Villa stand. In einem Anflug von jugendlicher Schwärmerei haben sich beide spontan zum Kauf entschlossen. Ob dabei ein schlauer Makler beteiligt war und wenn ja, wer, ist Anna nicht bekannt. Das Haus liegt im Oberdorf und ist eingekapselt in einer Reihe von aneinandergebauten Häusern, auf vielen Etagen, auch über einen Torbogen über der Gasse begehbar. Die Familien dieser beiden jungen Männer haben stets die Ferien im Dorf verbracht und sind dem Dorf treu geblieben; mittlerweile sieht man bereits ihre Nachkommen ins Dorf kommen und ihre Ferientage hier verbringen. Mit Peter kam auch seine Mutter: Annette, eine feine zierliche Dame, bezog eine ganz besondere Wohnung mit direktem Blick auf die Piazza, nämlich die Wohnung, die in dem Bogen über der Gasse liegt. Noch heute erinnern sich viele an sie, auch neu zugezogene Italiener im Dorf, ohne sie jedoch recht gekannt zu haben. Vor ein paar Wochen erst wurde Anna gefragt: „Wer war eigentlich die Dame, die ab und zu aus dem Fenster über der Piazza herausschaute? Sie war stets elegant gekleidet und eine besondere Erscheinung."

Diese nette alte Dame, Annette, die ihre langen weißen Haare stets oben am Kopf aufgesteckt trug, sich gerne mit hübschen Blusen und kleiner Schmuck-Kette oder auffallenden Broschen kleidete, ging im Alter schon etwas gebückt und wirkte ziemlich zerbrechlich. Mit ihrem hübschen Gesicht und den funkelnden Augen lachte sie jeden freundlich an. Ihre winzig kleine Wohnung war innen modern und hell gestaltet, stets aufgeräumt. Im Winter war es in ihrem Wohnzimmer immer schön gemütlich, ein kleiner Eisenofen strahlte knisternde Wärme aus. An den Wänden hingen schlichte, aber aussagekräftige moderne Gemälde. Von ihrem Wohnzimmerfenster in dem Bogen über der Gasse hatte sie die Piazza im Blick, und wusste, wer kam und ging. Sie war oft zusammen mit Anna und Bernt zu Gast bei Petra und Ricardo, und ab und zu lud sie alle zum Tee ein. Es gab dann wunderbares, von ihr eigenhändig gefertigtes Gebäck, das in einer feinen Dose aufbewahrt wurde. Auf dem Tisch lagen stets ihre Patiencekarten, die sie offensichtlich gerade vorher zum Spiel ausgebreitet hatte. Volker, unser ehemaliger Nachbar, war auch gerne bei ihr zu Gast. Manchmal bekochte sie ihn liebevoll. Auf einem Abschiedsfoto sieht man sie, wie sie sich umarmen. Vielleicht waren sie ein wenig ineinander verliebt? Mit der Zeit wurden die steilen Stufen zu ihrer kleinen Wohnung zu beschwerlich, sodass sie die Anreise aus ihrem Schweizer Zuhause nach Villa nicht mehr antreten wollte, auch nicht in Begleitung der Söhne und Enkel. Fragt man Peter nach ihrem Wohlergehen, so hört man, dass sie heute zufrieden in einer kleinen Wohnung in der Schweiz lebt; ihre kleine Wohnung in Villa hat sie ihren Nachkommen überlassen.

Eine andere große Künstlerfreundin von Petra und Ricardo aus alten Zeiten ist Clara, von der sie gerne erzählen, eine Schweizer Pianistin von großem Format. Sie hatte ein Haus am Ende des Dorfes, in der Kurve der Straße, die ins Nachbardorf führt. Sie hatte es selbst entworfen und ein Schweizer Gönner hatte es für sie erbauen lassen. Bei starkem Regen kommt neben dem Haus ein Wildbach über viele Felsbrocken heruntergerauscht. Man könnte vermuten, dass sich hier einmal eine wasserbetriebene Getreide-Mühle befand, denn alte Fotos bezeugen, dass auf den Hängen früher Getreide angebaut wurde. In Claras Garten stand viele Jahre lang die schönste, groß gewachsene Palme im Dorf, während heute an vielen Stellen nur noch etliche Yucca-Palmen wuchern. Diese große Palme wurde leider von einem Insektenbefall hinweggerafft, dem auch viele schöne Exemplare an der berühmten Riviera- Küste zum Opfer fielen.

Clara war eine international bekannte Pianistin der Barockmusik auf dem Cembalo. Sie war sogar mit dem berühmten kanadischen Bachinterpreten Glenn Gould befreundet. Über viele Jahre hat sie in Seattle gelebt, wohnte aber immerhin auch sechzehn Jahre lang in Villa. Im Alter zog sie wieder zurück in den Westen der USA. Sie war eine eigenwillige Persönlichkeit. Als sie damals als alleinstehende Dame ins Dorf kam, wurde sie als recht resolut wahrgenommen. Meistens hatte sie es eilig, mit ihrem kleinen Fiat fuhr sie zum Einkaufen an die Küste, in recht flottem Tempo die Serpentinen rauf und runter. Ansonsten benutzte sie auch gerne das für die ländliche Gegend typische ‚ape' (Lastendreirad), mit dem die Einheimischen ihre Geräte und ihr Grünzeug transportieren. Später im Alter brauchte sie für mancherlei Verrichtungen im Haus eine Hilfe. Da kam ihr ein junger Holländer, der damals als Student eine Bleibe für die Ferien suchte, gerade recht und wurde zu ihrem ständigen Begleiter. Er blieb der Gegend treu, noch heute kommt er ins Dorf, bewohnt mittlerweile sein eigenes kleines Apartment und erzählt gerne und oft von Clara. Ein kleines Hundedenkmal mit der Aufschrift „Pippo" thront auf der ehemals palmenbestandenen Auffahrt und erinnert an ihre Liebe zu einem kleinen Spaniel.

Indem Anna und Petra so ihren Gedanken an die vielen Freunde aus der damaligen Zeit nachhängen, sind sie plötzlich am Ausgang der Ausstellung angelangt. Ricardo ist längst wieder zu seinen Mauern verschwunden. Sie müsse jetzt rasch ihre Runde mit den Hunden drehen, sagt Petra und bietet Anna noch an, ihr beim Aufräumen der Ausstellung am Ende der Woche zu helfen. Das Angebot nimmt Anna gerne an.

Andreas *und die Schauspieler*

Ein junger Mann mit Strohhut und betont lässig schicker Kleidung war unterdessen in die Ausstellung gekommen, während Anna noch mit Petra beschäftigt war. Er steht ganz lange vor einem bestimmten Foto.

Es ist das erstaunliche Bild, das Bernardo, der Fotograf, von einer Frau in Männerkleidung aufgenommen hatte. Sie steht breitbeinig in einem Zimmer zwischen einem Stuhl und einem Bett, ihre Hand ruht auf der Fußleiste des Bettes. Sie trägt eine dunkle Hose, ein gestreiftes Hemd und darüber eine Weste, die Kette einer Taschenuhr hängt lässig aus einer Tasche der Weste. An ihrer

82

wohlgerundeten Taille, ihrer Statur und der Pose kann man relativ schnell erraten, dass es sich um eine Frau, nicht etwa um einen Mann handelt. Die Haare sind unter einer Baskenmütze versteckt, ein paar Locken lugen noch hervor. Sie schaut selbstbewusst und beinahe herausfordernd in die Kamera. „Was für eine faszinierende Aufnahme", sagt Andreas, als sich Anna ihm nähert.

„Hallo, Andreas", sagt sie. „Tja, wie würdest du dieses Porträt interpretieren, aufgenommen immerhin vor über 100 Jahren?" „Schwer zu sagen", meint Andreas. „Warum trägt sie diese Kleidung und hat diesen Auftritt?", fragt er und kratzt sich am Kopf. „Ich bin mir ziemlich sicher, dass es sich um eine Frau handelt", antwortet Anna. „Sie war wahrscheinlich das Kindermädchen in der bäuerlichen Familie des Fotografen. Wir haben noch eine andere Aufnahme, auf der wir meinen, dieselbe Person wiedererkannt zu haben. Dort sitzt sie in Frauenkleidung mit drei kleinen Kindern im Hausbogen von Bernardos Elternhaus (heute das Schweizer Haus)." „Ich bin versucht, dir zu glauben, vielleicht war sie Schauspielerin – so wie ich?", sagt Andreas lachend. „Oder sie hat sich verkleidet, vielleicht anlässlich eines Festes oder an Karneval?" „Das mag sein", sagt Anna, „aber es gibt auch noch andere Erklärungen für dieses Phänomen. Es könnte zum Beispiel etwas mit dem Status dieser Frau zu tun haben. Vielleicht war sie unverheiratet oder verwitwet, und wenn es keine männlichen Nachkommen in der Familie gab, war sie praktisch das Familienoberhaupt. Sie hatte also den Status eines Mannes, desjenigen, der die Entscheidungen zu treffen hatte. Im wahrsten Sinne des Wortes hatte sie die Hosen an", so Annas Vermutung. „Tja, vielleicht hast du recht. Das ist auch möglich. Vielleicht gab es damals aber auch schon offen ausgetragene Transsexualität?", meint Andreas mit einem Stirnrunzeln. „Wissen wir denn, wie Menschen hier mit diesem Phänomen vor hundert Jahren umgegangen sind? Vielleicht fortschrittlicher und selbstverständlicher als wir heute?", sinniert er. „Aber ehrlich gesagt kann ich mir das nicht so recht vorstellen." „Du wirst es nicht glauben", sagt Anna, „ich kenne eine ähnlich männlich wirkende Frau, die in einem Dorf des Nachbartals einen Gartenbaubetrieb hat und jeden Montag mit ihrem Stand unten in unserer Küstenstadt auf dem Markt steht. Sie trägt Männerkleidung, hat Ansätze eines Bartes und eine tiefe Stimme, aber an ihren Körperkonturen siehst du, dass sie eine Frau ist. Keiner stört sich daran, sie steht da völlig selbstverständlich seit vielen Jahren", erklärt Anna. „Dieses Foto ist auf jeden Fall sehr originell und beeindruckend. Wenn die Ausstellung vorbei ist und du es nicht mehr brauchst, würdest du es mir überlassen?", fragt Andreas. „Ich denke, mein Vater würde sich sehr darüber freuen und es amüsant finden." „Ja, klar, das mache ich gerne. Ich heb' es für euch auf", sagt Anna.

Andreas ist tatsächlich Schauspieler, so wie auch seine ganze Familie, also seine Frau, sein Sohn und sogar seine Eltern. Mit den Eltern verbindet Anna eine ganz eigenartige Geschichte. Daher fragt sie: „Sag mal, weißt du eigentlich, wie ich deine Mutter und deinen Vater kennengelernt habe?" Er verneint. „Es fand alles bei einem Glas Wein auf der Dachterrasse von Volker statt", beginnt sie ihre Schilderung. „Wir sollten uns kennenlernen, meinte unser Nachbar Volker damals. Hier seien zwei Neuankömmlinge im Dorf, mit denen wir uns sicher gut verstehen würden. Deine Eltern und wir saßen also eines Abends auf Volkers herrlicher Dachterrasse an dem großen knorrigen Holztisch und schauten abwechselnd in die Nacht hinaus. Außerdem schauten wir ab und zu einander neugierig in die Augen. Deine Mutter saß neben mir auf der Bank, und mein verstohlener Blick ging immer wieder nach links zu ihr, weil ich ihr Profil studierte. Etwas verwirrt dachte ich, irgendetwas an ihr zu erkennen. Ihr Anblick hatte mich sofort fasziniert. Ich konnte im Laufe des Abends den Blick nicht von ihr wenden. Es war mir schon beinahe peinlich, denn immer wieder ging mein Blick in ihre Richtung. Ich versuchte mich zu erinnern: Wieso war mir dieses Gesicht so vertraut? Erinnerte sie mich an jemanden, den ich früher einmal kannte?" „Das ist ja wirklich merkwürdig", staunte Andreas. „Erzähl' weiter."

„Na ja, wir plauderten und erzählten uns gegenseitig ein paar Geschichten aus unserem Leben und wie es uns hierher in dieses Dorf verschlagen hatte. Da erfuhr ich erst, dass die beiden Schauspieler waren und in einer norddeutschen Stadt leben, wo dein Vater noch heute ab und zu auf der Bühne steht. Wir erfuhren auch, dass sie lange Zeit im Tessin und in Italien auf der Suche nach Ferienhäusern waren. Schließlich kamen sie auf eine Empfehlung von Freunden hier nach Villa. Dies sei unter vielen Aspekten definitiv der beste Ort, sagte dein Vater damals. Er habe das getestet, die Menschen seien hier alle ‚okay' – er drückte sich sogar etwas drastischer aus –, es gäbe keinen besseren Ort." „Aha, typisch mein Vater", warf Andreas amüsiert dazwischen. „Ja, wir staunten auch über diese Bemerkung und fragten uns, ob wir auch zu den Leuten gehörten, die ‚okay' seien", fuhr Anna lachend fort. „Wir erfuhren dann schließlich, welche Stationen sie bei ihren Schauspielengagements durchlaufen hatten. Ihr Schauspieler kommt ja ganz schön herum, eben von einer Bühne zur nächsten. Immer wieder blickte ich zur Seite und sah deine Mutter an, wie sie lachte, ihre Nase sich kräuselte, ihre Augen funkelten, ihr hübsches Gesicht, ihre zierliche Gestalt. Irgendwie ließ mich der Gedanke nicht los, dass ich sie schon einmal gesehen hatte, ich wusste nur nicht wo und wagte auch zunächst nicht, danach zu fragen", fuhr Anna mit ihrer Erzählung fort.

„Aber dann, als sie von der Abfolge ihrer Bühnenengagements sprachen, tauchte plötzlich ein Ort auf, bei dem es mir wie ein Blitz durch den Kopf schoss: Ja klar, es war in Karlsruhe! Da hatte ich als Kind einmal für ein paar Jahre mit meinen Eltern gelebt. Zu der Zeit hatte meine Mutter als Intendanz-Assistentin am Theater gearbeitet. Der Intendant war sehr beliebt; er behandelte seine Schauspielerschar sowie alle Mitarbeiter wie eine große Familie. Und beim Weihnachtsmärchen durften alle Kinder der Angestellten und Schauspieler, so auch ich, als Statisten mit auf der Bühne stehen. Ich war damals etwa zehn Jahre alt, das hat mir einen Riesenspaß gemacht. Das war des Rätsels Lösung! Daher kannte ich deine Mutter; sie stand damals ganz am Anfang ihrer Karriere. Sie war jung, knabenhaft schlank und bildhübsch. Oft stand ich bei Aufführungen hinter dem Vorhang, beobachtete sie und die anderen Darsteller von der Seite und sprach die Texte mit. Nach einiger Zeit hätte ich Souffleuse spielen können, denn ich kannte alle Texte auswendig." „Das ist ja eine fantastische Geschichte. Das wusste ich gar nicht", sagt Andreas.

„Ja, und ihr Gesicht hatte sich mir so eingeprägt, dass ich sie tatsächlich nach 60 Jahren wiedererkannt habe. Das muss man sich einmal vorstellen! Als ich das endlich preisgab, waren alle sehr erstaunt. Natürlich erinnerten sich deine Eltern nicht an mich; ich war ja nur eines der vielen Kinder, die da herumsprangen, aber sie wussten sehr wohl, wer meine Mutter war. Und stell' dir vor, ein wenig später ist es mir sogar gelungen, sie in unserem Dorfrestaurant einmal mit meiner damals schon recht betagten Mutter bei einem ihrer Besuche hier zusammen zu bringen. Und sie haben sich tatsächlich wiedererkannt, nach so vielen Jahren", erzählt Anna begeistert. „Meine Mutter stand auf, streckte die Arme aus und begrüßte deinen Vater, als hätte sie ihn gerade gestern zum letzten Mal gesehen." „Das ist ja wirklich irre", sagt Andreas. „Da sieht man mal, wie klein die Welt ist und wie zentral unser wunderbares Dorf darin liegt. Und deshalb habt ihr sicherlich eine ganz besondere Stellung bei all den Okay-Leuten meines Vaters", meint er schmunzelnd.

„Kommen deine Eltern eigentlich diesen Sommer noch?", fragt Anna. „Nein, leider nicht. Meiner Mutter geht es leider nicht gut, und Vater will sie nicht alleine lassen. Aber meine Schwester kommt nächste Woche mit ihrer Familie nach Villa. Dann wollen wir eine große Garten-Party geben. Da müsst ihr unbedingt dazukommen", sagt er. Er kann sich nur schwer von der Dame in Herrenkleidung losreißen, und Anna muss ihm in die Hand versprechen, dass sie ihm das Bild sofort nach der Ausstellung überbringen wird.

Elsa und der Kulturjournalist

Elsa steht mit ihrer kleinen blonden Tochter an der Türe des Oratoriums und schaut neugierig herein. „Elsa – ich freue mich, dass du vorbeischaust", ruft Anna ihr zu. Die Kleine rennt gleich los und will sofort in einem der Fotoalben blättern. Elsa lässt sie gewähren, damit sie beschäftigt ist. Sie ist Norwegerin und gehört zu einer jener Familien, die in den Sechzigerjahren bereits ins Dorf kamen. Zu der ersten Welle der nordeuropäischen Dorfimmigranten in Villa zählten nicht nur Schwei-

86

zer und ein paar Deutsche, sondern ,wie auch im Nachbardorf Casaldi, Skandinavier, darunter besonders Norweger.

Elsas Schwiegervater war ein bemerkenswerter, aber auch ein recht verschlossener Mann. Trotz der zwanzig Jahre, die bereits hinter dem Kriegsende lagen, hegte er noch viele Jahre lang einen Groll auf alle Deutschen. Möglicherweise hat er sich damit eine heimliche Sympathie bei den Einheimischen erworben, denn nach den Gräueltaten der italienischen Faschisten und der deutschen Nazis in der Region müsste man davon ausgehen, dass es gewisse Ressentiments gab, selbst wenn sie nicht öffentlich gezeigt wurden. Elsas Schwiegervater zog es also vor, den deutschen Nachbarn im Dorf möglichst aus dem Wege zu gehen, wo immer er ihnen begegnete. Dies war Anna und Bernt immer wieder berichtet worden, wenn von ihm die Rede war, allerdings hatten sie ihn nie persönlich getroffen. Heute kommt sein Sohn immer mal wieder im Sommer ins Dorf, stets mit wechselnden Lebensgefährtinnen und Kindern. Er hält sich allerdings ebenfalls von anderen Dorfbewohnern fern, sodass ihn keiner so recht kennt. Vielleicht hegt auch er dieselbe Abneigung gegenüber Deutschen oder deutschsprechenden Personen. Anna hat jedenfalls mehrfach versucht, mit ihm in Kontakt zu treten, zum Beispiel, wenn im Spätsommer überreife Mirabellen vor seinem Haus liegen, die von seinem Terrassenbaum auf den Gehweg fallen. Anna hätte sich allzu gerne darum gekümmert, denn die Früchte schmecken gut. So überreif sind sie eher dazu da, zu Matsch zertreten zu werden. Auch hängt der Feigenbaum am selben Ort oft übervoll, wird aber leider nie abgeerntet. Das kümmert den wortkargen Hausbesitzer offensichtlich wenig. Er gibt sich immer nur kurz angebunden, wenn Anna ihn anspricht, und schließlich verzichtete sie darauf, ihn weiter zu beachten.

Elsa, seine Ex-Frau, ist dagegen sehr aufgeschlossen und kommunikativ. Sie hat sich trotz der Trennung von ihm das Recht bewahrt, mit ihrer kleinen Tochter hier im Sommer ihre Ferien zu verbringen. Sie ist eine kräftig gebaute, gutaussehende Blondine, offen, herzlich und zugänglich. Kürzlich standen Anna und sie gemeinsam auf der Piazza und warteten voller Spannung auf die Rückkehr der Radfahrer, die ausgehend von Villa ein Radrennen durch die Olivenhügel machten. Elsa stand auf einem Treppenabsatz; ihr grünes Sommerkleid mit atemberaubendem Dekolleté leuchtete an diesem Mittag besonders auffällig, während die Kleine in ihrem rosa Flatterkleidchen ungeduldig eine Treppe rauf und runter kletterte. Anna und Elsa schlossen an diesem Mittag ein wenig Freundschaft, sie entdeckten, dass sie ähnliche Berufserfahrungen in internationalen Entwicklungsorganisationen teilten und sich einiges zu erzählen hatten. Während eines anschließenden gemeinsamen Abendessens konnte Anna einiges über den alten Norweger in Erfahrung bringen.

Ihr Schwiegervater, so erzählte sie Anna, war ein Kulturjournalist, der die norwegischen Medien und das Kunstpublikum jährlich mit Geschichten aus der skandalumwitterten Filmwelt rund um das Filmfestival von Cannes gefüttert hat. Die ‚Casa Enrico', das Haus, das die Familie noch heute im Dorf besitzt, ist ein stattliches, etwas von der Gasse zurückgesetztes Haus mit einem Vorhof, der von einem mächtigen Feigenbaum beschattet wird. Das Haus hatte er bereits 1967 erworben. Da er in Italien studiert hatte, sprach er fließend Italienisch und auch Französisch. Er war der einzige norwegische Kulturjournalist, der als Filmkritiker und Filmdirektor das norwegische Publikum am Filmfestival von Cannes teilhaben lassen konnte. Daher war er mit allen Filmgrößen bestens bekannt. Oft brachte er Produzenten und Schauspieler*innen mit nach Villa, wo sie dann nächtelang auf der prächtigen Dachterrasse seines Hauses saßen und sich die Zeit mit reichlich Rotwein vertrieben. Mit einem befreundeten anderen norwegischen Journalisten zusammen hat er ein Tagebuch über die damaligen Besuche in Villa und in Cannes geschrieben. Es ist in Norwegen veröffentlicht worden, enthält interessante Zeichnungen und Fotos von Villa, und Elsa hat es Anna bei der Gelegenheit dann gezeigt. Obwohl in Norwegisch verfasst, konnte Anna doch einiges verstehen; vieles wurde ihr von Elsa auch erklärt oder teilweise übersetzt. Hier einige der amüsanteren Einblicke in die damalige Situation:

Im Tagebuch sind zwei Gästebücher (eines von 1973 und ein zweites von 2008) erwähnt. Darin sind sehr direkt gefasste Anweisungen für die

Gäste enthalten, beispielsweise Anweisungen über die technischen Geräte im Hause oder ein paar nützliche Tipps für den dörflichen Alltag. Ein Postbote namens Luigi spielte dabei eine wichtige Rolle. Ihn konnte man um Hilfe fragen, wenn man Probleme mit dem Haus hatte, zum Beispiel mit der Elektrizität, man sollte ihm dann allerdings immer ein Glas Wein anbieten. Ein anderer Tipp war: Das Gas (in einer „bombola" für 1900 Lire) kauft man bei Lino, dessen Haus am Ende der kleinen Gasse oberhalb des Oratoriums in Villa lag. Das Gas für den Ofen, der im zweiten Stock der ‚Casa Enrico' steht, kaufte man am besten in einem Laden in Casaldi bei Maria. Dort gab es damals auch Brot, Butter und Schinken.

In Casaldi lebten ein paar weitere Norweger, daher wurde immer wieder ein bestimmter Mann erwähnt, der von lebenswichtiger Bedeutung für die Norweger war – eben jener Luigi, der Postmann, der mit einer Frau aus Villa verheiratet war. Luigis Vater war der italienische ‚spiritus rector' und wesentliche Unterstützer für das erste Kultur-Festival, das in Villa und Casaldi im Jahr 1984 stattfand und den Titel „Orizzonte" trug. Damals war sogar der norwegische Botschafter anwesend.

Auch die Restaurants in der Umgebung fanden Eingang in das Tagebuch. Es gab nur drei Lokale; eines befindet sich noch immer in Villa und trägt heute noch immer denselben Namen wie damals – „Da Lino". Es war jener Lino, der Gasverkäufer, der im Jahr 1984 mit immerhin 71 Jahren das Gebäude der alten, nicht mehr funktionstüchtigen Schule in eine Gastwirtschaft umwandelte. Dabei wurde das Lehrerzimmer in eine Küche und der Unterrichtsraum in eine Gaststube umgewandelt. Um sich mit Lebensmitteln zu versorgen, gab es schon damals nicht so viele Möglichkeiten: In Casaldi befanden sich zwei Läden, die eine Ladenbesitzerin hieß Teresa, die andere Maria, bei der man auch anschreiben lassen konnte – immerhin ein wichtiger Tipp. Ihr Laden befand sich, nicht ganz angemessen, im ehemaligen Oratorium von Casaldi, einem Gebäude aus dem 17. Jahrhundert. In Villa gab es damals ebenfalls einen Laden am unteren Ende der Piazza. Dort waren aber nur wenige Artikel im Angebot. In einem Holzregal waren Salz, Tabak, Streichhölzer und andere Kleinigkeiten gelagert. Mitunter verkaufte der

Besitzer auch Eier, Kaninchen und selbst gemachten Wein aus eigener Produktion. Im Tagebuch gab es einen Hinweis, dass er der Besitzer von 300 Olivenbäumen war, was zu jener Zeit den Unterhalt einer kleinen bäuerlichen Familie sicherte.

So lauteten die für damalige Besucher sicherlich nützlichen Hinweise und Beschreibungen im Buch von Elsas Schwiegervater. Anna und Elsa sind sich einig, dass es ein Vorteil war, damals noch ein paar Dinge des täglichen Bedarfs in lokalen Läden vorzufinden, anstatt dafür an die Küste fahren zu müssen, was heute der Fall ist. Elsa zeigt nun entschuldigend auf ihre kleine Tochter und sagt, sie müsse jetzt aber gehen. Ein anderes Mal käme sie gerne noch einmal wieder, um die Fotos und Beschreibungen näher zu studieren. Jetzt sei sie doch zu sehr damit beschäftigt, ihre Tochter zu überwachen und sie davon abzuhalten, die Alben herumzuschleppen, alle Fotos zu betatschen und möglicherweise die Reste ihrer Schokolade, die sie in der einen Hand hielt, überall hinzuschmieren. Anna und Elsa verabschieden sich lachend und verabreden sich auf ein anderes Mal.

Erdmuthe, ihre Vorbesitzer, ihr Kollege und ihre Meinung zu Hunden im Dorf

Eine kleine blonde Frau mit gemütlichen Kurven in einem senfgelben Sommerkleid kommt durch die Türe, begleitet von ihrem Mann, und winkt Anna freundlich zu. „Erdmuthe, ich freue mich, dass du dein Versprechen wahr machst und dir das hier anschaust. Das ist zwar nicht ganz deine künstlerische Fachrichtung, aber dennoch – du hast ja schon so viele Ausstellungen kuratiert, dass ich auf dein Urteil gespannt bin. Diese Fotoausstellung ist nur klein und unbedeutend, aber sag' mir bitte ehrlich, was du davon hältst." Erdmuthe ist eine viel beschäftigte Kunstsachverständige und Mitglied einer deutschen Stiftung, deren langjähriger Präsident Annas ehemaliger Nachbar Volker war. Die beiden kennen sich gut, und Volker hat Erdmuthe wahrscheinlich sogar dazu bewegt, sich das ligurische Dorf einmal näher anzusehen, als sie auf der Suche nach einer Immobilie für den Urlaub war. Erdmuthe geht bedächtig und interessiert durch die Gänge und schaut sich jedes Foto und jede Beschreibung genauestens an. Dann plaudern Anna und sie über Erdmuthes alten Kollegen.

„Das hätte Volker total interessiert und gefreut", bemerkt sie. „Dieser Bernardo war wirklich für die damalige Zeit ein außergewöhnlicher, durchaus künstlerischer Fotograf und Chronist. Es gibt ja sogar Innenaufnahmen von Räumen in den alten Häusern von damals. Möglicherweise haben sogar einige Menschen, die hier auf den Bildern abgelichtet sind, vor vielen Jahren in den Räumlichkeiten von Volker gewohnt, wer weiß? Es ist bemerkenswert, dass eben dieses Haus das stattlichste aller Dorfhäuser hier war. Es hat eine große ansehnliche ,sala' (Wohnraum), Stuck an den Wänden und Decken, edle Fliesen im Eingangsbereich und einen großzügigen Wohnungszuschnitt", erklärt Erdmuthe.

„Ja, Bernardo war Fotograf und Ingenieur, darüber hinaus ein gebildeter Städter mit ländlichen Wurzeln. Anhand dieser Bilder könnte man vermuten, dass er einmal genau in diesen Räumlichkeiten gewohnt hat, wenn er hier oben im Dorf bei seiner Familie war und dass er hier gerne seine Freizeit verbrachte. Er muss eine bleibende Liebe zu dem Dorf gehabt haben, denn seine Bilder haben eine positive Ausstrahlung, sie sprechen für sich", kommentiert Anna.

„Aber man erkennt auch deutlich", pflichtet Erdmuthe Anna bei, „dass er ein vielseitig interessierter Künstler war. Hier die anderen Fotos vom Strandleben, von den großen Städten wie Turin, Mailand, von den bekannten Ferienorten in Piemont, von den wunderschönen Kirchen oder auch hier diese Bilder von städtischen Unternehmen der damaligen Zeit, zum Beispiel das von der Buchdruckerei oder von der Weinkelterei. Sie zeugen von großer Kunstfertigkeit. Ich meine, außerdem einen verschmitzten Humor bei der Darstellung seiner Figuren zu erkennen. Außerdem hatte er einen untrüglichen Instinkt für das, was den Menschen in seiner Umgebung offenbar wichtig war. Die Dorfbevölkerung zeigt er bei ihrer landwirtschaftlichen Arbeit oder im Sonntagsstaat. Herrlich, wie sie vor ihren Häusern stehen vor einem an der Außenmauer befestigten Teppich. Die Stadtbevölkerung zeigt er, wie sie sich dem ehemals vornehmen Strandleben hingeben, oder wie sie auf ihren

Terrassen und in ihren Gärten mit ihrem Nachwuchs posieren. Er beweist dabei, dass er ein soziales Interesse hatte, vieles hat ihn offenbar fasziniert. Und er hat seine Szenen phantastisch gestellt und aufgenommen. Eigentlich müsste man eine größere Ausstellung nur über ihn und sein Werk veranstalten oder ein Buch darüber herausgeben", so kommentiert sie sachverständig und begeistert, was sie auf den Bildern wahrnimmt.

„Das wäre toll", sagt Anna mit leuchtenden Augen. „Schön, dass du das so sagst, Erdmuthe. Genau das haben wir uns auch schon gefragt, als wir diesen umfassenden Fund gesichtet haben. Nach der Entwicklung und digitalen Bearbeitung der Negative haben wir das alles erst so richtig erfassen können", bestätigt ihr Anna. „Wenn du eine Idee für ein Buch oder eine andere Ausstellung hättest, wären wir dir sehr dankbar. Vielleicht können wir gelegentlich etwas Genaueres dazu planen. Wie geht es eigentlich unserem gemeinsamen Freund Volker, hast du von ihm gehört? Oder ihn in letzter Zeit einmal wieder gesehen?", fragt Anna. „Es geht ihm soweit ganz gut", sagt Erdmuthe. „Wir waren kürzlich zusammen bei der Jahresversammlung der Stiftung. Aber er ist nun doch leider mittlerweile etwas gebrechlich geworden. Ich glaube, er will den Sitz im Präsidium der Stiftung demnächst aufgeben."

Volker, Anna und Bernt waren viele Jahre lang Nachbarn. Volkers Haus und ihres begrenzen zu beiden Seiten die kleine enge Privatgasse, die nach unten zu dem Haus der Schweden und zu Annas Garten führt. Volkers ehemaliges Haus ist sehr groß, im Innenbereich etwas verschachtelt und nach drei Seiten ausgerichtet. Von der Gasse her führt ein kleiner Eingang mit einer wackligen Steintreppe in den östlichen Teil des Hauses. Diesen kleinen Seiteneingang benutzte Volker gerne, wenn er vom Einkaufen kam, denn es war offensichtlich bequemer für ihn, seine Vorräte über diesen Weg direkt in seine Küche zu tragen als durch den Haupteingang, wo er ein paar Stufen hätte steigen müssen. Aus einem der kleineren Fenster weiter vorne in der Gasse, wo er sich manchmal abends zum Lesen oder Fernsehen aufhielt, konnten er und Anna sich sogar auf Augenhöhe unterhalten, wenn Anna sich zur Seite ihres Wohnzimmers heraus lehnte. Sie hätten sich beinahe Brot und

92

Eier zureichen können, wie man so schön sagt, so schmal ist dort die Gasse.

Der richtige Haupteingang zu dem Haus liegt um die Ecke auf dem Hauptweg. Oberhalb von Annas Haus macht die Hauptgasse des Dorfes, die von Norden nach Süden führt, eine Kurve nach Westen. Dort trägt sie dann den Namen Via Mare, also ein Weg, der zum Meer ausgerichtet ist; in ihrer Fortsetzung weiter unten wird sie zu einem Mauleselpfad und führt tatsächlich den Berg hinab zum Meer, vorbei an einer von den Dorfbewohnern sehr verehrten kleinen Kapelle. Geht man an dem Haupteingang vorbei, durchquert man einen malerischen Gebäudebogen, über dem eine kleine Terrasse thront. Sie ermöglicht einen wunderbaren Blick in eine grüne Olivenlandschaft und die Nachbardörfer. Dort macht die Gasse wieder eine Kurve nach Süden und führt an dem Haus und auch an Rinaldos ,frantoio' (Ölmühle) entlang bis zum Hauseingang des Schweizer Gebäudeteils. Unterhalb des großen, dreistöckigen Hauses von Volker befindet sich am Hang ein tiefer gelegener Garten. Und neben einer asphaltierten Rampe, die vom Haus zur Straße hinunterführt, gibt es tatsächlich noch ein paar alte Stufen des ursprünglichen Mauleselpfades. Anna liebt es, diese Stufen statt der Rampe zu nehmen, wenn sie bergab geht, stets in großer Ehrfurcht und einem inneren Glücksgefühl über das Stückchen erhaltene Dorfrealität aus der alten Zeit.

Anna erinnert sich gerne an Volker. Volker war Kunstprofessor in Hamburg, Mitbegründer der documenta in Kassel, bekannt mit den Größen der modernen Kunstwelt und selbst schon immer künstlerisch tätig, somit ein Kenner der deutschen Kunstszene der Nachkriegszeit. Mit einem Künstler, der den Malern der Bauhaus-Zeit nahestand, war er eng befreundet, sodass die Nachkommen ihn ins Präsidium der Stiftung zur Wahrung dessen Andenkens und seiner Werke berufen hatten. Dort war auch Erdmuthe immer wieder sachverständig tätig. Dieses Amt beschäftigte ihn noch viele Jahre, als er nach seiner Emeritierung das Haus in Villa erwarb, um dort verlängerte Ferien zu verbringen und sich weiterhin seiner experimentellen Kunst zu widmen. Trotz all seiner Berühmtheit war er ein bemerkenswert bescheidener Mann;

Anna und Bernt schätzten seinen schelmischen norddeutschen Humor. Mit einem „Moin" erfreute er sie schon bei der ersten Begegnung und lud sie oft zu sich auf seine große Dachterrasse ein. Von dort hat man den absoluten Rundumblick auf das Meer, die Bucht und die Berge. Im Winter teilten sie manch leckeres Mahl in seiner ‚sala'. Er war auch oft bei ihnen zu Gast, bei den Sommerfesten im Garten, an Oster-Frühstücken gemeinsam mit Familie, im Herbst, wenn er mal keine Lust hatte, seine Pizza alleine zu vertilgen. Seine Tochter, deren Freunde und mitunter auch Kunst-Studenten kamen ihn oft besuchen. Letztere waren besonders umtriebig, erkundeten die Gegend und fuhren ans Meer zum Schwimmen und Tauchen, wovon Anna und Bernt sowie deren jugendliche Besucher ab und zu profitierten. Vor zehn Jahren hat er dann wegen einer Krankheit, die ihm die lange Reise nicht mehr ermöglichte, sein Feriendomizil leider aufgeben müssen.

Nach diesen Erinnerungen an Volker wendet sich Anna wieder Erdmuthe zu. „Was macht denn eigentlich dein Haus?", fragt sie, da sie weiß, dass Erdmuthe damit in den letzten Monaten viel Arbeit hatte. „Ach, wir haben schon so viel renoviert, aber wir werden einfach nicht fertig. Wir hatten ja auch viel leer zu räumen. In den Kellern und den kleinen Seitenräumen befanden sich unglaublich viele alte Möbelstücke, Kisten, Bücher und Geschirr von unseren Vorgängern Roberto und Erna. Deren Söhne hatten ja leider keinerlei Interesse an dem Haus und haben alles so verkauft, wie es steht und liegt. Die Bäder mussten wir renovieren und umbauen, der Garten war total verwildert, jetzt im Moment sind wir noch mit dem Umbau der Heizung beschäftigt. Du glaubst gar nicht, was da schon alles schief gegangen ist. Einmal kam ich im letzten Winter hier an und saß zwei Wochen ohne Heizung da; ich musste mit einem alten Bulleröfchen und mit Holz heizen. Das war ganz schön nervig, denn ich hatte mir wie immer viel Arbeit mitgebracht. Für solche Handwerkerarbeiten hab' ich wirklich keine Zeit. Gottseidank übernimmt mein Mann vieles, aber er ist eben nicht immer dabei, oft kann er nicht zur gleichen Zeit mit mir herkommen. Und – na ja, mit der Zuverlässigkeit der hiesigen Handwerker sind wir auch nicht so ganz zufrieden."

„Das erstaunt mich aber sehr", erwidert Anna, „über schlechte Erfahrungen mit den lokalen Handwerkern können wir nicht klagen, wir haben eigentlich immer nur gute Erfahrungen gemacht." Aber Erdmuthe ist öfters mal ein wenig kritisch. Sie gehört ganz offensichtlich zu jenen, die glauben, mit den Maßstäben von zuhause hier messen zu können. Das ist nicht immer einfach für die lokalen Handwerker. Aber es ist natürlich auch wahr, dass sie oft nur dann pünktlich arbeiten, wenn sie wissen, die Auftraggeber sind im Anmarsch und halten die Finanzierung bereit. Aber die Ausführung ihrer Arbeiten ist durchaus von hoher Qualität. Vor allem wissen sie, wo man die Materialien beschafft, haben die passenden Gerätschaften für die engen Gassen und Häuser und sprechen die lokale Sprache einschließlich dem Dialekt. Außerdem teilen sie sich die Arbeit so ein, dass sie für sie und die Helfer auskömmlich und verträglich ist, besonders im sommerlich heißen Klima, da bedarf man der Mittagspausen in den örtlichen Gaststätten. Es ist daher dem örtlichen Gewerbe nicht zuträglich, wenn die ausländischen Ferienhausbesitzer ihre eigenen Handwerker, Materialien und Gerätschaften mit anschleppen oder wenn sie alles kritisieren und bemängeln. Das gibt es aber immer wieder. Manche bringen sogar ihre eigenen Trupps polnischer Arbeiter mit. Anna und Bernt geben zwar zu, dass es zwischen Nord- und Südeuropa ein paar Unterschiede in der Arbeitsmoral gibt. Dennoch sind sie der Meinung, dass sie hier in Italien doch eigentlich nur „Gäste" sind, und da kommt man mit Anpassungsfähigkeit und Toleranz eben weiter.

„Ein weiteres Problem ist das häufige Hundegebell in unserer Nachbarschaft", beschwert sich Erdmuthe. „Manchmal möchte ich schreien, weil ich mich nicht auf meine Arbeit konzentrieren kann oder in der Siesta-Zeit gerne mal meine Ruhe hätte. „Ach so, du sprichst von den Hunden in deiner Nachbarschaft im Oberdorf, das ist ja ein allseits beklagtes Problem", antwortet Anna. „Seltsamerweise hört man sie bei uns im Unterdorf überhaupt nicht. Ich kann das also gar nicht so beurteilen. Das ist wirklich Pech, so nah an dem Haus und dem Hundezwinger von Carmela zu leben. Ich glaube nicht, dass man sie davon überzeugen kann, sich von einigen ihrer vielen Hunde zu trennen", erwidert Anna.

Kirchenglockengebimmel und Hundegebell schallen tatsächlich täglich durch das Dorf. Manche stört das. Die Bewohner der Häuser am oberen und im neueren Teil des Dorfes sind davon besonders betroffen. Die Akustik dort oben am Rande des wie ein Amphitheater geformten Endes des Tals ist einmalig. Auch das Glockengeläute oder die Kirchturmuhr, früher das Zeichen für die Bauern, jetzt Pause zu machen, hört man von überall. Im unteren Teil des Dorfes hingegen hört man das Bellen nur wie aus weiter Ferne, als käme es von der Küste und wie ein Echo aus den umgebenden Bergen herüber geschwappt. Wer sich auf den Fußweg zum Dorfrestaurant begibt, begegnet unwillkürlich sechs schlanken, braunen Jagdhündinnen, die im Vorgarten von Carmelas Haus etwas oberhalb der Gasse stehen, aus nächster Nähe. Aus ihrer Höhe bestaunen sie die Vorbeigehenden zunächst neugierig, fangen dann aber bald an, aus sechs Schnauzen kräftig zu bellen. Carmela hat auch ein großes Gehege hinter ihrem Haus, aber dort rennt stets nur ein wild gewordener Rüde aufgeregt hin und her. Manche Einwohner in den Häusern rings umher wie Erdmuthe fühlen sich so sehr davon gestört, dass sie sich bereits bei der Gemeinde beschwert haben. Aber Carmela hat eine gute Stellung im Dorf und in der Gemeinde. Sie ist schließlich im Jagdverein, hat den Dorfverschönerungsverein gegründet und ist bei vielen Dorfaktionen mit vollem Einsatz dabei. Ihrer Leidenschaft für Hunde wagt keiner etwas entgegenzusetzen. So klein und zierlich sie auch wirkt, so trägt sie bei allen ihren Aktivitäten Kraft, Energie und Beharrlichkeit zur Schau. Und dagegen kommt man nur schwer an.

Da war zum Beispiel auch Carmelas Sympathie zu dem Schweizer Künstlerpaar Reinhard und seiner Frau, der Konzertagentin. Auch sie hatten Hunde, die Carmela gerne für sie pflegte und ausführte, wenn die Hundebesitzer einmal nicht da waren. Reinhards Frau lebte nach seinem Tod noch länger alleine in Villa. Sie hatte sich Carmela sehr zugewandt, ihr auch bei der Erstellung des Fotoalbums mit den Porträts der alten Dorfeinwohner geholfen. Wenn sie verreist war, hatte Carmela die Verantwortung für ihr Haus und ihren Garten übernommen. Als es ihr dann im Alter gesundheitlich nicht mehr so gut ging, hat Carmela auch die pflegerische Betreuung übernommen. Das ist im

Dorf nicht unüblich: Aus anderen ähnlich gelagerten Fällen ist bekannt, dass dieses hilfreiche Verhalten älteren Menschen gegenüber unter Italienern aber auch durchaus mit der Erwartung einer ordentlichen Gegenleistung verbunden ist. Hilft man z.B. einem alten Menschen in der letzten Phase seines Lebens, so bekommt man häufig als Entschädigung dafür ein Stück Land, einen Hausteil oder gar ein ganzes Haus. Dies gilt allerdings nur, falls keine anderen Verwandten und Erben vorhanden sind, die dies für sich beanspruchen. Das ist eine stillschweigende Vereinbarung, die schließlich beiden Parteien entgegenkommt, sozusagen eine Win-Win-Situation. So hat Anna in einigen Fällen beobachtet, wie Häuser auch an pflegende Personen übergegangen waren, die nicht direkt mit den Besitzern verwandt waren. Bevor Reinhards Frau starb, hatte sie wahrscheinlich Carmela gegenüber einmal davon gesprochen, ihr etwas zu vermachen und bei Carmela Hoffnungen in diese Richtung geweckt. Aber – gewollt oder ungewollt – war diese vermeintliche Absicht nie testamentarisch zu Papier gebracht worden. So erbte ein Bruder der Schweizer Familie das Haus. Da dieser aber kein weiteres Interesse daran hatte, verkaufte er es an eine Freundin, die es dann wiederum vermietete und die Carmela natürlich gar nicht kannte. So kam sie um den erhofften Nachlass und war darüber sehr verstimmt und enttäuscht. Verständlicherweise ist sie als Alleinstehende auf der Suche nach einer bleibenden Lebensgrundlage für sich und ihre Familie, was zum Beispiel ein Haus sein könnte, das man bewohnen oder vermieten kann. Aber dieser mutmaßliche Plan ging in diesem Fall nicht auf.

Anna und Erdmuthe reden weiter über die Entrümpelung von Erdmuthes Haus. Nach Erdmuthes Meinung war es angefüllt mit altem Kram, den sie entsorgen wollte. „Woher hatten die Vorbesitzer nur so viel Krempel?", fragt sie. „Ich wundere mich nicht, dass du dieses Sammelsurium in deinem Haus vorgefunden hast," bemerkt Anna vorsichtig. „Du hast ja die Vorbesitzer, Roberto und Erna, nicht mehr gekannt, nur deren Sohn, der euch das Haus verkauft hat. Sie waren Jahrzehnte hier ansässig und eine wirkliche Institution im Dorf. Darf ich dir ein wenig von ihnen erzählen, allerdings aus unserer persönlichen Sichtweise?", fragt Anna. „Nur zu", meint Erdmuthe.

„Roberto und Erna hatten in ihrem früheren aktiven Leben ein großes Sportgeschäft in einer mittelgroßen Stadt Deutschlands und waren nicht ganz unvermögend", fährt Anna mit ihrer Erzählung fort. „Sie waren Teil einer eng vernetzten Freundesgruppe, die aus einigen der hier ansässigen Deutschen und Schweizern aus der ‚ersten Einwanderungswelle' bestand, die ich die ‚Künstler' nenne, so auch dein Kollege Volker. Außerdem gehörten dazu Personen, die eher dem Mittelstand der deutschen und schweizerischen Gesellschaft angehörten. Zum Beispiel die bereits erwähnte alte Schweizer Dame Annette, die in dem Torbogen über der Piazza lebte, dann Moniques Eltern, die ‚Urschweizer' hier im Dorf. Es gab da auch noch Martha, eine fröhliche und gemütliche Schwäbin, die ebenfalls dauerhaft im Oberdorf lebte. Diese Gruppe von Personen erledigten Einkäufe für- oder miteinander, besuchten gemeinsam die diversen Dorffeste und Konzerte in der Umgebung oder unternahmen gemeinsame Spaziergänge. Einige ihrer Mitglieder gehörten aber eigentlich schon zur ‚zweiten Einwanderungsgruppe', eben jenen Mittelständlern. Ernas Mann Roberto war Geschäftsmann, Marthas Mann ein Ingenieur, Annettes Mann war Antiquitätenhändler, Moniques Vater betrieb einen Textilhandel. Sie waren in der Nachkriegszeit zu Wohlstand gekommen und konnten es sich erlauben, mit ihren Kindern nach Italien in die Ferien zu fahren; man pflegte schließlich die viel besungene deutsche Liebe zu Italien. Erna und Roberto wie auch Martha und ihr Mann investierten viel in ihre Häuser, residierten voller Stolz in den wunderschönen alten Mauern, erfreuten sich des Komforts, der blühenden Terrassen und der hübschen Ausblicke auf die grünen Hügel und aufs Meer." „Aha", sagt Erdmuthe, „das ist ja wie im Geschichtsbuch. Die Sozialgeschichte der Einwanderer hast du ja recht gut analysiert und studiert, scheint mir", sagt Erdmuthe. „Das ist mein Hobby und auch Teil meines ehemaligen Berufs. Wenn ich hier bin, sammele ich gerne Geschichten des Dorfes und notiere mir meine Eindrücke. Das setzt sich dann irgendwann alles wie ein Puzzle zusammen", kommentiert Anna.

„Nun weiter zu deinen Vorfahren im Haus und deren sozialem Netz: Als wir in den frühen Neunzigerjahren ins Dorf kamen, schien es irgendwie gut angesehen, wenn man sich bei Roberto und Erna an- oder abmeldete", fährt Anna fort. „Sie gaben die einschlägigen Tipps, wo man am besten einkaufte, wer unter den Handwerkern beim Ausbau oder der Reparatur im Hause helfen konnte, was man bei der Zahlung der Gebühren in der Gemeinde oder sonstiger bürokratischer Hürden zu beachten hatte, wo man besonders gut speiste und so weiter. Irgendwann haben wir dieses Angebot aber offenbar einmal missachtet, weil uns die leicht anmaßende Stellung von Roberto und Erna sowie die von uns erwartete Ehrerbietung als später ‚Eingewanderten' ein wenig absurd erschien. Daraufhin wurden wir eine Zeitlang von ihnen gemieden. Allerdings hatten wir uns das Herz der bodenständigen Schwäbin Martha erobert. Sie war verwitwet, ihr Mann leider viel zu früh verstorben. Aus Treue zu diesem Dorf hatte sie ihn auf dem Friedhof am unteren Ende des Dorfes beerdigt. Von ihm hatte sie viel profitiert. Er war sprachgewandt, kontaktfreudig, anpassungsfähig und reiselustig. Bei den Italienern im Dorf war er sehr beliebt, Martha und er hatten viele italienische Freunde und sie waren gemeinsam viel in Italien herumgereist. Martha erzählte gerne von ihrer Zeit mit diesem Traummann." So schildert Anna rückblickend die Situation und konzentriert sich dann doch noch einmal stärker auf Martha, die etwas skurrile und übergewichtige Schwäbin.

„Martha war uns irgendwie besonders ans Herz gewachsen, weil sie so aufrichtig, lustig und geradlinig war. Sie war im Dorf nur bedingt beliebt und wurde von den anderen Nordeuropäern nicht immer zu deren Vergnügungen eingeladen, was sie mitunter sehr verletzt hat. Ein Grund war vielleicht, dass sie, ganz im Gegensatz zu ihrem verstorbenen Mann, sprachlich nichts außer Schwäbisch konnte. Du hättest sie womöglich nur schwer verstehen können. Ihr Schwäbisch war einfach umwerfend, kaum ein anderer Deutscher im Dorf konnte sich mit ihr normal unterhalten – und die Schweizer gar nicht. Da ich mit Bernt eine Weile in Baden-Württemberg gelebt habe, war uns ihre Sprache aber einigermaßen vertraut." Anna erzählt weiter, dass Martha einen unverwüstlichen Humor und eine hohe geistige Beweglichkeit für ihr Alter gehabt habe. Sie bezog auch hier in Italien regelmäßig „Die Zeit" und habe in Anna und Bernt offenbar durchaus interessierte Gesprächspartner gefunden. Martha wollte trotz mehrerer Stürze auf ihrer steilen Treppe das Dorf einfach nicht verlassen. Schließlich sei sie doch in einem Altersheim in einer schwäbischen Kleinstadt gelandet und dort gestorben. Erdmuthe kommentiert diese Geschichten nur kurz und sagt abschließend: „Von ihr und den anderen Personen habe ich nie etwas erfahren. Schon interessant, wie es in den Siebzigern und Achtzigern hier unter den ‚stranieri' (Ausländern) zuging."

Anna schaut heimlich auf die Uhr, sie hat sich schon viel zu lange mit Erdmuthe aufgehalten. Daher sagt sie noch rasch und mit verschmitztem Lächeln: „Die vielen Dinge, die du hier in deinem Haus gefunden hast, zeugen eben von der Geselligkeit und dem Leben deiner Vorbesitzer und ihrer Freunde. Ehre ihr Andenken!" Anna schaut nochmals deutlicher auf ihre Uhr. „Ach herrje, jetzt habe ich mich aber lange mit diesen Geschichten aufgehalten. Dein Besuch hat mich verführt, ich bin total in die Vergangenheit eingetaucht. Hoffentlich habe ich dich nicht allzu sehr gelangweilt mit meinen Geschichten?"

„Nein, nein", antwortet Erdmuthe, „das war schon alles recht interessant. Vielen Dank, jetzt weiß ich ein wenig besser Bescheid über meine Vorgänger und die alten Zeiten – es gab also mehrere Einwanderungswellen; erst kamen die Künstler, dann die Ingenieure und die Unternehmer. Zu welcher Gruppe zähle ich wohl in deiner Sozialgeschichte? Das bleibt dein kleines Geheimnis", sagt sie lachend. „Aber jetzt muss ich leider auch gehen, ich habe noch viel Arbeit zuhause", sagt sie und strebt dem Ausgang zu.

Die älteste Original-Ölmühle im Dorf

In der Mittagszeit treffen Bernt und Anna pünktlich um ein Uhr, wie verabredet, bei Monique ein. Anna erwartet, dass Monique einen großen Schlüssel in die Hand nimmt, um sie an das besagte geheimnisvolle ‚frantoio' zu führen. „Nein", sagt Monique geheimnisvoll flüsternd, „ich habe gar keinen Schlüssel. Meine Mutter hat ein Schloss davorgehängt, aber es ist nur zugedrückt, nicht abgeschlossen. Nur weiß das Gott sei Dank bisher keiner. Und das ist auch gut so. Denn das ‚frantoio' ist sehr baufällig, und wir müssen vorsichtig sein. Eigentlich möchte ich nicht, dass es zurzeit besichtigt wird. Die Gemeinde müsste ordentlich investieren, um die Decke abzusichern. Aber das will sie nicht oder hat kein Geld."

„Wieso die Gemeinde?", fragt Anna. „Rinaldo hat vor seinem Tod, kurz bevor er das Dorf verließ, um unten im Tal unter pflegerischer Betreuung seine letzten Tage zu verbringen, der Gemeinde dieses ‚frantoio' vermacht. Vorher hatte er ja auch noch das kaputte Eckteil seines Häuserkomplexes an Volker verkauft, aber das ‚frantoio', so glaubte er, sollte einmal anderen Besuchern wie ein Museum offenstehen", erklärt Monique.

Mit diesen Worten öffnet sie also das geheimnisvolle Schloss der Türe innerhalb ihres Torbogens, und alle tasten sich in ein im Halbdunkel liegendes Universum aus einer fernen Zeit hinein. Es beginnt mit einer alten Kutsche in einem garagenartigen Eingangsbereich, einer Art Remise, daneben liegen grüne bauchige Weinflaschen und Körbe am Boden. In zwei weiteren Räumlichkeiten, nur spärlich durch schmale Luken in der Wand beleuchtet, stehen und liegen Installationen und Werkzeuge einer originalen Ölmühle, als hätte der Besitzer sie gestern erst verlassen.

Schemel sind umgekippt, Töpfe, Mäusefallen und anderer Krimskrams liegen auf dem Boden, Lappen hängen über schrägen kleinen Tischen und Mauern. Und da – in einem gemauerten, runden Becken – steht schräg der Mühlenstein, der früher von einem Esel an einer horizontalen Deichsel um die vertikale Mittelachse des Kollergangs gerollt wurde, um die Oliven im Becken zu zermalmen. Der Mühlenstein trägt sogar einen originalen Stempel, den man in Umrissen noch erkennen kann. An der Seite steht die Presse, in der aus dem Ölkuchen weiteres Öl erzeugt wurde. Dazu wurde der zermahlene Olivenbrei in die ebenfalls noch vorhandenen, geflochtenen runden Kissen gefüllt und diese zwischen die Platten der Presse gelegt, um so den Olivenbrei trocken zu pressen. Alles erscheint ihnen sehr geheimnisvoll im Dämmerlicht; sie blicken sich voller Ehrfurcht weiter um.

101

Auf einem Schemel liegt ein in altes Zeitungspapier gewickeltes und verschnürtes Paket, das ihre Aufmerksamkeit weckt. Bernt fragt, ob er nachsehen dürfte. Monique bejaht, und sie finden – alte Bücher und Broschüren. „Ach, nehmt sie an euch. Ich wollte euch sowieso noch die alten Bücher zeigen, die meine Mutter vor vielen Jahren hier gefunden, in Kisten verpackt und notdürftig aufbewahrt hat. Ich frage mich, was ich damit anfangen soll."

Anna und Bernt sind ganz aufgeregt und sind gespannt, was da wieder zutage gefördert werden könnte. In dem alten Bücherpaket aus dem ‚frantoio' entdecken sie diverse religiöse Magazine, einige Romane, aber auch ein besonders interessantes Werk, ein weit über 100 Jahre altes Lehrbuch des Festungsbaus für Architekten und Bauingenieure. Es enthält Musterpläne und Berechnungsanleitungen für Festungsmauern und -gräben, bombensichere Gewölbe, aber auch für Kirchen und für Kasernengebäude. Und – oh Wunder – einige der Bücher tragen innen den handgeschriebenen Namen des Eigentümers "Bernardo". Wie wunderbar, das ist ein weiteres Indiz dafür, dass es sich hier wirklich um den „ingegnere" Bernardo handeln muss. Die beiden wissen ja bereits, dass er darüber hinaus noch ein ausgeprägtes Hobby, nämlich die Fotografie, hatte. Es ist ein Beweis dafür, dass er wirklich hier gelebt oder zumindest immer mal wieder Zeiten hier bei seiner Familie verbracht hat.

Die anderen Bücher, die Monique ihnen noch rasch in ihrem Haus zeigt, sind meist religiösen Inhalts, alte Katechismen, Redensteller für Priester, kleine Leseheftchen mit frommen Geschichten, Briefe von

102

Missionaren aus Afrika sowie eine alte Bibel. Auch interessant, aber sie stehen nicht direkt im Zusammenhang mit Bernardo, sondern womöglich mit einem anderen Familienmitglied, das Priester war. Anna und Bernt versprechen, sich gelegentlich darum zu kümmern, sie zu säubern und zu katalogisieren. Vielleicht können sie auch Interessenten ausfindig machen, etwa in Museen oder Kirchengemeinden. Das versprechen sie Monique und verabschieden sich wieder.

Sonny *und ihre heimlichen Geschichten*

Am Vorabend hatte Anna noch bei Sonny angerufen, um ihr von ihren vergessenen Sachen in der Gästewohnung zu berichten. Sie fragte sie auch, ob sie ihr das zurückgelassene T-Shirt und vor allem ihr Mobiltelefon schicken soll. An ihrem Seufzer merkte Anna, wie erleichtert sie war. Sie sagte, dass sie schon Angst hatte, ihr Handy in einem Zugabteil liegen gelassen zu haben. „Nein, nein. Ihr braucht mir das alles nicht zu schicken, auch nicht das Handy, ich habe hier noch ein Ersatz-Handy. Aber ich habe mir gerade überlegt, dass ich die Sachen selbst abholen könnte. Es hat mir so gut bei euch gefallen. Da ich gerade den Job wechsle, habe ich nochmal ein paar Wochen Zeit. Macht es euch etwas aus, wenn ich in zwei Wochen nochmal für ein paar Tage komme?" Anna antwortete, dass ihnen das natürlich gar nichts ausmache und dass sie sich im Gegenteil sehr über ihren erneuten Besuch freuen würden. Sie müsse ihnen ja dann auch nicht mehr bei der Bildmontage helfen, die Ausstellung sei dann vorbei, sie könne schwimmen gehen, Italienisch lernen, abhängen, was immer ihr gefällt. Dann kam noch eine merkwürdige Bitte von ihr: „Sagt aber bitte vorerst noch nichts meinen Eltern, falls ihr mit ihnen telefonieren solltet." Das sagten sie ihr zu.

Sonnys Handy hing am Strom, sodass es gut aufgeladen war. Etwas später stellte Anna erstaunt fest, dass Sonnys Handy ab und zu leise rasselte und vibrierte. Vielleicht sollte sie ihr mitteilen, dass da jemand ständig versuchte, sie zu erreichen. Es musste ja jemand sein, der offenbar nicht wusste, dass sich dieses Handy gerade nicht in Sonnys

Reichweite befand, dachte Anna bei sich. Sie öffnete das Mobiltelefon und entdeckte mehrere Chat-Anrufe, merkwürdigerweise von Sonnys Freund, der mehrfach fragte, wo sie denn stecke und um Rückruf bat. Dann entdeckte Anna noch mehrere Chats von Stefano, dem Sohn ihres deutsch-italienischen Nachbarn, aus den vergangenen Tagen mit ‚Selfies' von den beiden in unmissverständlicher Pose, und zwar auf der „roten" Bank. Das ist die Bank auf dem Weg ins Nachbardorf, zu der sie und Bernt auch manchmal laufen und die jemand vom Verschönerungsverein zu einer legenden-umwobenen Liebes-Bank erklärt hat, auf der sich angeblich schon immer die Liebespaare heimlich getroffen haben. Daher ist sie rot angestrichen. Ja, du liebe Zeit, denkt Anna. Das steckt also hinter Sonnys Verwirrung und dem spontanen Entschluss wegen des Handys nochmals vorbeizukommen, wobei dies eine beinahe zwölfstündige Zugreise für sie bedeuten würde. Das muss uns Sonny dann aber dringend etwas genauer erklären, dachte sie. Spät abends traf sie noch zufällig Stefano bei seinem abendlichen Hundespaziergang. Er fragte, ob sie mit Sonny gesprochen habe. „Ja, sie hat ihr Handy bei uns hier liegen gelassen, will es aber im nächsten Monat selbst abholen. Sie wird also nochmals für ein paar Tage herkommen." Das zufriedene Lächeln, das Anna trotz des dünnen Lichtstrahls der Straßenlaterne auf Stefanos Gesicht sah, verriet ihr, dass er über diese Nachricht sehr glücklich war.

104

Kapitel 4: Mittwoch

Alte Mauern – Handwerk, Handel und Wandel
Besucher – Ahmad, Emilio, Peter

Heute ist ein strahlend schöner Morgen. Bereits beim Aufwachen blinzelt Anna etwas verschlafen von ihrem Kissen auf die ihr gegenüberliegende Wand, wo ein kleiner Buddha in der gemauerten Wandnische und die hingehauchten Textilbilder an der Wand sie milde anlächeln. Die ersten Sonnenstrahlen, die durch die Schlitze der Jalousie hereinleuchten, geben dem lächelnden Buddha ein besonders gütiges Aussehen. Aber sie kann sich dieser Anmut nicht lange widmen, denn ein neuer aufregender Ausstellungstag wartet auf sie. Wenig später blendet draußen schon die Sonne und wirft ein strahlendes Licht in die ‚sala', Annas geräumiges Wohnzimmer mit den beiden großen Fenstern, die den Blick aufs Meer öffnen. Plötzlich fällt ihr auf, dass an der Wand neben dem Kamin ein Bild fehlt. Ein weißer Fleck starrt sie an, wo vorher ein gemaltes Porträt hing, das in Öl gemalte Portrait eines jungen ligurischen Bauern. Es war das Bild, das Federico, der Maurer, vor einigen Jahren im Nachbarhaus gefunden und ihr geschenkt hatte. Anna und Bernt fanden die Darstellung dieses stattlichen Mannes sehr ausdrucksvoll, authentisch, irgendwie gelungen. Ein gutaussehender Mann mittleren Alters, dunkle Haare, Bart, markante Nase, milde braune Augen, die einen interessiert ansehen. Um den Mund spielt ein verhaltenes, beinahe spöttisches Lächeln. Er trägt einen Anzug, darunter ein Hemd ohne Kragen. Sofort melden die beiden dem Ermittler, dass sie gerade erst entdeckt haben, dass das Bild verschwunden ist. Das ist ein weiterer Verlust nach dem Einbruch und eine zusätzliche „Katastrophe" für Gabriele, den armen Ermittler, der sich doch sowieso schon durch diesen Vorfall in seiner beruflichen Ehre gekränkt fühlt.

Mittlerweile kursieren zahlreiche Vermutungen und Gerüchte rund um den Einbruch. Zum Beispiel wird erzählt, Familienbanden aus Albanien würden in der Gegend alles ausspionieren und dann nächtliche Einbrüche in den Dörfern und Küstenstädten planen. Es ist Sommer; normalerweise sind nachts alle Fenster geöffnet, damit der Wind durchzieht und man ein wenig frische Luft bekommt. Da ist ein Einstieg zwischen drei und vier Uhr morgens, der Zeit einer Tiefschlafphase, möglicherweise ein leichtes Unterfangen. In diesem Teil Italiens scheinen Albaner für vieles verantwortlich zu sein, was nicht rund läuft, ganz gleich ob Taschendiebstahl, Früchteklau auf den Feldern, Entwendung von Alkohol oder Zigaretten in Supermärkten – immer wieder spricht man von den Albanern. Schon in den Nachkriegsjahren gehörten sie unter den frühen Wanderarbeitern, neben Sizilianern und Kalabriern, zu jenen, die sich auf Arbeitssuche vom armen Süden in den Norden Italiens begaben und denen man hier nur Übles nachsagte. Die üblichen Vorurteile, denkt sich Anna bei diesem Verdacht, Schuld haben immer die anderen.

Tatsächlich waren ihnen aber immer mal wieder Fahrzeuge mit fremden Kennzeichen auf der Zugangsstraße aufgefallen, die unterwegs plötzlich im Gebüsch verschwanden oder ohne erkennbaren Grund auf der Straße wendeten und denselben Weg zurückfuhren. Oder einmal hatte Bernt nachts von der Terrasse aus beobachtet, wie ein Auto auf der in ihrem Blickfeld liegenden Zugangsstraße merkwürdig ziellos hin und herfuhr. Seltsam! Es könnte auf ein Ausspionieren einiger Häuser durch vermeintliche Diebe hindeuten. In dem vorliegenden Fall waren die Einbrecher erstaunlich umsichtig vorgegangen. Annas Scheckkarten hatte sie noch am Morgen des Einbruchs fein säuberlich aufgereiht im Nachbargarten neben ihrer Handtasche vorgefunden, etwas später fand sie auch die Chipkarte ihres Mobiltelefons am Boden. Die Einbrecher waren offensichtlich nur an Bargeld und verkäuflicher ‚Hardware' interessiert – nach dem Motto „nur Bares ist Wahres" – und so konnte man sie natürlich elektronisch auch nicht aufspüren. Gabriele, der Ermittler, ist sehr erstaunt über diese neue Nachricht. Allerdings scheint ihm das fehlende Gemälde irgendwie aus dem bekannten „professionellen" Muster von Diebstahlereignissen in der Region herauszufallen – was wollen die Diebe denn mit einem alten, unbekannten Bauernporträt? Er macht dennoch bei seiner Polizeistation entsprechende Meldung. Vor zwei Tagen war bereits der Dorf-Sheriff mit dem Motorrad aus dem Hauptort vorbeigekommen, hatte sich alles angeschaut und wollte die

Story erneut hören. Aber auch er konnte sich keinen Reim darauf machen, wie und auf welche Weise die Einbrecher in die Wohnung gekommen waren. Auch Anna und Bernt finden es wirklich beunruhigend, dass sie absolut nichts in der Nacht gehört, gemerkt oder vernommen haben! Die Diebe müssen unglaublich geschickt und umsichtig gewesen sein und kamen womöglich auf Socken angeschlichen. Schockiert nun auch über den Verlust dieses Bildes beginnt Anna den Tag.

Der Blick auf das Meer ist heute Morgen einfach zauberhaft. In der Nacht hat der Wind die Wellen ordentlich aufgepeitscht. Sie kräuseln sich jetzt fein auf der Wasseroberfläche und haben unter den Sonnenstrahlen einen silbrig glänzenden Schimmer. Wie immer, wenn Anna von ihrer Terrasse den herrlichen Ausblick genießt, blickt sie auch hinunter in den Garten. Sie bewundert die kleine, mit unregelmäßig geformten Steinplatten belegte Terrasse und die geschwungene Mauereinfassung, all das was Federico damals gebaut hat. Vor einiger Zeit waren die Terrassensteine wellig geworden, dicke Unkrautbüschel wuchsen in den Zwischenräumen, der Zahn der Zeit und die Macht der Natur hatten um sich gegriffen, da hatte Anna Ahmad gebeten, die Terrasse neu zu verlegen.

Ahmad ist ein sehr tüchtiger Handwerker und Bauunternehmer aus Marokko, der mit seiner Familie seit über 20 Jahren im Hauptort Casaldi lebt. Er hat schon öfters kleinere Reparaturarbeiten spontan, freundlich und stets zuverlässig an Annas Haus verrichtet und ist sozusagen der „funktionale Erbe" von Federico geworden. Außerdem hat er die Stützmauer der Gartenterrasse, die nach außen aufzubrechen drohte, völlig abgetragen und unter Verwendung der noch brauchbaren Steine gerade und sehr standfest wieder aufgebaut. Sie hatte an mehreren Stellen große Risse und Ausbuchtungen, und es war zu befürchten, dass die nasse, schwere Erde beim nächsten kräftigen Regen aus den Felsen und Steinen herausbrechen könnte. Diese Gefahr besteht nun nicht mehr. Das ist Ahmad alles prächtig gelungen, denkt Anna bei sich.

Dabei fragt sie sich, ob er wohl ihrer Einladung, die Ausstellung zu besuchen, Folge leisten würde. Nach vielem Überreden war er immerhin am Sonntag zur Vernissage erschienen, obwohl er Bedenken hatte, dem Bürgermeister zu begegnen, der dort als Ehrengast die Eröffnungsrede gehalten hat. Seit Langem schwelte eine Fehde zwischen den beiden. Aber Annas Zureden war erfolgreich, beide sind sich an jenem Abend freundlich begegnet, haben miteinander geredet und es schien, als hätten sie ihren Streit zumindest zeitweilig beigelegt.

Ahmad und seine marokkanischen Freunde

Im Laufe des Vormittags taucht er tatsächlich in der Ausstellung auf. Draußen auf der Piazza parkt er seinen staubigen, kleinen blauen Lastwagen und steht dann in einem etwas verschwitzten grauen T-Shirt in der Tür zum Oratorium. „Entschuldige, Signora, ich habe nicht viel Zeit. Aber ich wollte doch wenigstens vorbeischauen. Und vielen Dank noch für die Einladung am vergangenen Sonntag. Auch meine Frau schickt Grüße. Sie hat sich sehr gefreut, dass sie am Abend bei dem Essen dabei sein konnte. Du hast vielleicht bemerkt, dass sie zunächst abgelehnt hatte etwas zu essen. Sie befand sich nämlich noch in einem verspäteten Ramadan, aber die Frau des Küchenchefs Marco hat ihr dann später noch das vollständige Menü gebracht. Und sie hat gesagt, es habe ihr sehr gut geschmeckt. Es war überhaupt ein wunderbarer Abend." „Kein Problem, Ahmad. Ich freue mich sehr, dass ihr beide zu dem Fest gekommen seid. Und ich finde es prima, dass du dir jetzt die Ausstellung ansehen willst. Nimm dir ein wenig Zeit und schau dich um, es lohnt sich. Die Häuser, in denen die Aufnahmen entstanden sind, kennst du ja bestens."

Ahmad hat in den letzten Jahren auch in den Häusern in Annas Umgebung sehr viele Maurer- und Reparatur-Arbeiten übernommen, auch bei Monique und bei Franziska, in den Häusern des nachbarschaftlichen Wohn-Komplexes an der Via Mare. Franziska hatte sich nach dem Kauf ihres großzügigen Hauses ursprünglich einen Trupp polnischer Bauarbeiter mitgebracht, die hier wochenlang unter ihrer Betreuung und Aufsicht werkelten. Allerdings wurden ein paar Monate nach fertiggestellter Arbeit die Fenster undicht, bekam das Dach lecke Fugen, mussten die Dachrinnen erneuert werden, bröckelte der Putz und so weiter. Nicht, dass die polnischen Arbeiter nicht gut gearbeitet hätten, aber sie brachten eben zu einem großen Teil ihre eigenen Baumaterialien, Maschinen und Werkzeuge mit und kannten sich einfach nicht so perfekt aus mit den alten italienischen Gebäuden wie die lokalen Bauexperten. So hatte Ahmad danach immer wieder gut bei Franziska zu tun.

Bei diesen Gedanken fällt Anna ein, dass sie eigentlich wenig über Ahmad und seine Ankunft in Italien weiß. „Ahmad, wann und wie bist du eigentlich nach Italien gekommen?", fragt sie ihn, als er etwas länger vor den Fotos der Piemonteser Burgen stehen bleibt, die im Fonds des Oratoriums als Quiz-Bilder ausgestellt sind. „Oh, das ist lange her, ich bin ja schon ein halber Italiener", grinst er Anna an. „Das war vor etwa dreißig Jahren. In den Neunzigerjahren kam ich als junger Mann mit meinem Bruder zum Arbeiten nach Italien. Zunächst gingen wir nach Turin, später kam ich dann hier an die Küste. Eines Tages traf ich den Restaurantbesitzer von Casaldi. Er nahm uns mit hinauf dorthin und fragte uns, ob wir einige defekte Stellen in seiner Gastwirtschaft renovieren könnten. Natürlich war das eine tolle Arbeit für uns, zumal bei freier Kost und Logis. Danach schickte er uns in seine Olivenfelder, um die zahlreichen Terrassen an den Hängen, die von Trockenmauern gehalten werden, zu reparieren. Durch die heftigen Stürme und den Regen werden diese Mauern immer wieder zerstört und stürzen herunter. Die Wildschweine mit ihrer Wühlerei sind auch eine mittlere Katastrophe. Aber wir Afrikaner sind ja Meister im Bauen von Trockenmauern. Damals merkte man schon, dass die italienischen Bauern nicht mehr da waren, die es verstanden gute Trockenmauern in der alten Tradition zu bauen. Sie waren alle ans Meer gezogen und arbeiteten in Bars und Restaurants. Leider zerfielen immer mehr Mauern, die die Hänge halten und die Oliventerrassen umranden. Das siehst du ja heute noch entlang der Straßen. So viele dieser Mauern müssten dringend erneuert werden", meint Ahmad, hebt die Schultern und breitet Arme und Hände hilfesuchend aus, eine Geste, die vielen Italienern eigen ist und die er sich ebenfalls längst angewöhnt hat.

„Na ja", fährt er fort, „nach einiger Zeit wurden dann immer mehr Leute auf mich aufmerksam und gaben mir Aufträge. Mein Bruder war weggezogen nach Frankreich, ich lebte und arbeitete hier alleine. Aber mittlerweile sind ja einige meiner Familienmitglieder wieder in meiner Nähe. Meine Schwester und meine alte Mutter leben im Nachbartal, mein Onkel mit seiner Familie wohnt hier oben in Villa. Du kennst ja auch meine eigene kleine Familie, meine Frau und meine drei Söhne."

„Ja, ich weiß, Ahmad, das sind wirklich super Jungs. Den großen kenne ich zwar weniger, er lebt ja unten an der Küste. Aber deine beiden jüngeren Söhne, die kenne ich gut, das sind prächtige Kinder. Ein paarmal war ich ja auch zu Geburtstagsfeiern bei euch eingeladen, und ich schwöre: Den leckeren Minztee und das fantastische Gebäck deiner Frau werde ich so schnell nicht vergessen," antwortet Anna schmunzelnd.

Ahmad war auch jahrelang bei einem der Ferienhausbesitzer im Oberdorf tätig, der in den ausgehenden Achtzigerjahren ein großes Anwesen am Rand des Dorfes gekauft hatte. Ahmad erzählt Anna, er habe dort wie ein Familienmitglied gelebt. Er half ihm dabei, sein Anwesen teils für den Eigenbedarf, teils als Gästehaus herzurichten. Später holte sich Ahmad dann noch den letzten Schliff während einer Anstellung bei einem italienischen Bauunternehmer unten an der Küste. Der war of-

110

fenbar so sehr von seinen Leistungen überzeugt, dass er ihm den Rat gab, sich selbständig zu machen. So arbeitet Ahmad heute als freier Bauunternehmer, was ihm ermöglicht, auch größere Arbeiten anzunehmen, die eine Baugenehmigung erfordern und falls nötig, auch weitere Helfer anzuheuern. Dies brachte ihn auch in Kontakt mit den italienischen Behörden, die Genehmigungen erteilen und Steuern und Abgaben erheben. Dabei musste er leider erfahren, wie bürokratisch sie sich mitunter verhalten. Bei öffentlichen Ausschreibungen, bei denen aus nachvollziehbaren Gründen Kriterien wie Betriebsgröße und Gewährleistungspflicht beachtet werden müssen, hat Ahmad leider keine Chance. Da spielen dann noch ein paar nationalistische Elemente in den bürokratischen Abläufen eine Rolle. Aber er kann dennoch Erfolge aufweisen, einige kleinere Bauunternehmer der Umgebung hat er beinahe aus dem Dorf verdrängt. Eigentlich hat er in Villa immer gut zu tun. Und letztlich sind die Marokkaner tatsächlich, außer ein paar der letzten alten Dorfbewohner, als einzige noch erfahren im Aufbau und Reparieren von Trockenmauern, um die Oliventerrassen abzustützen, wenn auch manchmal mithilfe von unsichtbaren Stahlbetonzugaben. Oliventerrassen mit stützenden Mauern gibt es allein in West-Ligurien angeblich 42 Tausend Hektar, das ist eine ganze Menge! Die Dörfer in Annas Umgebung, die sich fast ausschließlich dem Olivenanbau widmen, haben einen großen Anteil daran.

Es gibt noch eine kleine Geschichte, die einem marokkanischen Freund widerfuhr, an die sich Ahmad und Anna bei dieser Gelegenheit erinnern. „Mein Freund Bashir war eigentlich der erste, der nach Villa kam", plaudert Ahmad. „In den frühen Neunzigerjahren, kam er mit seiner Frau Aisha als erste marokkanische Familie ins Dorf. In der kleinen Nebengasse, wenn du von der Piazza kommst, steht doch so ein altes, etwas heruntergekommenes Haus. Dort lebte diese Familie einige Jahre lang in der ersten Etage, zunächst alleine, dann bevölkerten bald ihre vier Kinder die Wohnung. Binnen weniger Jahre erblickte ein Kind nach dem anderen das Licht der Welt. Später zogen dann noch ein paar einzelne marokkanische Männer in das Haus ein." „Ja klar, ich erinnere mich", sagt Anna, „auf der Gasse waren in der Zeit das Gebrabbel von Kindern, muslimische Gebete und recht laute Musik zu hören. Außer-

111

dem sah man immer viel Wäsche auf der Leine baumeln. Meine Freundin Petra und ich waren damals sehr an den Neuankömmlingen interessiert. Wir wollten diese neuen Dorfbewohner besser kennenlernen und ihnen zeigen, dass sie willkommen waren. Wir freundeten uns mit Aisha an. Sie saß ja meistens alleine in ihrer Wohnung. Bei unseren ersten Kontakten wurden wir zu einer Teezeremonie mit dem süßen Minztee eingeladen. Der duftete und war ja so köstlich!! Es war toll, wir tauschten begeistert ihre selbstgebackenen marokkanischen Kekse gegen unsere Schokolade und Bonbons ein", erzählt Anna. Ahmad gibt zu: „Ja, das war das traurige Los von Frauen wie Aisha. Sie mussten sich den ganzen Tag alleine mit den Kindern im Dorf aufhalten, während wir Männer zur Arbeit fuhren. Dies war so lange schwierig, bis sie die italienische Sprache etwas besser gelernt hatten. Die Kinder lernten dies oft schneller als ihre Mütter und integrierten sich dadurch rascher. Na ja, also da gab es doch die Geschichte von Bashir, wie er in seinen ersten Wochen einmal bei euch den Garten sozusagen vergiftet hat. Dabei hat er ein paar dumme Fehler gemacht, was ihr ihm aber offenbar verziehen habt. Ich weiß, er und Aisha haben sich damals unheimlich geschämt, das haben sie mir später einmal gebeichtet."

„Ach du liebe Zeit, ja", lacht Anna. „Das war so: Bashir war ja nicht Maurer wie du, Ahmad, sondern er war eher Gärtner. Er hatte eine Arbeit in einem Gartenbauunternehmen an der Küste unten gefunden. Daher lag es nahe, ihm eine Gartenarbeit zu übertragen, die er während unserer Abwesenheit durchführen konnte. Wir hatten ihn gebeten, aus unserem etwas verdorrten Vordergarten ein hübsches Blumenhochbeet zu machen. Wir wollten dieses ungeordnete flache Gartenbeet, das neben dem Weg vor unserem Haus lag, mit einer kniehohen Mauer einfassen lassen. Das so entstehende Hochbeet sollte dann gut mit Erde gefüllt werden, damit die alten Rosen und eine neu hinzu gekommene Bougainvillea schön angehen und blühen könnten. Wir dachten, da er aufgrund der Anstellung in einem Gartenbaubetrieb Zugang zu guter Erde und Pflanzen hatte, wäre dies ein Leichtes für ihn. Das war dann im Prinzip auch gut gelungen, nur mit dem erhofften Blütenparadies war leider etwas schief gegangen. Als wir in den nächsten Ferien wiederkamen, empfing uns ein merkwürdig fauler Geruch im vorderen

Bereich unseres Hauses. Die Blumen ließen außerdem schwer die Köpfe hängen, die frisch gepflanzte Bougainvillea fühlte sich in unserem Garten offensichtlich gar nicht wohl. Wir fanden schnell heraus, was die Ursache war und mussten dann doch lachen. Bashir hatte das Hochbeet angelegt, das Mäuerchen perfekt gemauert, aber mit der Düngung hatte er es zu gut gemeint. Er hatte zu viel Pferdedung und Hühnermist in die Erde gemischt. Wir wussten damals nicht, wie lange seine Arbeiten zurücklagen, aber der Geruch war noch am Tag unserer Ankunft schier unerträglich. Wir haben nichts gesagt, die überdüngte Erde wieder herausgeschaufelt und mit frischer Erde gemischt. Die Pflanzen waren leider hin, das Beet mussten wir neu bepflanzen. Das war schon ein Riesenmist, im wahrsten Sinne des Wortes!", sagt Anna lachend und hält sich zur Erinnerung nochmals die Nase zu.

„Aber es gab noch eine andere, eher tragische Geschichte, die Aisha hier erlebt hat und die sie uns später einmal erzählt hat. Ich weiß nicht, ob du sie kennst", fährt Anna in der Unterhaltung mit Ahmad fort. „Nein, worum ging es dabei?", fragt Ahmad. „Na ja, wir hatten ein nettes Verhältnis zu der ganzen Familie entwickelt. Petra und ich brachten öfters Kekse und Kuchen vorbei, gingen mit Aisha spazieren, bewunderten die Kinder und Aishas enorme Anpassungsfähigkeit an ihre neue Situation. Sie bemühte sich sehr, die Sprache zu erlernen und im Dorf Fuß zu fassen. Schließlich fand sie auch Arbeit. Sie half bedürftigen alten Menschen bei der Hausarbeit oder bei der täglichen Pflege. Das tun ja viele Frauen der marokkanischen Migrantenfamilien hier. Ich glaube, deine Frau hat doch auch eine solche Aufgabe in Casaldi übernommen, nicht wahr?" „Ja, das stimmt", sagt Ahmad. „Eines Tages, als ich mal wieder zum Tee bei Aisha war", erzählt Anna die Geschichte weiter, „kommen wir auf eine eigenartige Sache zu sprechen. Aisha erzählte von einer der alten Frauen, die sie im Oberdorf betreute. Jeden zweiten Tag ging sie hin. Sie kochte ihr eine Suppe, fütterte sie, wusch das Geschirr ab, machte ihre Stube, Bad und Küche sauber. Sie war alleine, ihr Mann war ein Jahr zuvor gestorben. Sie konnte auch nicht mehr aus dem Haus gehen. Die Stufen waren zu steil, sie hätte in ihrem Haus mehrere Stufen hinauf und heruntersteigen müssen, um zum Ausgang auf die Gasse zu gelangen. Wenn sie etwas aus der Stadt

113

brauchte, gab sie Aishas Mann einen Zettel mit, er brachte ihr dann die Lebensmittel vorbei. Zum Arzt ging sie auch schon seit Langem nicht mehr, ihr fehlte das Geld, um die Arzt- und Arzneikosten zu bezahlen. Mit der Zeit wurde sie etwas ängstlich und auch immer merkwürdiger. Immer öfter erzählte sie von Männern, die sie nachts gesehen habe, sie wollten angeblich die Stufen zu ihr heraufkommen. Aber sie habe die Türe fest verschlossen und niemanden hereingelassen. Und an dieser Stelle der Geschichte kamen Aisha die Tränen. Sie begann zu schluchzen. Eines Tages sei sie morgens in die Wohnung der alten Frau gegangen und habe sie nicht mehr gefunden. Sie habe überall nachgesehen, sie beim Namen gerufen. Wo hatte sie sich nur versteckt, dachte sie. Es gab einen kleinen Ausgang zu einem Innenhof, in den sie vom Küchenfenster aus hineinblicken konnte. Aisha dachte, sie sei vielleicht doch bis in den Innenhof hinuntergegangen? Sie stellte überrascht fest, dass das Fenster geöffnet war und schaute hinaus – da sah sie sie am Boden liegen. Sie hatte sich aus dem Fenster gebeugt und war entweder versehentlich oder absichtlich hinausgestürzt. Als sich Aisha beruhigt hatte, fragte ich sie, was dann geschehen sei. Sie sagte, sie habe ihren Mann gerufen, der habe die Ambulanz und die Polizei geholt. Aber sie war nicht mehr zu retten, die alte Dame war natürlich längst tot. Der Unfall musste ja in der Nacht passiert sein. Als ich Aisha schließlich fragte, wer die Frau eigentlich war, eröffnete sie mir: Sie hieß Ernestina", hier beendet Anna ihre Geschichte und sieht Ahmad an. „Weißt du, wer Ernestina war?" fragt sie. „Nein, kenne ich nicht", sagt Ahmad. „Na ja, das ist eine andere Geschichte, die etwas mit unserer früheren Hausbesitzerin zu tun hat."

Anna lehnt sich schweigend ein wenig zurück an die Wand des Oratoriums und denkt an Chiaras Worte, während Ahmad weiter die Bilder der Ausstellung betrachtet und sich dem Ausgang nähert. Ernestina war die Frau gewesen, die unterhalb von Annas Haus einen Garten besaß, den sie öfters pflegte. Zu diesem Anlass stieg sie oft den kleinen Pfad am Vorderhaus und an jenem damals noch unordentlichen Vorgarten vorbei hinab zu ihrem Garten. Die arme Frau war wohl schon damals etwas verwirrt und von vielen Leuten im Dorf belächelt worden, warum wusste Anna damals nicht so genau. Aber sie erinnert sich da-

114

ran, dass Chiara, als sie noch im selben Haus im Obergeschoß lebte, sie einmal gewarnt hatte, Früchte oder Gemüse von Ernestina anzunehmen. Diese hatte Ernestina Anna oft bereitwillig angeboten. Chiara aber behauptete, sie sei gefährlich, eine Hexe. Mein Gott, wie unbarmherzig war das denn? Anna wusste, dass es in der Region noch im letzten Jahrhundert Hexen- und Geistergeschichten gab, so zum Beispiel in Triora, das noch heute touristisch mit seinen Schreckensmärchen aufwartet. So ist das also auch heute noch in unserem Dorf, denkt Anna, da glaubt man tatsächlich noch an mystische Geistergeschichten, man wird schnell und unverschuldet abgestempelt und verurteilt. Nur Aisha, die Frau des Marokkaners, hatte ihr arglos geholfen, aber in Ernestinas letzter Minute hat sie ihr auch nicht mehr helfen können. Diese unschöne Geschichte behält Anna für sich.

Ahmad hat inzwischen fröhlich winkend die Ausstellung verlassen. Ein netter Mensch, denkt Anna. Obgleich bei Ankunft der ersten Nordafrikaner einige Bewohner von Villa zunächst die Nase rümpften, lernte man die „fremden" Familien mit der Zeit bald näher kennen. Man gewöhnte sich aneinander, sah die Kinder groß werden, und die marokkanischen und später auch einige tunesische Familien wurden ein normaler Anblick in diesem internationalen Dorf.

Emilio, der Schmied

„Des iss eusch awer gut gelunge. Gratuliere!", tönt Emilio. Anna hatte gar nicht bemerkt, dass ihr Nachbar und seine Frau inzwischen auch die Runde in der Ausstellung machten. Auch hatte sie nicht erwartet, dass die beiden dafür überhaupt Interesse zeigen würden, aber Emilio lässt es sich nicht nehmen, Annas und Bernts Werk zu bestaunen. Seine hoch gewachsene, dunkelhaarige Frau zeigt zunächst keinerlei Regung und macht auch keinerlei Bemerkung. Emilio ist einer der italienischen Handwerkerfreunde von Anna und Bernt. Er ist der ‚fabbro' (Schmied, Schlosser) in Villa und in der ganzen Region richtig gut im Geschäft. Jeder neue Hausbesitzer braucht irgendwann ein Geländer, ein Gitter

115

oder eine Blechtüre irgendwo im Keller oder auf der Terrasse, insbesondere wenn mal wieder eine Einbruchswelle überstanden ist.

Eigentlich ist Emilio Deutsch-Italiener. Sein Vater war der erste deutsche Schmied, der sich im Flusstal unten niederließ. In der kleinen Stadt an der Küste hat er sich damals hinter den Bahngleisen eine große Blechbude als Werkstatthalle für seine Werkzeuge und Gerätschaften eingerichtet. Mit zwanzig Jahren, gutaussehend, hochgewachsen, kam er in den Sechzigerjahren einmal mit Motorrad und Zelt auf den Campingplatz von C. und verliebte sich sogleich in Magda, die flotte junge Frau, die in der Strandbar bediente. Seine Heimat war eine Kleinstadt in der Pfalz, die einmal einen deutschen Bundeskanzler hervorgebracht hat. Bald zog das junge Paar dorthin und gründete eine Familie. Emilio erblickte in der Pfalz das Licht der Welt und spricht bis heute, wenn er Deutsch spricht, eben Pfälzischen Dialekt. Nach einigen Jahren wurde es seiner Mutter dort nicht nur zu eng, sondern das Essen behagte ihr überhaupt nicht: die Pfälzer Wurst, der Saumagen, die Leberklöße mit Sauerkraut, das alles war Magda ein Graus. Zwar bot die pfälzische Heimat ihres Mannes ein beinahe mediterran zu nennendes Klima und auch süffige Weine, aber der etwas grobe Humor der Menschen, ihre Sprache, ihre direkte Art und vor allem das fehlende Meer trieben Magda dazu, mit ihrer Familie wieder in die ligurische Heimat zu ziehen.

Dort begann Emilios Vater, die Sprache besser zu lernen und seine Dienste italienischen und vor allem den an der ligurischen Küste immer zahlreicher vertretenen internationalen Kunden anzubieten. Als der Tourismus so richtig Fahrt aufnahm und sich für viele zum überwiegend saisonalen Broterwerb entwickelte, wurde alles, auch das Leben an der Küste, immer teurer. Der Handwerksbetrieb von Emilios Vater lief zwar gut, aber dennoch reichten die Einnahmen aus dem Saisongeschäft nicht aus, eine mittlerweile vierköpfige Familie – Emilio hatte eine Schwester bekommen – zu ernähren. Viele Italiener zogen wieder in die Dörfer und in die Olivenhaine, erneuerten den Olivenanbau und pflegten ihre Gärten. Schließlich war auch das Wohnen, selbst als Mieter, dort preiswerter. So kam auch Emilios Familie in das Dorf Villa. Die jüngere Generation zog allerdings gerade zu jener Zeit eher in der umgekehrten Richtung, nämlich hinunter an die Küste. Der boomende Sommertourismus, vor allem ausgelöst durch die Bevölkerung von Mailand und Turin, bot ihnen die ersehnten Jobs in Bars, Gasthäusern, Hotels, Pensionen, Pizzerien, Cafés, Restaurants und ein Leben fern von den Plagen der Subsistenz-Landwirtschaft ihrer Eltern und Großeltern. So wurden jene Häuser frei, die noch solide, bewohnbar und auch erschwinglich waren. Das waren nicht immer die alten ‚rustici‘, die man erst herrichten musste – darauf fiel vor allem das Augenmerk der Ferienhausinteressenten aus Deutschland und der Schweiz –, sondern es waren die etwas kantigen Neubauten, die nach dem Krieg meist für die nachfolgenden jungen Familien gebaut worden waren.

Emilio wurde in der Schmiedewerkstatt seines Vaters groß. Sein Deutsch hatte er von ihm und eben in seinen Jugendjahren in der Pfalz gelernt. Das ermöglichte ihm den Zugang zu den deutschsprachigen Ferienhausbesitzern, sowohl in seinem Dorf als auch in der ganzen Küstenregion und den dahinterliegenden Bergdörfern. Die Kunden wussten seine gründliche Arbeit und manchen zuverlässigen Rat im italienischen Ausland zu schätzen. Emilios Einzugsbereich wurde immer größer. Wenn er manchmal bei Anna und Bernt auf ein Bier vorbeikam, erzählte er gerne, nicht ohne einen gewissen Spott, von den Superreichen, die sich in den Nachbartälern protzige Villen hinstellen, um sie dann von ihm verbarrikadieren zu lassen.

Emilio gründete seine eigene Familie, der Vater zog sich aus der Werkstatt zurück. Heute lebt er als alter Mann an der Piazza und schweigt vor sich hin. Alle lebenserhaltenden Tätigkeiten bleiben Emilios noch immer agiler Mutter überlassen. Sie ist eine Katzennärrin und füttert alle streunenden und natürlich ihre eigenen zahlreichen Katzen. Emilio übernahm die Schmiede des Vaters und erwarb ein eigenes Haus im Dorf für sich, seine Frau und seine beiden Kinder. Es liegt direkt hinter dem Haus von Anna und Bernt beziehungsweise etwas oberhalb, sie wurden nicht nur enge Nachbarn, sondern auch Freunde. Als Annas Maurer-Freund Federico schließlich zu alt wurde, um noch mit seinem alten Fiat aus dem Tal ins Dorf zu kommen und nach dem Rechten zu sehen, übergab sie Emilio ihre Hausschlüssel und bat ihn, während ihrer Abwesenheit Haus und Garten zu überwachen. Bei jedem ihrer Besuche kommen nun Pfälzer Wurst, eine Flasche Wein oder ein paar typisch deutsche Leckereien mit in die Koffer für Emilio und seine Kinder.

Im Fall von Emilios Sohn Stefano scheint sich die Tradition, dass der Sohn das Handwerk vom Vater übernimmt, allerdings nicht zu bewahrheiten. Sehr zum Leidwesen seiner Mutter hat der Sohn andere Ambitionen, von denen man noch nicht so genau weiß, wohin sie führen werden. Als Metzgerin trat sie damals in die Fußstapfen ihres Vaters, aber leider interessiert das ihren Sohn wenig, er zeigt weder Interesse am Metzgerberuf noch an der Schmiedewerkstatt. Emilios Frau und Anna kommen ins Plaudern, wobei es natürlich um die Kinder geht: „Was soll nur aus ihm werden? Im Moment interessiert er sich für rein gar nichts", jammert Emilios Frau. Mit einer Handbewegung unter ihr Kinn symbolisiert sie die Null-Bock-Haltung ihres „hoffnungsvollen" Sohnes. „Er hat schon so vieles begonnen und wieder hingeschmissen. Er hilft jetzt zwar in der Werkstatt von Emilio mit, aber er hat keine Freude daran. Viele der deutschen und Schweizer Freunde haben ihm schon Angebote gemacht, bei ihnen einen Beruf zu erlernen. Sie wollten ihn mitnehmen und ihm eine Zukunft mit einer guten Ausbildung garantieren", erzählt sie. „Aber seine Antwort ist und bleibt ‚no'. Was er eigentlich will, weiß keiner, er selbst am allerwenigsten. Er will auf jeden Fall hier im Dorf bleiben, sagt er, denn zuhause sei es doch am schönsten." Klar, denkt Anna, im Hotel Mama mit Meeresblick ist das Leben herrlich bequem, außerdem steht hier immer ein fahrbarer Untersatz vor der Türe, er hat hier Freunde und Freundinnen, mit denen er täglich lauthals telefonieren kann, und im Sommer locken die Strand-Partys und das Meer. Es wird spannend sein zu erfahren, ob und wie sich Stefano demnächst beruflich entscheiden und weiterentwickeln wird.

Umso erstaunlicher ist es, denkt Anna leise, dass sich anscheinend Bernts Nichte Sonny für ihn und er sich für sie interessiert hat. Klar, gesteht sich Anna ein, der Junge sieht verblüffend gut aus, dunkle Lo-

118

cken, gebräunte Haut, feurige Augen, ein sinnlicher Mund, und er kann sehr charmant sein. Vielleicht will er ja doch heimlich fort von den Eltern, den Großeltern und dem etwas eintönigen Leben hier oben? Er wagt es nur nicht, dies offen zu äußern, denn es wäre eine Beleidigung für die Familie. Vielleicht träumt er davon, wie einst sein Großvater doch einmal sein Glück in der Ferne zu suchen, aber eben alleine? Vielleicht mag er es nicht, wenn die Eltern oder andere Erwachsene seine Zukunft gestalten wollen und ihm angebliche Chancen auf dem Tablett servieren, die ihn nicht interessieren und wofür er ihnen ewig dankbar sein müsste? Vielleicht ist die Bekanntschaft mit Sonny ein willkommener Anlass, sozusagen ein Sprungbrett, um endlich etwas gänzlich Neues zu wagen? Fragen über Fragen. Natürlich erwähnt Anna den Eltern Stefanos gegenüber mit keiner Silbe das kleine Gepänkel mit Bernts Nichte Sonny, das die Fotos auf ihrem Mobiltelefon vermuten lassen.

„Isch habb ja gar net gewisst, dass ihr so tolle alte Fotos gefunne habt. Da habbt ihr euch awer werklisch viel Müh' gemacht", lobt Emilio. Viel mehr Interesse und Verständnis für das alte Dorfleben wollte Anna von Emilio und seiner Frau nicht erwarten. Anna hat den Eindruck, die Bewältigung der täglichen Routinen ist augenblicklich für die beiden das Wichtigste im Leben, und dies führt nicht unbedingt zu einem ausgeprägten Interesse für die Dorfkultur. Man bewohnt hier eben sein Haus und fährt viermal am Tag zur Arbeit runter und wieder rauf; zum Mittag kommen Emilio und Stefano noch immer täglich zu Großmutter Magda zum Mittagessen. Aber Emilio ist sich der Vorteile seines Daseins und dem Leben an der Riviera durchaus bewusst, immerhin lebt er davon, dass seine begüterten Kunden die Schönheiten dieser Gegend genießen. Immer öfters äußert er sich positiv über sein Haus und das Dorf, immer öfter bekommt Anna von Emilio zu hören, wie sehr er die Aussicht von der Terrasse genießt und wie schön es ist, hier zu leben und im Sommer im Meer zu baden. Man habe alles gratis, wofür Touristen viel Geld zahlen müssten. Wie es hier einmal früher aussah, wer hier wie gelebt hat und dass es neuerdings eine Dorf-Initiative gibt, die sich der Mühe hingibt, dieses Dorf aus seinem Dornröschenschlaf zu erwecken, sind nicht wirklich Emilios Themen. Aber immerhin hat er vor Kurzem gratis ein Gitter für den Verein geschmiedet, wie er Anna beim Verlassen der Ausstellung stolz berichtet.

Peter, der Sohn der Dame, die über dem Torbogen wohnte

Ein sehr aparter Mann mit längerem silbergrauem Haar steht in der Türe des Oratoriums und Anna kann sich von einem anderen Besucher losreißen, um ihn zu begrüßen. „Hallo Peter, ich freue mich, dass du vorbeischaust. Wie geht es deiner Mutter? Ist sie dieses Mal nicht mit nach Villa gekommen?" „Nein, Anna, es geht ihr leider nicht mehr so gut, sie wollte uns dieses Mal nicht begleiten. Außerdem überlässt sie die Wohnung neuerdings gerne ihrem Enkel, der hat ja jetzt auch eine kleine Familie", antwortet er. „Richtig, ich habe gesehen, dass dein Sohn da ist. Er schaute kürzlich aus dem berühmten Fenster über dem Torbogen der Gasse heraus und winkte mir auf der Piazza zu", sagt Anna.

Peter ist der Sohn von Annette, der gepflegten älteren Dame, die zu dem Kreis jener Schweizer und Deutschen gehörte, die eine Zeitlang nahezu dauerhaft hier lebten. Annette pflegte außerdem noch gute Kontakte zu Personen, die nur für die Sommerferien in ihre alten Häuser kamen. Da war zum Beispiel der Leiter eines großen Musikverlags, der zusammen mit seiner Frau ein prächtiges, von Bougainvillea und Orangenbäumen beinahe zugewachsenes Haus mit einer großen Dachterrasse hinter der Kirche gekauft hatte. Dann war da der Chef einer großen Reiseagentur aus Aachen, der mit seiner Frau ein ebenfalls stattliches Haus im Unterdorf besitzt, das angeblich einmal einen Tanzsaal für die Dorfbevölkerung bereithielt. Rege Kontakte pflegte sie mit einer alleinstehenden Dame aus Süddeutschland, die gegenüber dem Restaurant wohnte. Mit ihr hat Annette oft gemeinsam gekocht und dazu auch Volker, den guten Nachbarn aus Hamburg, eingeladen. Schließlich gab es noch den sportlichen Lehrer aus Hessen, der meistens alleine seine Ferien in einem kleinen Haus unten in Villetta verbrachte. Da er ein großer Läufer war, spurtete er jeden Tag früh morgens hinauf nach Villa, lief einige Kilometer weiter entlang der Olivenhaine auf der Straße bis hinüber ins nächste Dorf, um dann mit verschwitztem Hemd irgendwann wieder vorbeizutraben und bei den alten Damen in Villa einen Schwatz zu halten. Heute lebt er in den Ferien bei seiner Tochter im Haus und spaziert nur noch langsam die Straße entlang, denn die Beine gehorchen ihm nicht mehr so und vertragen schon gar keinen anstrengenden Spurt. Er und seine Tochter haben das Haus von Clara, der Pianistin, nach längerem Leerstand gekauft. Alle diese Freunde waren früher auf den diversen Empfängen bei Roberto und Erna, dem deutsch-schweizerischen Zirkel zu Gast, wo Peters Mutter stets präsent war und half, die kleinen Köstlichkeiten und diversen Getränke zu reichen. Soweit nochmals die Erinnerungen Annas an Annette.

„Was machen deine Olivenbäume?", fragt Anna nun Peter. „Oh, die machen sehr viel Arbeit, kaum zu glauben. Jetzt im Sommer muss ich die Terrassen reinigen und die herabgefallenen Zweige und Blätter verbrennen. Es macht mir aber Freude. Der Lohn der Arbeit ist das eigene Öl! Du solltest unbedingt bald vorbeikommen und unser Öl kosten. Es ist wunderbar warm und fruchtig, die Arbeit im letzten Jahr hat sich wirklich gelohnt." Mit den Jahren ist Peter, der zuhause als selbstständiger Grafiker tätig ist, zum passionierten Hobby-Olivenbauern geworden. Häufig kommt er nur für ein paar Tage aus der Schweiz, um nach seinen Oliventerrassen zu schauen, die er vor einigen Jahren erworben hat. Dann rattert er mit seiner ‚ape' (Lastendreirad) und seinen Gerätschaften den holprigen Weg am Hang hinunter. Für seine vielen Gerätschaften hat er sogar einen eigenen Schuppen angemietet.

Seine Frau Suzanne hat hingegen eine ganz andere Passion, die sehr viele Berührungspunkte mit den Fotos von Anna und Bernt hat. Bei einem Besuch im vergangenen Sommer beobachtete sie, wie Bernt die alten Glasnegative von Bernardo, die ja die Urform der frühen Fotografie darstellen, in ein digitales Positiv-Format brachte.

Er hatte dazu mit einem ebenfalls praktisch veranlagten Freund in Deutschland ein geniales Gestell gebaut, das ein wenig an ein Teleskop erinnert. Es besteht im Wesentlichen aus einem kurzen Stück

Abwasser-Plastikrohr, dessen Innenwand mit schwarzem Tonpapier ausgekleidet wurde. Am vorderen Ende des Rohres hatten die beiden Ingenieure in altbewährter Laubsägearbeit einen Holzrahmen gebastelt für das Einschieben der Glasnegative im Format 9 x 12 cm. Dort wird das Rohr mit einer Milchglasscheibe abgedeckt. So kann man die Glasnegative einzeln in den Rahmen stecken und vom hinteren Ende des Rohres gegen das Licht halten, wie früher der „Gucki", mit dem man Diapositive betrachten konnte. Dieser „Groß-Gucki" wurde im vorderen Zimmer vor einem der Fenster (mit Meeresblick) auf einem Gestell so aufgebaut, dass die Negative durch die Milchglas-Scheibe mit gut verteiltem Licht ausgeleuchtet wurden. Mit einer Digital-Kamera auf einem Stativ fotografierte Bernt dann alle sorgfältig gesäuberten Negative ohne störendes Streulicht durch das Rohr und bearbeitete sie danach mit einem Bildbearbeitungsprogramm. Mit dieser Technik der selbstgebastelten „Dunkelkammer" konnten die Negative problemlos und ganz erheblich preiswerter als von vermeintlich professionellen Digitalisierern bearbeitet werden, die Bernt in Deutschland vergeblich um Rat gefragt hatte.

Als Suzanne diese Vorrichtung sah und Bernt ihr das alles erklärt hatte, war sie geradezu fasziniert davon. Sie gestand, dass sie bereits seit Langem auf der Suche nach einer Technik war, mit der sie die alten Fotos

122

ihres Großvaters, ebenfalls Glasnegative aus dem letzten Jahrhundert, entwickeln und digitalisieren könne. Fotografen verlangen dafür ein Vermögen, wenn man solche Arbeiten in Auftrag geben möchte, berichtete auch sie. Das hier sei genau des Rätsels Lösung. Bernt bot ihr an, dass sie nach Fertigstellung seines Projekts dieses Digitalisierungsgerät gerne haben könne. Sie fiel ihm dankbar um den Hals, und im Herbst desselben Jahres holte sie es dann ab. „Ist Suzanne auch da?", fragt Anna nun Peter, „sie hätte doch sicherlich Spaß an unserer Ausstellung. Was hat sie eigentlich mit ihren antiken Fotos und unserem Gerät angestellt?" „Sie hat sie eben auch digitalisiert wie ihr! Leider konnte sie aber dieses Mal nicht mitkommen", antwortet er, „sie will mit ihren alten Fotos bald ein Buch herausgeben. Ihre Arbeit muss sie euch unbedingt einmal zeigen." „Das ist natürlich eine gute Idee. Wir überlegen auch, ob wir die Fotos unseres Bernardo als Buch veröffentlichen könnten und ob das hier in der Region auf Interesse stoßen würde", antwortet Anna nachdenklich. „Ja klar", meint Peter. „Nur Mut! Vielleicht kann sie euch ja dabei beraten? Ich werde ihr alles berichten."

Peter spaziert mit Anna weiter durch die Ausstellung. Peter schaut sich außer den Fotos auch immer wieder die Wände des Oratoriums an, blickt hinauf zu dem Deckengewölbe und auf den Altar. „Ich werde ganz nostalgisch, wenn ich dieses wunderschöne alte Bethaus sehe", sagt er. „Du hast sicher viele gute Erinnerungen an dieses Gebäude? Wurde es zu Zeiten der Sommer-Festivals im Dorf eigentlich auch genutzt?", fragt Anna. „Ja sicher, es gab diverse Konzerte hier und auch Kunst-Installationen. Hier zum Beispiel, diese Steinskulptur in der Ecke, die aussieht wie ein großes Ei oder eine enorme Olive, sie soll eigentlich eine Amphore symbolisieren. Sie stammt aus der Zeit der noch funktionierenden Festivals. Eine deutsche Künstlerin hatte die Skulptur geschaffen. Sie stand damals dort drüben in einer alten Ruine, als das heutige Haus von Raffaele noch nicht aufgebaut war. Felle und bunte Tücher hingen über der Gasse und führten zu diesem Ausstellungsort. Es war damals ein großes und schwieriges Unterfangen, diese große Skulptur dort aufzustellen", erinnert er sich und kommt ins Schwärmen.

„Es war eine Zeit, 20 bis 30 Jahre nach dem Kriegsende, in der die Begeisterung für Kunst jeder Art hier an der Küste groß war, weißt du. Die Faszination der alten Steinhäuser in diesen Dörfern, der barocken Kirchen und der idyllischen Plätze, der Olivenhaine, der Farben, der Silhouetten in dieser alten Kulturlandschaft, das alles bot sich sozusagen wie eine Kulisse für die wieder erwachte moderne Kunst an. Dies inspirierte sowohl Musiker, Schriftsteller als auch bildende Künstler. Deine Ausstellung, Anna, die hätte damals auch gut dazu gepasst. Wir Künstler, und dazu zähle ich mich, haben ja immer schon alte Gegenstände, auch Bilder und Fotos, gesammelt. Aber so aussagekräftige Fotos wie diese hier in der Ausstellung habe ich noch nie gesehen. Vor allem hat keiner damals gewusst, dass ein genialer Amateur wie dieser Bernardo vor hundert Jahren hier gelebt hat. Wobei – Menschen mit seinem Namen gab es hier dutzende, da musst du nur mal auf den Friedhof gehen", meint er schmunzelnd. „Ja, das habe ich auch schon bemerkt. Er selbst ist aber nicht darunter. Ich weiß nicht, wo er gestorben und beerdigt ist, vielleicht entdecke ich das ja noch," verrät Anna.

„Zurück zu den Fotos, Anna. Selbst wenn wir damals solch alte Fotos gehabt hätten, um ehrlich zu sein, ich hätte nicht gewusst, wie ich aus schwarzen, verschmutzten Glasnegativen vernünftige Fotos hätte entwickeln können. Das habt ihr wirklich großartig hinbekommen", sagt Peter lobend. „Man könnte eigentlich noch viel mehr aus dieser Sammlung machen." „Wie meinst du das?", fragt Anna. „Na ja, als Grafiker habe ich viel mit Kunstgalerien in der Schweiz und in ganz Europa zu tun. Ich hätte da schon ein paar Ideen, man könnte sie verbinden mit einer Geschichts- und Kulturbetrachtung, mit einem Aufzeigen der alten traditionellen Kulturlandschaft Italiens, vielleicht komme ich deswegen nochmal auf euch zu. Aber jetzt muss ich leider los, die Familie wartet schon auf mich." „Ja klar. Schön, dass du da warst, Peter. Bitte grüß alle recht herzlich von uns, besonders deine Mutter", ruft ihm Anna hinterher. Sie denkt nochmals über den kleinen, leicht elitären Zirkel jener Zeit nach und über die früheren Festivals. Einige haben Anna und Bernt in den frühen Neunzigerjahren noch miterlebt, danach waren sie ja für längere Zeit ins Ausland gegangen. Was die gesellschaftlichen Zirkel angeht, so fühlten sich Anna und Bernt damals noch

124

zu jung, um sich da einzugliedern und sich in einem etwas ritualisierten Rahmen mit den älteren Herrschaften zu treffen. Außerdem waren sie eher für das Spontane und Unkonventionelle zu haben. Mittlerweile gehören sie selbst und auch Peter zu den „Älteren", allerdings verhalten sich die heutigen Freunde wesentlich offener, die Kontakte sind herzlicher und unkomplizierter geworden, denkt Anna für sich.

Die alten Briefe aus Signora Graziettas alter Schatulle

Kurz bevor Anna heute die Ausstellung schließt, kommt noch die Tochter von Signora Grazietta vorbei und überreicht ihr die Briefe, die ihre Mutter ihr versprochen hat. Am frühen Abend bestaunen Bernt und Anna die neue Errungenschaft und studieren die Schriftstücke voller Neugierde. Die feine zierliche Schrift, in schrägen Buchstaben mit Tinte zu Papier gebracht, ist wirklich sehr schwer zu entziffern. Auch ist zunächst nicht ganz klar, wer die Briefe geschrieben hat, an wen sie gerichtet sind und wie die Seiten zusammengehören. Es sind offenbar drei oder gar vier Briefe? Anna ruft Petra zu Hilfe, die voller Wissbegierde rasch herüberkommt. Alle zusammen beugen sie sich über die Briefe. Dank Petras guter Kenntnis der italienischen Sprache, auch der alten Begriffe und ihrem gemeinsamen Spürsinn gelingt es, die Briefe zu entziffern und sogar später neu abzuschreiben, damit sie auch für die alte Dame besser verständlich werden.

BRIEF 1

Napoli, 4. Oktober 1876

Lieber Onkel,
nach so langem Warten auf Nachrichten von Euch, weil ich nie Nachrichten erhalte, will ich Euch einen weiteren Brief meinerseits schicken, um Euch meine Nachrichten mitzuteilen. Gott sei Dank genieße ich gute Gesundheit und das hoffe ich, ist auch bei Euch so, diesen meinen Brief sende ich, damit ich Nachricht von Euch erhalte, in diesem meinem Brief sage ich Euch nichts, weil ich Euch in den vorhergehenden Briefen genug

125

gesagt habe und mit dem jetzigen sage ich nur, dass ich bei all den Briefen, die ich Euch geschrieben habe, nur eine einzige Antwort erhalten habe, datiert vom 2. Mai. Ich weiß nicht, ob meine oder Eure Briefe verloren gegangen sind.

BRIEF 2

Datum unbekannt

Lieber und sehr verehrter Onkel,
Haben Sie Verständnis und seien Sie nicht traurig darüber, dass ich die Post unfrankiert absende, denn entweder Ihre oder meine Briefe gehen stets verloren. Schicken auch Sie die Briefe unfrankiert an mich, weil ich es so wünsche. [Offenbar wurden Briefe der Marken wegen gestohlen.]

Neuigkeiten von meiner Familie: Sie haben mir am 14. September geschrieben, dass es allen gut gehe und Sie sagten, dass mein Bruder Bernardino Ende September nach Hause zurückkäme, aber noch nicht definitiv, weil er nach Turin zurückmüsse, um die Feiertage und dort noch ein paar Monate zu verbringen, bevor er nach dem letzten Examen ganz nach Hause zurückkehren könne.

Also, lieber Onkel,
wenn Sie mich als Ihren perfekten Neffen betrachten, senden Sie mir vier Zeilen auf irgendeinem Blatt und geben Sie mir Neuigkeiten von Ihnen, von Franca und Margerita, von Verwandten und Freunden und auch vom Hof und dem Weinjahr. Wie ist es gewesen? Ich werde nicht länger schreiben, weil je mehr ich schreibe, desto weniger Briefe erhalte ich. Entschuldigen Sie, lieber Onkel, wenn ich Sie in irgendeiner Sache verärgere oder unverständlich bin, weil ich die Wörter nicht gut aneinanderreihe, sodass ich nichts anderes tun kann, als Sie von Herzen zu grüßen und Ihnen zu sagen, dass ich in bester Gesundheit bin und hoffe, Sie eines Tages so anzutreffen, wie ich Sie verlassen habe.

Herzlich grüßt und unterzeichnet
Ihr Neffe A. Domenico

BRIEF 3

Villa, 10. Januar 1881

Liebster Onkel,
Da sind wir wieder kurz vor dem Fest für unseren S. Raffaele und dieses
Jahr möchte ich Sie in meinem Namen und dem der ganzen Familie
wärmstens bitten, dass Sie das Fest hier mit uns verbringen mögen. Ich
kenne Ihren Großmut, ich würde sogar sagen [... im Falz teils unlesbar],
dass, wenn nicht etwas Schlimmes Sie daran hindern sollte, Sie uns un-
verzüglich den Gefallen tun, um den wir Sie bitten.

Ich hätte früher auf Ihren letzten Brief geantwortet, wäre nicht die an-
dauernde Hoffnung gewesen, dass meine Mutter Sie besuchen käme, was
den Brief unnötig gemacht hätte. Aber meine Mutter war von so vielen
Haushaltsangelegenheiten am Kommen verhindert worden, dass ich
Ihnen meine Antwort gebe, auf das was Sie mir geschrieben haben: Ich
sage es jetzt kurz und von Herzen: Ich versichere Ihnen, dass es nie meine
Absicht war, Ihren guten und loyalen Charakter anzuzweifeln, und wenn
Sie finden sollten, dass meine Meinung Sie beleidigt hat, bitte ich Sie um
Vergebung. Und jetzt ist es besser, wir lassen diese unangenehmen Sa-
chen hinter uns und fahren fort, uns gut zu mögen und von anderem zu
sprechen.

Wenn Sie uns das Vergnügen machen, das Fest von S. Raffaele mit uns zu
teilen und die Einladung von unserem Verwandten Meneghini akzeptie-
ren, würde es uns sehr freuen. Ich weiß, dass Sie davor zurückschrecken,
und das mit Recht, den Geißenweg zu uns hinaufzusteigen. Wenn wir den
Fahrplan und den Tag Ihrer Ankunft in C. wissen dürften, käme einer
meiner Brüder Sie mit dem Maultier abholen.

Falls Sie noch mit der Sonntagsmesse in Altolago beschäftigt sein sollten,
könnte man folgenden Fahrplan aufstellen: Abreise in Altolago [Dorf in
einem weiter entfernten Nachbartal] mit dem Chevalier am nächsten
Sonntag nach Ardegna [Küstenstadt], von da mit der ersten Fahrt am
Montagmorgen weiter nach Cirva [andere Küstenstadt weiter westlich].
Ankunft um 9 Uhr morgens. Wenn Sie uns mit einer Postkarte diesen
Fahrplan bestätigen könnten, würden Sie das Reittier in Cirva vorfinden.

127

Hier geht es allen gut, auch Ottanietta, der Magd. Ich hoffe sehr, dass auch Ihr in so guter Gesundheit seid, dass Ihr diese Reise fröhlich überstehen werdet.

Auf Wiedersehen also; wir alle grüßen Sie (Euch)
für immer Ihr äußerst zugetaner Neffe Bernardo

BRIEF 4

Altolago, Oliveto, 15. Januar 1881
Mein lieber Neffe,
heute Morgen am 15. Januar erhielt ich deinen Einladungsbrief datiert vom 10. dieses Monats. Mit gutem Willen, ja mehr denn je, würde ich deine Einladung annehmen. Aber in diesem Moment bin ich durch eine Erkältung sehr verhindert, und schon seit einigen Wochen habe ich dazu noch Schmerzen in den Füßen. Ich fürchte, dass die schlimmen Arthritisschmerzen wieder beginnen. Auch die Jahreszeit scheint dazu geeignet, ist die Temperatur doch niedrig und das Klima feucht und ermutigt mich gar nicht, eine Reise zu unternehmen, die für mich fatale Folgen haben könnte. Es freut mich, dass unser Verhältnis gut ist, und ich wünsche euch ein glückliches fröhliches Fest. Ich habe immer auf den Besuch deiner Mutter gewartet, aber umsonst.

Sage ihr aber, dass unser Treffen frei von jeglichen Ungelegenheiten gewesen wäre. Ich will das verwirklichen, was ich im letzten Jahr deiner Mutter versprochen habe.

Offensichtlich gibt es ein paar Informationen in diesen Briefen, die für die Aufklärung der Familienverhältnisse von Bernardo, aber auch der Lebenswirklichkeit jener Zeit recht bedeutsam sind, darin sind sie sich einig:

Erstens – zu den Autoren der vier Briefe wäre zu sagen: Der erste und zweite Brief (Verfasser „Domenico") stammt von dem Bruder des Fotografen Bernardo, das war auch der Bruder von Pietro, dem Großvater der Signora Grazietta. Es war Domenico, der zur See fuhr. Er hat ihn offensichtlich aus Neapel geschrieben, wo er entweder noch in der

Ausbildung oder bereits als ein fertiger Matrose oder gar Kapitän weilte. Auf jeden Fall ist Anna aus anderen Quellen bekannt geworden, dass er bei der Marine war. Der dritte Brief stammt möglicherweise von Bernardo, dem Fotografen, selbst. Er ist an seinen Onkel mütterlicherseits in Altolago gerichtet, dem Herkunftsort seiner Mutter. Auch Signora Grazietta hatte angedeutet, dass sowohl ihre Mutter und als auch ihre Urgroßmutter von daher stammte. Der vierte Brief, die Antwort auf die Einladung nach Villa, wurde von jenem Onkel in Altolago verfasst, der wahrscheinlich Priester war.

Zweitens – den Ort Altolago gibt es tatsächlich. Aus diesem stammte die Frau des alten Niccolò, also die Urgroßmutter der Signora Grazietta. Das bedeutet, dass es zwischen Villa und jenem Ort rege Beziehungen und familiäre Bande gegeben haben muss. Das ist insofern erstaunlich, als der Ort mit den damaligen Transportmitteln, wie beschrieben, beinahe eine Tagesreise entfernt war und eine Reise dorthin sicher recht umständlich war. Außerdem hatte Signora Grazietta Anna gegenüber erwähnt, dass dort das Elternhaus ihrer Mutter stünde, interessanterweise renoviert und zu verkaufen. Möglicherweise steckte dahinter die heimliche Hoffnung, dass Anna und Bernt oder andere ausländische Investoren sich dafür interessieren könnten. Später haben sich Anna und Bernt das Anwesen auch angesehen, es aber nicht als kaufenswert erachtet.

Drittens – die Texte zeigen auch, zumindest der zweite Brief, dass ein gewisser „Bernardino", der Bruder von Domenico, in Turin studiert hat. Damit könnte tatsächlich der Fotograf Bernardo gemeint sein, der hier liebevoll mit dem Kosenamen „Bernardino" bezeichnet wird. Er erlernte dort also den Beruf des „ingegnere". Das würde auch erklären, wieso sich unter den vielen Fotos in Annas und Bernts Besitz, die sie nicht alle ausstellen konnten, auch Bilder bisher ungeklärten Inhalts befinden. Z.B. könnte ein bestimmtes Foto, das einen Korso mit dem damaligen italienischen König in einer Kutsche zeigt, in der damaligen Hauptstadt Turin aufgenommen worden sein.

Viertens – in seinem Brief an den Onkel in Altolago schildert Bernardo recht treffend die Lebenswirklichkeit jener Zeit, nämlich Ende des 19.

129

Jahrhunderts. Wenn man Besuche von einem Dorf im Hinterland zu einem anderen plante, musste man zunächst an die Küste gelangen, wahrscheinlich mit einer Kutsche; von dort ging es mit einer Postkutsche zum nächsten Küstenort, um sich dann dort von einem Freund oder Bekannten mit einem Maulesel oder einem anderen Reittier den Berg hinauf in das andere Dorf, in diesem Fall nach Villa transportieren zu lassen. Entlang der Küste hätte man auch schon mit der Bahn fahren können, denn im Jahr 1872 war die Strecke Genua-Ventimiglia eröffnet worden. Nicht ganz so einfach, so eine Reise, und durchaus verständlich, warum der ältere und offenbar kränkelnde Onkel die ausgesprochene Einladung nicht angenommen hat. Er konnte der Patronatsfeier des Heiligen Raffaele, dem die Kirche geweiht ist, somit nicht beiwohnen. Bei der erwähnten Frau, deren Besuch der Onkel anmahnt, geht es dann wohl wieder um die Mutter des Schreibers und die vermeintliche Schwester jenes Onkels, aus Altolago.

So viel Geschichte steckt in diesen sonderbaren alten Briefen. Signora Grazietta wird begeistert sein, denkt Anna; sie wird ihr zu einem späteren Zeitpunkt den Inhalt präsentieren.

130

Kapitel 5: Donnerstag

Beziehungsgeflechte – Wer Zwietracht sät
Besucher – Norbert, Rosalina, Dorothea, Vincenzo

Heute ist es schon am Morgen recht heiß, die noch tief stehende Morgensonne blendet mächtig. Anna stellt den Sonnenschirm schräg und trägt schon beim Frühstück auf der Terrasse ihren Sonnenhut. Die Vermutungen über den Einbruchdiebstahl schießen mittlerweile wie Pilze aus dem Boden. Es gibt viele verrückte Ideen und Verdächtigungen über die vermeintlichen Täter. Gabriele kommt vorbei, trinkt einen kurzen Kaffee bei Anna und fragt sie, wer denn außer ihr und Bernt noch einen Schlüssel zu ihrer Wohnung habe. Sie berichtet ihm, dass Emilio, der Nachbar, einen Schlüssel habe, da er in ihrer Abwesenheit dankenswerterweise die Post aus dem Kasten nehme. Er hat daher freien Zugang zu der Wohnung, steht aber außerhalb jeglichen Verdachtsmomentes. Was denn mit seinem jugendlichen Sohn Stefano sei, fragt Gabriele weiter. Er meint, dass er ihm in letzter Zeit etwas merkwürdig verschlossen vorgekommen sei. Seine Eltern erzählten außerdem, dass er verdammt wenig Disziplin und Interesse, besonders an einer Ausbildung, zeige, zuhause herumlungere und die elterliche Fürsorge reichlich ausnutze. Den ganzen Tag telefoniere er in der Gegend herum oder höre laute Musik, das ,dolce-far-niente' sei gerade seine Hauptbeschäftigung. Das ist richtig, das kann Anna nur bestätigen, auch dass die Eltern in großer Sorge seien. Gabriele äußert auch, man wisse nicht so genau, mit wem er Umgang pflege und ob er nicht doch einmal auf dumme Gedanken kommen könne, zum Beispiel sich bei anderen etwas zu holen, was man selber noch nicht besitzt oder was man veräußern könnte. Er und Anna überlegen gemeinsam, ob Emilios Sohn als Täter in Frage käme, sind aber sehr schnell der Meinung, dass er zu so etwas nicht in der Lage wäre.

Kürzlich gab es noch ein anderes Verdachtsmoment: Eine etwas undurchsichtige Person, ein ungepflegter Mann mittleren Alters, haust seit ein paar Wochen mit einem Hund in einem heruntergekommenen

131

Haus am unteren Dorfrand an der Straße, die ins nächste Dorf führt. Er soll ein Neffe der Erbengemeinschaft des Hauses sein, man habe ihm daher für einige Zeit den Zugang zu dem Haus gestattet. Einige Bewohner hatten sich bereits über sein Auftauchen gewundert, sogar beunruhigt gezeigt, denn man sehe ihn nachts im Dorf herumlaufen. Tagsüber sei er an den Stränden der Küste; man sagt, er habe dort eine Arbeit in einer der Badeanstalten, man erzählt sich außerdem, dass er ein ‚drogista' (Drogenabhängiger) sei. Bekanntermaßen leiden ‚drogistas' häufig unter Geldmangel und müssen dennoch an neuen Stoff gelangen und daher könnte er unter die Verdächtigen für den Einbruch fallen. So wird in der Kommune herumgerätselt und argumentiert. Aber nach allem, was Anna und Bernt im Laufe der Zeit an Gerüchten gehört haben, entsteht bei ihnen der Eindruck, dass dies alles jeglicher Grundlage entbehrt. Dieser Mann ist ein armer Teufel, der offenbar einige Male hier im Dorf auftauchte und in jenem Haus übernachtet hat, aber ob er sich hier gut genug auskennt und zu solchen Einbrüchen fähig wäre, das scheinen sie doch sehr zu bezweifeln. Anna verlässt Gabriele und geht in solche Gedanken versunken schließlich langsam hinüber zur Ausstellung.

Norbert, der Architekt

Eine sehr förmlich gekleidete Dame, die Anna zunächst nicht einordnen kann, betritt im Laufe des Morgens das Oratorium. Anna begrüßt sie freundlich und leitet sie durch den ersten Gang der Ausstellung durch die Bildergalerie. Ihr folgt ein paar Minuten später ein Herr, offensichtlich ihr Begleiter, der Anna höflich begrüßt, dann am Eingang stehen bleibt, um die alte Kataster-Karte des Dorfes fachmännisch zu studieren. Plötzlich dämmert es ihr, wer dieses Paar ist, und sie bekommt einen roten Kopf und ein wenig schwitzende Hände. Betont höflich und freundlich wendet sie sich ihnen zu, denn immerhin zeigen sie Interesse an der Ausstellung. „Kennen Sie den Fotografen und seine Familiengeschichte aus dem vorderen Teil des Dorfes?", fragt Anna. „Ja, ich habe von ihm gehört; er soll ja sogar Ingenieur oder Architekt gewesen sein, ein Kollege also?", bemerkt der Herr etwas hochnäsig und stellt sich kurz vor als Norbert, der deutsche Architekt des Dorfes, und seine Frau Melanie. „Aha, wir sind uns, glaube ich, noch nie persönlich begegnet", sagt Anna und nennt auch kurz ihren vollen Namen. Seine Frau gesellt sich zu ihnen. „Ja, Sie haben recht, der Fotograf war Ingenieur und hat an vielen Bauten an der Küste mitgewirkt", erklärt sie und fährt fort. „Das habe ich auch erst vor Kurzem von unserem ehemaligen ‚geometra' erfahren. Der besuchte uns anlässlich der Ausstellungseröffnung. Erst durch diese Fotos wurde ihm angeblich klar, dass es sich bei ihm um einen an der Küste recht bekannten Baumeister gehandelt hat. Er will mir das demnächst noch genauer erklären. Nach dem Erdbeben Ende des 19. Jahrhunderts hat dieser Bernardo wohl einige Häuser und Kirchen in den Städten an der Küste wieder aufgebaut." „Ach, das ist ja hochinteressant", meint der Besucher kurz angebunden und schreitet dann rasch weiter die Bildergalerie ab. Ohne weiteren Kommentar verlassen die beiden nach kurzer Zeit das Oratorium. Anna bleibt etwas sprachlos zurück, denn sie dachte, dass sich nun ein interessantes Fachgespräch entwickeln würde. Sie versucht sich an die Geschichten zu erinnern, die sich im Dorf um diesen Architekten ranken. Er hat seine Dienste nicht immer zum Besten seiner Kunden eingesetzt und seine eigenen Häuser erregten zum Teil großes Aufsehen.

Bernt und Anna hatten nie direkt mit ihm zu tun, wissen aber aus zahlreichen Erzählungen, wie er sich hier unbeliebt gemacht und gegenüber anderen Bewohnern verhalten hat. Bei seinem ersten Haus im oberen Teil des Dorfes hat er einige Bauvorschriften missachtet und das alte umgebaute Gebäude in seiner Originalstruktur, besonders im oberen Bereich auf dem Dach, so verändert, dass manch einer noch heute den Kopf schüttelt, wenn er den schiefen Söller bemerkt. Viele im Dorf fanden diese Veränderung schon recht verwerflich, denn jeder sonst hatte strenge Auflagen zu beachten. Dieses Haus hat eine Dachform, die völlig schräg und gewollt „modern" aus der Dachlandschaft des Dorfes herausragt. Ob es Absicht oder ein Kunstfehler war, weiß man nicht genau, es hat jedenfalls dem Besitzer dabei geholfen, von seinem Söller aus über die anderen Dächer hinweg einen besseren Meeresblick zu erhaschen. Es ist aber dennoch eine etwas verrückte Version von „Kunst am Bau".

Das Haus gefiel Norbert und Melanie am Ende wohl aber selbst nicht mehr, denn sie verkauften es recht schnell wieder, um eine Ruine im Unterdorf auf einem Hanggrundstück zu erwerben, natürlich mit einem wesentlich besseren Meeresblick. Auf dem neuen Grundstück errichtete er ein großzügiges Gebäude, erstand gleich noch ein Nachbarhaus dazu und baute – zum Entsetzen aller – einen Swimmingpool in den Garten hinein, was damals nicht nur gegen die ortsüblichen Bauauflagen verstieß, sondern auch nach Meinung der Ortsansässigen überhaupt nicht in dieses alte Olivendorf passte. Es war damals der erste und einzige gebaute Pool im ganzen Dorf, und alle fragten sich, wie es möglich war, dass er dazu die Genehmigung erhalten hatte. Es war damals sicher nicht formal geregelt, aber eigentlich unvorstellbar, einen Swimmingpool zu besitzen. Was eben nicht verboten ist, ist folglich erlaubt, glaubte wohl der Architekt. In der Gemeinde war man durchaus darauf bedacht, das Gepräge der alten Dörfer zu erhalten und vor allem den Wasserverbrauch niedrig zu halten. Heute gibt es zugegebenermaßen hier und da andere Pools, allerdings kleinere, zerlegbare, nicht eingemauerte Schwimmbassins, meistens aus Plastik.

Etwa zu gleicher Zeit machte sich der Architekt als Spekulant und Häuseragent einen Namen. Er bot ausländischen Interessenten und Investoren, die sich in den Neunzigerjahren hier einstellten, seine Dienste beim Aus- und Umbau der alten Häuser an. Dabei gelang es ihm, gleich zwei befreundete Ärzte aus seiner Heimatregion zum Hauskauf im Dorf zu bewegen. Er hat die Pläne für sie erstellt und die Verträge für sie verhandelt. Das ging allerdings gründlich schief für die Betroffenen, die noch heute wütend darüber berichten, wie sie übers Ohr gehauen wurden. Ihnen seien Versprechungen gemacht worden, die nicht eingehalten wurden, ihnen seien Pläne vorgelegt worden, die nicht der Realität entsprachen, und vor allem hätten sie Summen gezahlt, die nicht dem Gegenwert der Leistungen entsprachen. Sie fühlten sich nachhaltig von diesem Architekten geschädigt. Mittlerweile sind sie zwar auch glückliche Ferienhausbewohner im Dorf, machen aber einen großen Bogen um diesen Architekten und seine Frau.

Rund um ihr neues Haus leisteten sich die beiden weitere kleine Gehässigkeiten, die für viel Gerede im Dorf sorgten. Dies erinnerte Anna sehr an ihre frühere Tätigkeit als Schiedsperson in einer Kleinstadt in Deutschland, wo sie oft in merkwürdigen Konfliktfällen verhandeln und schlichten musste. Dort waren es Spaziergänger mit Hunden auf bäuerlichen Feldwegen, wobei ein Bauer seinen Gülleversprüher auf die Spaziergänger gerichtet hatte. Oder es ging um gemeinsam genutzte Parkplätze vor eigenen Häusern und Garagen, wo man sich des nachts aus Rache für angebliches Falschparken große Steinbrocken vor die Haustüre gerückt hatte. Hier im Falle des italienischen Dorfes berichteten Schweizer Freunde von ähnlichen Unannehmlichkeiten und Auseinandersetzungen mit dem Architektenpaar. Der Grund war, dass sich die beiden während der Bautätigkeit mit ihren Mauern, dem Beton und ihren Steinhaufen immer näher an die Grenzen der Grundstücke anderer Nachbarn hinbewegten. Als sie sogar Anstalten machten, sich etwas dreist über ihre eigenen Grenzen hinaus breitzumachen, beschlossen die Nachbarn sich zur Wehr zu setzen. Sie kauften alte Stallungen und herrenlose Gärten eines angrenzenden Bauernhauses auf und blockierten somit dem Architekten den bequemen Zweit-Zugang zu seinem Grundstück. Damit verhinderten sie auch, dass er und seine Handwerker an ihrer Terrasse vorbei ihre Gerätschaften, Steine, Sand und Zement zu ihrem Grundstück bringen konnten. Er musste nun stattdessen den hinteren, etwas umständlicheren Zugang benutzen, wobei dieser recht schmale Weg durch eine Gasse am Haus eines anderen Ferienhausbesitzers vorbeiführte. Dieser wiederum war über den Schmutz, der dadurch vor seiner Haustüre liegen blieb, auch nicht gerade erfreut und forderte die beiden ärgerlich auf, dies in Zukunft zu vermeiden. Dies alles führte zu langwierigen Streitereien und heimlichen Rachefeldzügen unter Nachbarn. Diese fanden angeblich zerkratzte Türen sowie Müll, tote Mäuse und Hundekot vor ihren Häusern. Da hätte es viel zu schlichten gegeben, dachte Anna bei sich.

Rosalina und die Männer

Mit dem Mobiltelefon in einer und dem großen Schlüsselbund in der anderen Hand betritt Rosalina das Oratorium und schaut sich vorsichtig um. Sie trägt wie immer Schwarz – schwarze Hosen, eine schwarze Jacke, sie hat kurze schwarze Haare. Mit klaren Augen und dem für sie typischen, offenen Lachen winkt sie Anna zu. „Ciao Rosalina. Komm doch rein", ruft sie ihr zu. „Nur keine Scheu, hier siehst du neue Geschichten und alte Gesichter." „Oh, davon kenne ich genug", meint sie lachend und schreitet langsam die ersten Bilder ab, jene von den Gassen, den Festen, den Oliven und jene von den Bewohnern vor 100 Jahren. „Ich habe auch alte Fotos von meinen Großeltern, die waren so ähnlich gekleidet. Und mein Dorf sah vor 50 oder gar 100 Jahren nicht viel anders aus." Für Rosalina ist das hier also nicht weiter erstaunlich. Sie kam als junges Mädchen aus einem der höher gelegenen Bergdörfer in einem der Nachbartäler zu einer Tante in die Stadt. Mittlerweile ist sie Lebensgefährtin von Arturo, einem der letzten echten Bauern mit viel Land, Oliventerrassen, Gärten, Weinbergen und Wald. Mit Herz und Leidenschaft lebt sie das Leben einer Bäuerin. Arturo gehört der gleichen Generation an wie Marco, der Koch; er hat mit ihm die Schulbank gedrückt. Zwar lebt Arturo in Villetta, dem Dorf unterhalb von Villa, aber er ist hier oben aufgewachsen, hier in die Dorfschule gegangen und hat auch hier seine besten Freunde und weitere Verwandte, also einer aus der Enkelgeneration der originalen Dorfeinwohner.

Irgendwie ist in Villa jede/-r über ein paar Ecken mit jeder/-m verwandt, die Nachnamen in den Dörfern sind auf wenige reduziert. Ganz früher, vor ein paar Jahrhunderten, kannten sich alle und alle Einwohner trugen den gleichen Nachnamen. Damit man weiß, um wen es sich handelte, gehörte zu dem Vornamen oft ein Rufname, der besagte, dass es sich etwa um einen Schuster (il calzolaio) handelte oder man wählte einen Spitznamen. Jemand mit einer starken Beziehung nach Frankreich nannte man beispielsweise ‚fransè perfumé'. Heute sind daher die Bewohner mittleren Alters ganz häufig Cousins und Cousinen, da sie zu der Nachfolge-Generation jener großen bäuerlichen Familien des Dorfes gehören; oft haben sie damals untereinander geheiratet. Nur ab und zu kamen Fremde ins Dorf, meistens als Helfer bei der Olivenernte. Ein traditionelles Frühlingsfest auf einer großen Wiese in den Bergen hatte unter anderem die Funktion eines Heiratsmarktes. Wenn sich die Männer verliebten, blieben sie eben hier hängen.

Aber Rosalina hat eine andere Geschichte: Sie hat Arturo erst spät in ihrem Leben gefunden, nach einer langen Odyssee. Wie viele junge Frauen aus den Dörfern hatte sie keinen Beruf erlernt und kümmerte sich daher pflegerisch um ältere Personen in deren Häusern. So kam sie hier ins Dorf und pflegte ein altes Ehepaar, die Eltern eines Witwers, der eine Tochter hatte. Wie konnte es anders sein, der Witwer verliebte sich in die sympathische Pflegerin, und als seine Mutter gestorben war, ehelichte er Rosalina. Sie pflegte weiterhin den alten Vater.

Doch leider währte das Glück nicht lange. Nach zwei Jahren starb auch ihr Mann an einem Herzinfarkt. Rosalina war nun also Witwe und lebte alleine mit dem alten Schwiegervater und ihrer Stieftochter in dem großen Haus ihres verstorbenen Mannes, wovon sie Teile geerbt hatte. Allerdings gab es darum viel Streit mit der Schwester des Verstorbenen und deren Nachkommen. Ein unangenehmer nächtlicher Zwischenfall trieb Rosalina schließlich beinahe zum Wahnsinn und aus dem Haus: Der Schwiegervater fand seine Pflegerin und Schwiegertochter offenbar so attraktiv, dass er ihr in dieser Nacht versuchte nachzustellen. Nachdem er zu tief ins Glas geschaut hatte, überfiel er – so rüstig war er noch – die arme Rosalina. Sie rief die Polizei, und der alte Herr musste die Nacht auf dem Revier verbringen. Ob er nur zur Ausnüchterung bleiben musste oder ob er verurteilt wurde, auf jeden Fall wurden er und Rosalina nicht mehr im Haus gesehen. Es stand leer und verwaist da. Wo der alte Herr geblieben ist, ist Anna nicht bekannt. Wahrscheinlich kam er in ein Heim.

Zur gleichen Zeit war eine andere ältere Frau in Villetta schwer erkrankt, und wieder übernahm Rosalina eine Pflegestelle. Es war die alte Mutter von Arturo, dem noch ledigen und tüchtigen, nach bäuerlichen Maßstäben einigermaßen wohlhabenden Bauern. Zu dem Zeitpunkt lebte Carmela, die Tochter von Paola aus Kalabrien, bei ihm, eine Gefährtin, die allerdings bis dahin keinerlei hausfrauliche oder pflegerische Fähigkeiten an den Tag gelegt hatte. Rosalina wurde nun also als Pflegerin eingestellt und verrichtete umsichtig, freundlich und kompetent ihre Arbeit. Ihr gefielen auch die landwirtschaftlichen Arbeiten des tüchtigen Arturo, seine Oliventerrassen, sein Garten, seine Hühner, seine Passion für Waldwanderungen, das Pilzesammeln und das Jagen im Herbst. In Arturos und seiner Mutter Augen schien sie sich hervorragend als Frau für ihn zu eignen. Als die Mutter starb, war Rosalina Arturo längst eine vertraute Freundin geworden. Carmela hatte das Feld geräumt, das Haus verlassen. Und so ist es bis heute geblieben. Rosalina hilft noch immer tüchtig mit bei allen Aktivitäten von Arturo, auch bei Baumbeschneidungen und Gartenarbeiten, die er gelegentlich bei Ferienhausbesitzern übernimmt, so auch bei Anna und Bernt. Darüber hinaus verwaltet und putzt sie in einigen Häusern, die vermietet werden und verdient so ihr Geld zum Lebensunterhalt dazu.

Eines Morgens hatte Rosalina lachend in der Gasse vor Annas Haus gestanden und von den Mietern im Schwedenhaus erzählt. Dort hatte sie ebenfalls eine Stelle als Hausbetreuerin. „Hast du sie gesehen", fragte sie Anna. „Wen?" „Na, die Halbnackten da unten! Alfred will es mir nicht glauben und beschimpft mich als prüde und konservativ", sprudelte sie heraus. „Ach, du meinst die Yogalehrerin mit ihrem Schüler?", fragte Anna. „Na ja, ein sehr gelehriger Schüler", lachte Rosalina. „Und wenn das Yoga sein soll", prustete sie weiter. Tatsächlich entdeckte Anna später, dass sich im Nachbargarten unterhalb ein sehr verfänglicher Yogakurs abspielte, bei dem man sich offenbar ohne Bekleidung heftig bewegte, auf Handtüchern am Boden ausgebreitet sonnte, um dann schnell mit einem übergeworfenen Handtuch im Haus zu verschwinden. Anna erfuhr später, dass Rosalina kurz danach durch ein anderes Hausmeister-Ehepaar ersetzt wurde. Möglicherweise war sie dem Vermieter und einigen Gästen gegenüber zu forsch aufgetreten und hatte nicht ehrerbietig und servil genug ihre Dienste verrichtet. Eigentlich gefiel Anna diese Geschichte sehr gut, und Rosalina wurde ihr immer sympathischer.

Rosalina bleibt am Tisch mit dem Album stehen und schaut sich die Bilder an, die Carmela unter anderem unter Mithilfe von Arturo, vor

138

Jahren in diesem Fotoband zusammengestellt hatte. Anna zeigt ihr die Fotos ihres Partners als kleinen Jungen. Da schaut sie amüsiert auf und sagt: „Na ja, das kenne ich natürlich. Nur darf ich das Album zuhause nicht anrühren, da wird Arturo ganz wild." Wahrscheinlich ist seine Reaktion nicht auf die Kinderbilder, sondern auf die Geschichte mit Carmela zurückzuführen, vermutet Anna. Die Ereignisse der Vergangenheit scheinen eine Kluft zwischen den beiden Frauen und deren Familien geschlagen zu haben. Als Rosalina einmal gefragt wurde, ob sie Mitglied in dem Dorfverein werden wollte, den Carmela mitbegründet hatte, fiel Rosalinas Antwort sehr deutlich aus. Wie man Anna erzählte, soll sie gesagt haben, sie wolle doch nicht mit einem Messer im Rücken aufwachen. Das ist schon heftig, denkt Anna und winkt Rosalina hinterher, als sie durch die Tür entschwindet.

Dorothea, die Musik und ihr Gästehaus

Schließlich schaut Dorothea noch kurz herein. Ihren riesigen Bernhardinerhund hat sie draußen angebunden. Sie kommt vom Hundespaziergang zurück und ist etwas verschwitzt. Ihre dunkelblonden langen Haare liegen eng an ihrem Kopf, sie trägt sie streng zurückgekämmt und mit Klämmerchen gebändigt. In ihren Shorts und im ausgeschnittenen T-Shirt sieht sie aus, als habe sie gerade heftige Feldarbeiten erledigt. Sie kennt die Bilder bereits bestens. Alle Vorbereitungen zur Ausstellung hatte sie aufmerksam verfolgt, denn auf ihren täglichen Hundespaziergängen war sie öfters unterhalb der Gasse vorbeigelaufen und hatte die verschiedenen Verrichtungen stets wohlwollend kommentiert. Sie hatte Anna und Bernt sogar alte Holzlatten vorbeigebracht, um einige der großen Ankündigungsschilder aufzuhängen. Außerdem hatte sie ja bei der Vernissage bereits eine wesentliche Rolle gespielt, sowohl bei der Bewirtung in Annas Garten als auch abends im Restaurant durch die Mitwirkung ihrer Band.

„Hallo Anna, läuft es gut bei euch?", fragt sie mit sonorer Stimme, wie immer bestens gelaunt. „Ja prima, komm herein, meine Liebe", antwortet Anna. „Schau dir mal an, was mir die Besucher schon alles ins Gästebuch geschrieben haben. Unsere Fotos kennst du ja schon. Wie findest du unsere Hängung hier im Oratorium?" Dorothea geht langsam durch die Gänge und schaut sich alles genau an. Sie hört auch interessiert zu, was andere italienische Besucher miteinander sprechen, und wirft einen kurzen Blick ins Gästebuch. „Alles prächtig. Ganz toll, Anna", meint sie, „ich glaube, diese Ausstellung ist ein Riesenerfolg. Die Besucher reden sehr positiv darüber, das habe ich eben mitgehört. Der Bürgermeister ist auch begeistert, er hat mir schon nach dem ersten Tag von der Ausstellung berichtet. Ich freue mich sehr für euch."

Seit vielen Jahren lebt Dorothea dauerhaft im Dorf. Sie und ihr verstorbener Mann haben sich hier sofort nach Ankunft heimisch gefühlt. Besonders in den letzten Jahren waren sie unter den Dorfbewohnern sehr beliebt, und durch ihre Musik waren sie auch über die Dorfgrenzen hinaus bekannt geworden. Aber das war nicht immer so. Leider muss Dorothea jetzt ohne ihren tüchtigen, frohen Mann zurechtkommen. Als er noch lebte, waren sie eine lebenslustige Institution am oberen Rand des Dorfes. Genau wie einige der ersten Ferienhausbesitzer war auch er Musiker, allerdings ein Jazz-Musiker, ein herausragender Jazz-Trompeter sogar. Er spielte sowohl in einer Big Band als auch in einem kleinen Dixieland-Jazz-Sextett, zunächst in der Schweiz, dann hier in Italien. In ihrer Erinnerung wundert sich Anna heute, dass man in den ersten Jahren nach ihrer Ankunft im Dorf über Dorothea und ihren Mann etwas abfällig redete. Ihr weit oben gelegenes Grundstück mit den aufgestellten Campingwagen wurde argwöhnisch beobachtet und sie wurden im Dorf eher gemieden. Der Lärm, den sie und ihre Gäste veranstalteten und die Beleuchtung ihres Grundstücks mit kleinen Lampions erinnerten zu deutlich an lautstarke Fröhlichkeit von Campingplatzbewohnern, und das wollte man hier nicht haben. Und tatsächlich war es so, dass sich die beiden ursprünglich mit ihrem Campingwagen ins Dorf verirrt hatten, auf der Suche nach einem Übernachtungsplatz. Da sie eine Wagenpanne hatten, mussten sie länger ausharren und verbrachten hier ein paar Tage. Sie wurden gut aufgenommen und bewirtet, und es gefiel ihnen so gut, dass sie selbst nach Fertigstellung ihres Gefährts noch gleich ein paar Wochen blieben. In den Bars und Lokalen, die damals noch in größerer Auswahl existierten, waren sie gern gesehene Gäste. Bei diesem Aufenthalt hatten sie auch einige zum Verkauf anstehende alte Häuser und Grundstücke besichtigt. Bald kamen sie zurück, erwarben ihr heutiges Haus und verwirklichten ihren lang gehegten Traum vom Aussteigerdasein.

Ihr heutiges Grundstück zeichnet sich aus durch eine der großzügigsten Terrassen des Dorfes mit fantastischem Ausblick auf die Bucht und das Meer. Das Motto „vista, vista, vista" beim Hauserwerb wurde hier bestens umgesetzt. Man schaut auf die Meeresbucht, die von hier an einen gut eingeschenkten Kelch erinnert. Schaut man nach rechts, ist die westliche Begrenzung die Dachlandschaft der Dorfhäuser, wie sie sich malerisch den Grat des Hügels entlang gruppieren. Schaut man nach links, so sieht man im Osten ein anderes Dorf, malerisch auf halber Höhe in die Landschaft eingebettet. Solange noch nicht ausreichend Schlafraum im Haus verfügbar war, standen tatsächlich mehrere Campingwagen aufgereiht in der Terrasseneinfahrt. Der Trubel, der dort oben stattfand, die musikalischen Darbietungen und eben die nächtliche Ruhestörung trugen dazu bei, dass auch Anna und Bernt lange Zeit einen Bogen um dieses Grundstück machten. Nach einer Weile aber schätzten sie den Humor, die Hilfsbereitschaft und die Großzügigkeit des Paares sowie ihre große Musikalität. Dorothea hat eine gute Gesangsstimme in Altlage. Dank der Einladungen im Sommer begleiteten Anna und Bernt sie häufig auf ihren Konzerten, auf den Plätzen und in den Straßen der Küstenstädte, aber auch in versteckten Restaurants im Landesinneren. Nach den anfänglichen Schwierigkeiten wurden die Jazzer schließlich beide im Dorf sehr akzeptiert, beliebt und bekannt. Seit er gestorben ist, haben Anna und Bernt den Kontakt zu Dorothea verstärkt, um ihr etwas beizustehen und bewundern ihren Mut, ihre Lebensfreude und ihre Ausdauer, mit der Situation zurechtzukommen.

Noch heute nach dem Tod ihres Mannes tritt Dorothea ab und zu mit der Band auf, teils zum Zeitvertreib, teils aus Nostalgie. Das großzügige Haus betreibt sie nun als kleine Pension, nächtliche Gelage halten sich im Rahmen. Ihre Gäste bewirtet sie stattdessen mit eingelegten Gemüsen und gekochten Marmeladen, alles aus eigener Produktion, teilweise auch mit selbst gebrautem Likör. Will man im Dorf etwas in Erfahrung bringen, ist Dorothea die einschlägige Adresse. Werden Handwerker gebraucht oder gibt es etwas zu reparieren, fragt man Dorothea um Rat. Sie spricht fließend Italienisch, selbst den lokalen Dialekt, und ist immer im Dorf präsent. Das weiß selbst der Bürgermeister zu schätzen und schaltet sie ein, wenn es Organisatorisches für die Dorfbevölkerung zu regeln gibt.

Vincenzo und der Stammbaum des ‚ingegnere‘

Beim abendlichen Einkauf unten an der Küste trifft Anna noch Vincenzo, den ‚geometra‘ (Architekt und Landvermesser), der damals bei ihrem Hauskauf das Amt des Katasterbeamten im Hauptort Casaldi innehatte und der auch bei der Ausstellungseröffnung anwesend war. Er hatte ihr Haus vermessen und die Umbauten genehmigt. Er hatte Anna versprochen, sich um mehr und genauere Informationen über den Fotografen Bernardo zu kümmern. Erst als er sich bei dieser Gelegenheit mit der Person Bernardo befasst hat, war ihm aufgefallen, dass es sich um jenen ‚ingegnere‘ handeln könnte, der als Bauherr verschiedener Gebäude aus der vorletzten Jahrhundertwende in der Region bekannt war. Das war ihm bisher deshalb nicht in den Sinn gekommen, weil sein Nachname in der Region häufiger vorkam. „Ciao, Anna, ich habe etwas für dich über Bernardo herausgefunden. Es wird dich sehr interessieren. Komm‘ doch nachher kurz noch in meinem Büro vorbei", ruft er ihr zu und steigt in sein Auto. „Oh, sehr gerne", antwortet sie und freut sich schon auf seine neuen Informationen.

Als er ihr eine halbe Stunde später die Türe öffnet, betritt Anna sein schlichtes Ingenieursbüro, das sie als etwas stickig und ziemlich schummrig empfindet. Es ist noch immer feucht-heiß draußen, sodass Anna leicht ins Schwitzen gerät und sich mit ihrem kleinen Fächer heftig Luft zu wedelt. Sie setzt sich und wartet geduldig, bis er aus einer Schublade ein paar große Blätter hervorzieht und sie vor ihr ausbreitet. „Das habe ich alles im Internet gefunden", sagt er stolz. Anna staunt nicht schlecht, als sie einen voll ausgearbeiteten Stammbaum dieser

142

Familie über drei Generationen erblickt. In der Mitte steht also die Generation von Bernardo und seinen Geschwistern, links daneben seine Eltern und deren Geschwister, rechts einige der Nachkommen von Bernardos Geschwistern, dazu Geburts- und Sterbedaten, Geburtsorte und sogar Heiratsangaben mit Orten und Personen der Partner.

Trotz der schlechten Beleuchtung versucht Anna, die Informationen genau zu erkennen und zu entschlüsseln. Viele der familiären Verbindungen bestätigen sich hier, die sie aufgrund von früheren Recherchen sowie beim Lesen der gefundenen alten Briefe von Signora Grazietta vermutet hatte. Aber sie staunt noch mehr, als sie liest, dass Bernardo erst spät, nämlich im Alter von 45 Jahren, eine verwitwete Dame aus dem Ort Cinzano geheiratet hat und zwar in Cinzano selbst. Das ist also des Rätsels Lösung, warum die Burgen im Piemont und der Ort Cinzano in seinem Bildernachlass so stark vertreten sind. Außerdem vermutet Anna anhand dieser Informationen, dass Bernardo zuvor viele Jahre unverheiratet war und sich vielleicht deshalb seinem Beruf, seinem Leben in der Küstenstadt, seiner Familie im Dorf und auch seinem Hobby, der Fotografie, so ausgiebig widmen konnte. Es gibt außer den Fotos in der Ausstellung noch viele weitere Bilder, die seine Freunde in der Küstenstadt zeigen. Immer wieder erkennt man darauf Gigolo-haft posierende junge bis mittelalte Männer, teils in gestreiften Badeanzügen, oder in schickem Anzug mit Weste und Schleife am Kragen, Stöckchen in der Hand, keckes Strohhütchen auf dem Kopf. Oder Strandszenen von Familien mit niedlichen Kindern, Freunde in einem Boot, Familien in ,colonia', das war wohl ein Ausdruck für Ferienheime oder Pensionen an der Küste und in den Bergen, wo man wahrscheinlich den Sommer verbrachte. Dazu liefert Vincenzo nun auch noch Informationen über die Bautätigkeit des ,ingegnere'. „Also hat er wohl tatsächlich Bauingenieurwesen in Turin studiert?", fragt sie ihn. „Das ist sehr gut möglich", antwortet Vincenzo, „und hier an der Küste hat er dann mit einem anderen bekannten Architekten zusammengearbeitet, das habe ich auf verschiedenen Dokumenten festgestellt. Beide waren am Wiederaufbau von Gebäuden nach dem schrecklichen Erdbeben von 1887 beteiligt", berichtet Vincenzo.

„Als ich mir die Ausstellung angesehen habe, war ich auch erstaunt, wie viele Porträts und Stadtansichten er fotografisch abgebildet hat", fährt er fort. „Die Fotografie war eine damals noch sehr neue Technik, er muss ein ausgeprägtes Interesse und gute Kenntnisse darüber gehabt haben." „Hast du noch andere der Gebäude erkannt, die er fotografiert hat?", fragt Anna. „Nein, davon sind mir nur zwei bekannt", bemerkt

Vincenzo. „Das eine ist eine Villa neben einem heutigen Hotel an der Küste, das andere liegt weiter oben im Ort und ist heute sehr verändert, nicht mehr wieder zu erkennen. Er hat aber auch die Kirche in unserem kleinen Küstenort restauriert. Die ist dir sicherlich bekannt. Sie steht direkt an der Straße, die hoch zu eurer Gemeinde führt und war nach dem Erdbeben schwer beschädigt. Und außerdem war er der Erbauer des Kinos. Das ist das Art Nouveau Gebäude in einer Nebenstraße im Küstenort, das kennst du doch auch, oder? Heute wird es teilweise als Theater genutzt." „Ja klar, das kenne ich. Das ist einfach überwältigend, was du da alles herausgefunden hast, Vincenzo", sagt Anna und strahlt ihn an. „Ich bin ganz begeistert und danke dir vielmals für diese Entdeckungen. Plötzlich nimmt dieser Bernardo für mich Konturen an. Ich sehe ihn beinahe vor mir, zumindest kann ich mir ausmalen, wie vielleicht sein Leben verlief", sagt Anna. Vincenzo freut sich mit ihr über diese Eröffnungen und meint, man könnte doch später einmal mit jenen anderen Bildern von Bernardo eine Ausstellung, vielleicht in einem der Küstenorte, gestalten. Er ist ebenfalls der Meinung, dass die Szenen vom Stadt- und Strandleben, die er damals festgehalten hat, einmalig und von hoher Qualität seien.

144

Kapitel 6: Freitag

Alte Wurzeln – Enkel und Ahnen
Besucher – Gilberto, Camillo, Alessandra, Filippo

Eine dicke braune Kröte schaut Anna heute Morgen mit großen Augen vom Treppenansatz gegenüber ihrer Haustür an, als Anna aus dem Haus auf die Gasse tritt. Als wollte sie wissen, wie sich Anna heute Morgen fühle. Diese großen wundersamen Wesen, nicht sehr hübsch, aber irgendwie gemütlich und vertrauenerweckend, sieht man hier nicht oft. Kleine grüne Frösche hingegen gibt es viele, sie leben in den Zisternen und in den Gärten und sprechen allabendlich in ihrer Quak-Sprache mit den Menschen auf ihren Terrassen. Gehen die Menschen schlafen, begeben sich auch die Frösche zur Ruhe.

Anna ist tatsächlich gespannt, was es Neues von der Einbrecher-Story gibt. Heute Morgen behauptet Gabriele, der schon an der Gassenecke auf Anna wartet, dass er an ihrem Haus unterhalb des geöffneten Fensters merkwürdige Kratzspuren entdeckt habe, die auf einen Einstieg hindeuten könnten. Er vermute, die Einbrecher seien mittels einer Räuberleiter, das heißt einer auf den Schultern des anderen, in Annas und Bernts Wohnzimmer eingedrungen. Er macht jetzt regelmäßig nächtliche Rundgänge im Dorf und bewacht seine Nachbarn. Er betont immer wieder, dass es ihm unendlich peinlich sei, dass so etwas in seinem Nachbarhaus geschehen konnte. Er hat immerhin erreicht, dass ein Polizei-Streifenwagen regelmäßig nachts die Strecke zwischen der Küste und den Olivendörfern abfährt. Man erhofft sich wohl, auf diese Weise die „Albaner-Bande", die jetzt schon als Täter gebrandmarkt sind, bei weiteren Ausspähversuchen entdecken und abfangen zu können. Aber im Augenblick gibt es eben nur Verdachtsmomente und etwas wilde Vermutungen.

Einen Tag nach dem Diebstahl hatte Anna früh morgens die Tochter ihrer Nachbarin Franziska getroffen, als sie gerade auf ihre rote Vespa aufsteigen wollte, um mit ihrer Freundin ans Meer zu fahren. Im Vorbeigehen erzählte sie Anna kurz eine etwas verrückte Geschichte, der

145

Anna zunächst keine größere Bedeutung beimaß. Vor ein paar Tagen gegen zwei Uhr morgens sei sie durch Reden und Knackgeräusche auf der gemeinsamen Gasse wach geworden. Sie schaute aus ihrem Schlafzimmerfenster hinaus um nachzuforschen, woher die Geräusche kamen. Im Dunkeln sah sie nur schemenhaft, wie zwei junge Leute offenbar versuchten, merkwürdige artistische Übungen in der Gasse aufzuführen und als sie merkten, dass sie beobachtet wurden, dann im Laufschritt davonrannten. Sie dachte, das seien – wie so oft – Gäste der schwedischen Nachbarn, die nächtlichen Blödsinn machten. Daraufhin sei sie wieder ins Bett gegangen. Anna erinnert sich in diesem Augenblick angesichts von Gabrieles Entdeckung plötzlich wieder an diese Schilderung, und im Lichte dieser neuen Erkenntnisse ergibt das nächtliche Ereignis plötzlich einen Sinn. Demnach hatten die Einbrecher vielleicht schon einmal versucht einzusteigen und Annas und Bernts Fenster verschlossen vorgefunden. Sie hatten vielleicht ausprobieren wollen, ob sie hinauf reichten bis zum Fenster, um so in die Wohnung einsteigen zu können. Und in einer Nacht, jener bewussten Nacht des Diebstahls, war das Fenster dann eben tatsächlich weit geöffnet. Da kommt Anna langsam die Gewissheit, dass es sich sehr wohl so zugetragen haben könnte.

Das alles erzählt sie Gabriele, der daraufhin ziemlich sicher ist, dass durch diese Geschichte die von ihm festgestellten Spuren und seine Vermutungen bestätigt sind. In allen Orten der Umgebung und an der Küste sucht man nun fieberhaft nach den offenbar jungen, sportlichen und recht geschickten Einbrechern. In den lokalen Gazetten gibt es mittlerweile sogar Berichte von weiteren Einbrüchen in anderen Dörfern und an der Küste. Anna und Bernt ist klar, dass sie das Fenster zur Gasse hin sofort besser absichern müssen. Der Schmied, der gute Nachbar, bekommt seinen nächsten Auftrag!

Gilberto, der Polizist aus dem Haus an der Kurve

Den kräftig gebauten, stattlichen Mann, der zur Türe des Oratoriums hereinkommt, hat Anna zuletzt im Jahr davor als Parkplatzanweiser unten auf der Straße im Tal beim Patronatsfest des Heiligen Matthäus angetroffen. Dort auf dem Festplatz neben der Kapelle trug er Uniform und sah sehr förmlich und staatstragend aus. Jetzt kommt er in freundlichem Zivil daher und sieht sich interessiert die Bilder an. Anna weiß, er ist der Sohn der alten Albina, mit der er eines der zwei Häuser in der Kurve unterhalb von Villa bewohnt, wo man ihn aber nur selten persönlich antrifft.

„Das finde ich ja wirklich interessant. Ich kannte die Familie dieses Fotografen noch", bemerkt er freundlich, als Anna ihn im Fonds des Oratoriums begrüßt. „Einige lebten direkt neben dem Haus meiner Großeltern mütterlicherseits." „Ja ja, deine Mutter hat mir das einmal erzählt; dort stand ihr Elternhaus. Sie oder ihre Schwester hat es später irgendwann an Chiara verkauft. Chiara war ja aus einer der großen eleganten Küstenstädte heraufgekommen und kaufte gleich mehrere Anwesen, um für sich und ihre Familie ein Feriendomizil zu schaffen. Hast du denn auch noch dort bei den Großeltern gelebt oder als Kind bei ihnen gespielt? Hast du Erinnerungen daran?", fragt Anna. „Na ja, meine Großeltern selbst kannte ich nicht mehr. Aber lange Zeit gehörte das Haus noch meiner Mutter, bis es in den frühen Siebzigerjahren an Chiara, die man dann die ‚avocatessa' nannte, verkauft wurde. Da war ich noch ein kleiner Junge. Ich habe eigentlich nur noch wenige Erinnerungen daran. Außer an die Gassen, in denen ich herumgerannt bin. Der Weg um das Haus herum führte hinunter zu Rinaldo und auf der anderen Seite zu Pietros Haus und danach weiter unten zum Friedhof und zur kleinen Kapelle von Sankt Antonin. Das Haus meiner Großeltern hatte eine ‚cantina' am Hang, die wurde aber nicht mehr benutzt und war recht kaputt. Einmal haben später ein paar Künstler eine Skulptur hineingestellt." „Ach, etwa diese überdimensionierte Amphore, die aussieht wie eine große Olive und jetzt hier im Oratorium in der Ecke steht?", fragt Anna. „Ach ja, da ist sie hingekommen", sagt Gilberto. „Das war im Rahmen eines der ersten Festivals, als viele Musiker und darstellende Künstler sich hier herumtrieben. Ich fand das eher etwas komisch – das soll eine Amphore sein, dieses Tongebilde?", bemerkt er fragend und schaut sich die Skulptur nochmals neugierig an. „Aber zu der Zeit hatte meine Mutter das Haus wohl schon verkauft,

147

wir hatten damit nichts mehr zu tun. Später hat dann die ‚avocatessa‘ die oberen Stockwerke abgerissen, weil sie sie neu aufbauen wollte. Dabei gingen ihr entweder das Geld oder die Ideen aus, denn sie stellte dort oben einfach ihr Auto ab“, grinste Gilberto Anna an. „Ja, die Geschichte kenne ich ganz gut“, erklärt Anna. „Wir haben sogar eine Luftbildaufnahme, wo das Auto der ‚avocatessa‘ noch dort zu sehen ist. Als wir unsere Wohnung und das ‚frantoio‘ von ihr kauften, parkte sie ihr Auto immer nur dort oben. Mittlerweile hat sich das ja alles sehr verändert. Es ist heute Raffaeles Haus, und alle Etagen sind wieder bewohnt.“ „Das ist doch auch völlig in Ordnung so. Ich finde es gut, wenn die Ruinen wieder aufgebaut werden und nicht als Parkplatz oder Gemäuer für verrückte Kunstobjekte genutzt werden“, meint Gilberto.

Gilbertos Mutter Albina sitzt jeden Nachmittag gegenüber ihrem Haus am Straßenrand auf einem wackligen Stuhl neben ihrem kleinen Tisch, beschattet von einem Baum, allerdings erstaunlicherweise mit dem Rücken zum Tal gewandt. Eigentlich sieht es so aus, als wäre dieser Platz als Aussichtsplatz ins Tal und zum Meer gedacht, aber er war längst zugewachsen, und vielleicht gefiel es der alten Dame besser, die vorbeifahrenden Autos, ihre Fahrer und die Spaziergänger zu begrüßen als ins Tal zu starren. Wenn Anna dort vorbeifährt, hält sie immer kurz an, um die alte Dame zu begrüßen, die meistens zunächst sehr skeptisch guckt und die Personen nicht gleich erkennt. Dann spielt sich meistens folgende Szene ab: Anna steigt aus dem Wagen aus, während Albina an die Wagentüre herankommt. Auf ein „Hallo Albina“ reagiert sie dann sofort ganz freundlich und versucht zu erkennen, um wen es sich handeln könnte. Wenn gerade kein Gegenverkehr ist, kann man sich dann eine ganze Weile mit ihr über Gott und die Welt unterhalten. Jeder bleibt gerne stehen und hält einen Schwatz mit der netten alten Dame an ihrem exotischen Aussichtsplatz.

Allerdings erkennt sie Anna erst, wenn sie ihr mit dem Hinweis hilft, dass sie in dem Haus der ‚avocatessa‘ wohne. „Aha“, sagt sie dann regelmäßig. „Dort wohnst du also, ich habe einmal schräg gegenüber gelebt. Und du bist doch auch die Freundin von Martha?“ „Ja, richtig“, antwortet Anna dann regelmäßig. „Wie geht es Martha?“, will sie dann stets wissen. Solange Martha, die alte Dame mit dem starken süddeutschen Akzent, noch in Villa gelebt hatte, hatten sich die alten Damen öfters getroffen und so wusste Anna, die Martha ja auch gut kannte, immer etwas zu berichten. Seit Martha aber in einem Pflegeheim in ihrer Heimatstadt lebte, waren die Nachrichten eher spärlich. So kann Anna nur oberflächlich erzählen, dass es Martha wohl gut gehe, sie gut versorgt sei usw. Und Albina macht dann stets ein etwas nachdenkliches Gesicht. Meistens klagt sie dann noch über ihre Beine, die nicht mehr so recht wollen, über ihren Rücken, der immer etwas schmerzt und die Augen, die nichts mehr erkennen können. Aber solange das Wetter gut sei, sei alles nicht so schlimm, fügt sie dann meistens in heiterem Ton hinzu.

Vor einem Jahr hatte Anna es einmal gewagt, sie spät am Nachmittag in ihrem Haus zu besuchen. Es war Anna gelungen, mit der im Nachbarhaus lebenden Tochter einen Termin auszumachen. Damals zeigte sich Albina noch ziemlich rüstig, sie war auf einen wackeligen Küchenstuhl gestiegen, um eine kleine ‚caffettiera‘ aus dem oberen Fach des alten Schranks zu greifen. Sie bereitete damit einen Espresso zu, wozu sie sogar noch ein paar leicht angestaubte Kekse reichte. Sie erzählte aus ihrem Leben und Anna erfuhr, dass das Haus schräg gegenüber dem Oratorium Albinas Geburtshaus war, so wie es eben ihr Sohn Gilberto berichtete. „In meiner Kindheit war das Dorf noch ein richtiges Bauerndorf", erzählte Albina damals. „Wir hatten Ziegen für die Milch, Maulesel als Lasttiere, Hühner, Kaninchen und Gärten, in denen alles wuchs, was wir zum Leben brauchten. Alles wurde eingekocht oder irgendwie konserviert und in der ‚cantina‘ aufbewahrt. Mein Vater hatte Oliventerrassen und Weingärten, außerdem Landterrassen, auf denen Weizen und Hafer angebaut wurde. Viele Leute hatten Backöfen für das Brot, im Dorf gab es eine Schmiede, ein Lädchen für Salz, Streichhölzer und Kerzen, eine kleine Trinkstube am Eingang zur oberen Gasse, und viele kirchliche Feste. Jeden Sonntag gingen wir zur Messe, der Dorfpriester lebte hier im Unterdorf in unserer direkten Nachbarschaft. Im Oberdorf war das Gebäude der kommunistischen Partei Italiens, wo viele junge Männer sich oft versammelten. Vielleicht war das einer der Gründe, warum sich hier in den letzten Kriegsjahren Faschisten und

Nazis herumtrieben und viele unserer jungen Männer zu den Partisanen in die Berge gezogen waren. Auch ein paar junge Frauen waren darunter, die Botendienste leisteten, zum Beispiel meine jüngere Schwester; sie war eines dieser mutigen Mädels. Sie hat den Krieg überlebt, sich erst spät verheiratet, mit dem Lino aus Piemont. Von dem hast du sicher schon gehört. Die beiden zogen dann in den Siebzigerjahren in ein kleines Haus in der Gasse neben dem Oratorium. Später eröffneten sie als erste Pächter unser Dorfrestaurant in der alten Schule." So erfuhr Anna von Albina Details aus dem früheren Leben, als dies noch das Dorf der ‚contadini' (Bauern) war.

„Wie kam es eigentlich dazu, dass Albinas Elternhaus später Raffaele, dem Bruder von Carmela, gehörte?", fragte Anna ihren Besucher Gilberto. „Soviel ich weiß, hat ihm die ‚avocatessa' die Ruine vermacht, und er hat dann das Haus vor 20 Jahren ausgebaut. Das tat sie aus Dankbarkeit für seine Hilfsbereitschaft, er hat ja als junger Mann viel und oft bei ihr gearbeitet. Er hatte es nicht leicht als junger Mann, der aus Kalabrien zum Arbeiten hier in den Norden gekommen war. Zuerst hatte er in der benachbarten Hafenstadt einen Job gefunden und dort auch seine Frau kennengelernt. Danach brachte er seine Familie – Vater, Bruder, Mutter Paola, und Schwester Carmela – mit und ist hier herauf nach Villa gezogen. Er wohnte viele Jahre in einer kleinen Wohnung an der Piazza, seine Familie im Oberdorf. Von hier aus war es natürlich nicht einfach, wieder eine Arbeit zu finden. Er arbeitete dann bei der Müllsammel- und Verwertungsfirma unten im Tal, seine Frau verdiente als Servirerin und Zimmermädchen ein wenig Geld dazu. Aber Raffaele war auch ehrgeizig, er hatte gespart und wollte die große Ruine, die Chiara ihm vermacht hatte, aufbauen und irgendwie zu Geld machen. Er hat sich ein Darlehen beschafft, einen Plan anfertigen lassen und mit viel Mut begonnen, die Ruine auszubauen. Und er hat es geschafft. Es gelang ihm doch immerhin, vier Apartments zu bauen, von denen er drei verkauft hat", führt Gilberto aus.

Es gab danach noch eine weitere Veränderung in Raffaeles Leben, von der Anna zwar weiß, aber die sie in diesem Gespräch nicht erwähnt. Schon bald nachdem er sein eigenes Apartment mit seiner Frau im neu wiederaufgebauten Haus bezogen hatte, verließ Raffaele seine Frau, drehte dem Haus und dem Dorf den Rücken zu. Er hatte mittlerweile Karriere gemacht, war nicht mehr der „Müllentsorger", sondern Fahrer beim Leiter einer großen Anwalts-Kanzlei geworden. Der eigentliche Grund aber war die Liebe. In der benachbarten Provinzhauptstadt hatte er sich in eine andere Frau verliebt, mit der er mittlerweile ein Kind hat. Seine erste Frau ließ ihn ziehen, sie lebt nun alleine in ihrem Apartment, wo sie nicht gerade unglücklich ist, denn sie hat bald ebenfalls einen neuen Lebensgefährten gefunden.

Die Besitzer der anderen drei Eigentumswohnungen des Hauses sind aus der Stadt zugezogene Italiener. Einer ist der Polizist, Gabriele, der tüchtige Ermittler des Diebstahls in Annas Haus, mit seiner Frau und seiner kleinen Tochter. Dann ist da ‚il mercantino' (der Marktverkäufer), den Anna immer mal wieder an verschiedenen Ständen auf den Wochenmärkten entdeckt. Er lebt hier mit seiner Frau, die Sängerin in einer Band ist, die beiden haben ein neugeborenes Baby. Dann gibt es noch einen älteren Mann mit einem kleinen dicken Hund und Schrottautos vor der Türe. Er ist der Vater der Wohnungseigentümerin, die es vorzieht, mit ihrem Sohn an der Küste nahe den Tennisplätzen zu leben, wo sie eine Imbissbude betreibt. Das also ist Raffaeles Haus heute, früher einmal Albinas Elternhaus.

„Eine ziemlich große Veränderung, wenn man bedenkt, wie es zu deiner Mutter Zeiten, also vor 70 bis 80 Jahren hier noch aussah", bemerkt Anna Gilberto gegenüber. „Ja", seufzt er, „diese Bilder hier in der Ausstellung erinnern sehr an die alten Zeiten. Aber weißt du, ich bereue nicht, dass sich alles verändert hat. Wenigstens leben wir hier nicht mehr in alten, grauen Steinruinen, sondern in modernisierten, frisch gestrichenen Häusern, die aber noch immer sehr schön aussehen. Von unserer Kurve aus schaue ich jeden Tag herauf nach Villa und freue mich darüber, wie herrlich das Dorf hier liegt und in der Sonne strahlt. Wir und das Dorf haben doch überlebt, und sind noch immer da, und es geht uns nicht schlecht. So positiv denkt auch meine Mutter, das sagt sie uns immer wieder. Und sie freut sich über jeden Besucher, der sie grüßt, wenn sie so an der Straße sitzt und beobachtet, wer alles vorbeikommt." „Danke, dass du das sagst, Gilberto", antwortet Anna. „Das ist für uns Fremde ja nicht immer so eindeutig. Manchmal fühlen wir uns als Eindringlinge in diese bäuerliche Kultur, aber wo wäre das Dorf heute, wären die Ferienhausbesitzer nicht hier?" Gilberto winkt Anna nochmals zu. „Grüße an Albina, deine Mutter", ruft ihm Anna noch hinterher.

Camillo, der Geschichtsbewusste

Endlich betritt ein Mann das Oratorium, auf den Anna schon lange gewartet hat. Camillo, ein kleiner, schmächtiger, aber sehr agiler Mann, selbst Hausbesitzer eines ererbten Hauses, in dem er Ferienwohnungen vermietet. Er ist für Anna einer der wichtigsten Nachfahren der ursprünglichen Dorfbewohner. Ein Mensch mit einem echten Geschichtsinteresse und Bewusstsein für Kultur und die bewahrenswerten Dinge, Gebäude und Erinnerungen. Er kommt in Begleitung einiger Familienangehörigen und trägt ein großes Buch unter dem Arm. Sofort öffnet er einen der Bildbände von Carmela mit den Fotos der Dorfbewohner, den Dorfansichten und den Porträts, die zur Ansicht im Bethaus auf einem Tisch liegen. Er zeigt seinen Verwandten die Bilder, die zum Teil auch groß an der Wand hängen, Personen und Gebäude aus einer anderen Epoche. Die in Annas Nachbarhaus gefundenen Fotos von Bernardo kannte er bereits, Anna und Bernt hatten sie ihm vor längerer Zeit schon einmal vorgeführt.

„Schau, Anna, anhand der Bilder hier stelle ich dir meine Familie vor. In diesem Album sind nämlich alle abgebildet. Das ist mein Großvater, der war eine Berühmtheit im Dorf; er hat bei Kriegsende ziemlich mutige Taten vollbracht. Hier bin ich als kleiner Junge mit meiner Großmutter mütterlicherseits, da stehen wir auf der Terrasse ihres Hauses. Es ist das Haus, das ich heute vermiete, aber davon erzähle ich dir gleich noch mehr. Das ist meine Großmutter väterlicherseits. Und dies hier, das ist der Bruder meiner Großmutter, er ist zur See gefahren, deshalb trägt er eine Matrosenuniform. Und das hier ist meine Tante, die in Paris gelebt hat. Von ihr muss ich dir gleich noch etwas Interessantes erzählen und zeigen." Dabei deutet er geheimnisvoll auf das große Buch, das er unter dem Arm mitgeschleppt hat.

Camillo sprüht vor Begeisterung, und Anna freut sich immer wieder über seinen Enthusiasmus, sein gutes Gedächtnis und seine Schilderungen von historischen Ereignissen. Er steckt außerdem voller Ideen, was die alten Erinnerungsstücke, Gebäude und ihre Verwendung an geht. „Die Ausstellung gefällt mir sehr gut", kommentiert er. „Ich bin froh, dass im Oratorium endlich wieder so ein Ereignis stattfindet. Es ist wahrscheinlich das älteste Gebäude unseres Dorfes und es war einmal wunderschön. Siehst du hier die herrlichen Deckengemälde und die weißen Engel aus ‚stuccatura' (weißer Gips)? Das ist das Einzige, was von der originalen Kirchenausstattung noch übrig ist, außer dem leeren Altarsockel in der Apsis dahinten. Ich habe hier noch Messen und Patronatsfeste für die Heilige Catharina von Alessandria erlebt, der das Bethaus geweiht ist. Leider sind die Gemälde und Statuen, die hier früher einmal hingen, in andere Kirchen gebracht worden. Man kann sie nur unten an der Küste bewundern. Ich würde das gerne rückgängig machen; ich wünsche mir, dass einmal alles wieder nach hierher zurückkehrt."

Camillo ist auch Vermieter eines alten Bauernhauses hier im Dorf. Obwohl er nicht mehr hier wohnt, begrüßt er seine Feriengäste stets persönlich, und wann immer etwas nicht funktioniert, führt er nötige kleinere Reparaturen eigenhändig aus. Camillo spielt auch in dem Verein der Dorfverschönerer eine wichtige Rolle. Er hat die alten, zum Teil wertvollen Gemälde und Statuen in der großen Dorfkirche beschriftet. Er hat die alten Messingleuchter aus der Versenkung geholt, geputzt und wieder aufgestellt. Er hat die prächtigen Messgewänder auf Gestellen in der Sakristei ausgebreitet. Da in der Kirche nur noch selten Messen abgehalten werden, war sie bisher immer verschlossen. Er hat dafür gesorgt, dass man sie nun an zwei Tagen in der Woche aufschließt und sie besichtigt werden kann. Das ist neu und wird von der Bevölkerung, auch den Besuchern, sehr begrüßt. Dazu wird ihr Inneres durch neue Strahler gut ausgeleuchtet, ein Tonband mit leiser Kirchenmusik schafft die nötige Atmosphäre für eine stille Andacht. Und ein paar

Mitglieder des Verschönerungsvereins sitzen andächtig auf verschiedenen Kirchenbänken und Stühlen herum.

Camillo hat den Beinamen „der Kommunist" – eigentlich weiß keiner so recht warum. Vielleicht war es sein Vater, der einmal Mitglied der kommunistischen Partei war? Camillo scheint auf jeden Fall immer offen für neue Ideen zu sein. Er ist kontaktfreudig, hat keine Scheu, auch bei den ausländischen Nachbarn anzuklopfen und auf einen Schwatz vorbeizuschauen, was hier sonst nicht so üblich ist. Noch immer gibt es bei vielen der italienischen Bewohner eine merkwürdige Hemmung, ungezwungen Kontakte mit den Ausländern zu pflegen oder gar über die Vergangenheit zu reden. Schon des Öfteren saß er bei Anna und Bernt zuhause oder redete sie auf der Piazza an, wenn es um neue Ideen für das Dorf ging. Zum Beispiel denken die Vereinsmitglieder darüber nach, wie man einen beschilderten und bebilderten Dorfrundgang initiieren könnte. Zusammen mit einigen Mitgliedern des Vereins, unter anderem auch Carmela, hielt er im Winter einmal eine Sitzung in Annas Wohnzimmer ab. Im vergangenen Jahr brachte er auch mal einen Freund von der Küste mit zu Anna nachhause, der sich gut im Dorf auszukennen schien. Die beiden bewunderten Annas Haus und die Wohnung, die schönen Ausblicke in die Landschaft und auf das Meer sowie ihre vielen Bilder an den Wänden, teilweise moderne Kunst, teilweise Gemälde von Freunden, auch alte Fotos und Porträts.

154

Auch heute noch haben hier viele Männer einen Beinamen oder Rufnamen, wobei die Tradition aus einer fernen Zeit stammt. Annas Vermutung ist, dass im Falle von Camillo der Beiname daher rührt, dass die Männer in Camillos Familie früher Mitglieder der kommunistischen Partei waren, dort vielleicht sogar eine besondere Rolle spielten. Schließlich waren hier im Westen Liguriens die Kommunisten seit Gründung der Partei (PCI – Partito Comunista Italiano) in den frühen Zwanzigerjahren bis in die Siebzigerjahre stark vertreten. Eine Ruine im Dorf, das ehemalige lokale PCI-Büro, ragt noch heute wie ein trotziger Steinblock aus sauber aufgeschichteten Trümmern in die Gasse des Oberdorfes hinein und versperrt dort ein wenig den Durchgang. In einer Nische der Ruine sitzen streunende Katzen, die von Frauen des Dorfes gefüttert werden, ein Ärgernis für einige der Anwohner. Der beißende Geruch steigt einem beim Vorbeilaufen in die Nase, und die herumliegenden Essensreste sind ein Unrat, den sie gerne beseitigen würden. Am liebsten würden sie gleich die ganze Ruine abräumen, aber es gibt auch viel Widerstand gegen diesen Vorschlag im Dorf. So steht sie noch immer am gleichen Ort. Die Begeisterung der Dorfjugend für die PCI war einmal groß; es gibt einen interessanten Beleg dafür. Camillo zeigte Anna vor einiger Zeit ein Kirchendokument aus den Zwanzigerjahren – Briefe des Dorfpfarrers an seinen Bischof. Belustigt lasen sie beide, wie der Pfaffe erbost von den Umtrieben der Jugendlichen im Dorf berichtete, die sonntags statt zur Messe lieber zu kommunistischen Veranstaltungen gingen und Manifeste verteilten, was dem Pfarrer verständlicherweise große Sorgen bereitete.

„Camillo, was wolltest du mir eigentlich über dein Haus erzählen?", fragt Anna, als er seine Erläuterungen zu seiner weitläufigen Verwandtschaft beendet und seine Begleiter durch die Ausstellung geführt hat. „Ach ja, du hast mich doch einmal nach der Kriegszeit und der Rolle der Deutschen hier in der Region gefragt. Stell dir vor, auf dem Stück Land, das vor dem Haus meiner Großmutter liegt, praktisch vor der Terrasse, wo ich mit ihr auf einem Foto zu sehen bin, ist einmal eine Granate eingeschlagen. Die Nazis hatten sie von einem Schiff aus hier heraufgeschossen, angeblich versehentlich. Sie haben ja hier an der Küste und im Hinterland ständig nach unseren dort versteckten Parti-

155

sanen gesucht und sie verfolgt. Das wurde mir jedenfalls einmal folgendermaßen geschildert: Eines Abends im letzten Kriegsjahr war meine Großmutter in ihren Gemüsegarten gegangen, um dort zu gießen. Die Nazifaschisten hatten die Küstenstädte besetzt. Sie waren immer wieder auf die Suche nach den Partisanen, die sich in den Bergen versteckt hielten. Sie versuchten auch, die Familien in den Dörfern zu bedrohen. Sie wussten, dass die Partisanen dort Nachschub und Unterstützung fanden. Meine Großmutter hörte plötzlich einen gewaltigen Knall, es klang wie ein Einschlag im Dorf, ganz in ihrer Nähe. Überstürzt eilte sie nach Hause und fand eine eingeschlagene Granate genau vor ihrem Haus. Unfassbar: eine Granate, die von der Küste aus hier heraufgeschossen worden war! Der Gebäudeschaden war Gottseidank nicht allzu groß, aber der Schrecken saß tief. Das Erstaunlichste war: Die Kinder waren unverletzt – sie schliefen sogar noch!!" Camillo macht eine Pause, Anna fährt sich mit der Hand über die Stirn. „Puuh", sagt sie, „das war ja gerade noch einmal gut gegangen. Das ist ja eine unglaubliche Geschichte!"

Camillo seufzt. „Tja, es war nicht lustig hier am Ende des Krieges. Keiner redet heutzutage noch viel darüber, die Leute wollen die hässlichen Erinnerungen begraben. Hier an der Grenze zwischen Frankreich und Norditalien befanden wir uns 1944 in einer gefährlichen Lage. Die Amerikaner waren zwar in Sizilien gelandet und sie zogen auch aus Frankreich in unsere Richtung heran, um uns von den Faschisten zu befreien, aber sie waren ja längst noch nicht eingetroffen. Villa war nicht direkt ein Partisanenrückzugsgebiet, wir liegen zu nah am Meer und an der Küste, als dass sie sich hier hätten verstecken können. Aber auf ihren Fluchtwegen machten die Partisanen oft hier Station oder sie kamen aus den Bergen zu Versorgungszwecken herunter."

„Hier bei uns in Villa?", fragt Anna erschrocken. „Ja, klar", fährt Camillo fort. „Oben im Hinterland versteckten sie sich in ganz kleinen Flecken in Feldhütten im Wald und wechselten ständig ihre Standorte. Manchmal wanderten sie bis hinauf in die ganz hohen Berge der Seealpen an der Grenze zu Piemont. Steigt man hier bei uns den Berghang hinauf, blickt man ins Nachbartal und gelangt ganz leicht dorthin. Es gibt Wege, die ganz weit ins Hinterland führen." „Ja, genau, das kenne ich gut, da waren Bernt und ich auch schon oft. Aber ich wusste nicht, dass dies ein Fluchtweg der Partisanen war," sagt Anna. „Ja und genau deshalb kamen die faschistischen Verfolger oft herauf in unser Dorf, denn sie konnten hier auf halber Strecke gut Station machen und den Partisanen von hier aus nachspionieren. Es waren sowohl italienische Faschisten wie auch deutsche Nazis. Die Deutschen hätten sich alleine ja hier gar nicht zurechtgefunden. Wenn wir von den Nazis sprechen, denken wir immer nur an Deutsche, aber es waren auch Italiener unter den Verfolgern, zum Teil auch Spione. Das wollen wir nicht so gerne zugeben. Außerdem machten sie den Bauern hier enormen Druck, die Verstecke der Partisanen zu verraten. Viele der Söhne oder Neffen der Einwohner hatten sich auf die Seite der Partisanen geschlagen. Mein Vater hat einigen dieser jungen Menschen geholfen, indem er sie heimlich nachts über den Berg in ein Partisanenversteck begleitete. Und übrigens, das wird dich erstaunen: Hier im Dorf hatten die Faschisten fünf Häuser requiriert, die die Bewohner die ‚caserma Nazi' (Nazi-Kaserne) nannten. Eines davon war unser Haus, ein anderes war das Haus an der vorderen Ecke des Dorfes – das von der Familie unseres berühmten Fotografen. Dort steht noch immer ein merkwürdiges Türmchen im Garten, den viele als den Rest eines alten Backhauses oder eines Tiefbrunnens deuten. Es war aber ein Meldeturm der deutschen Wehrmacht; von hier aus sendeten sie nachts Lichtzeichen an ihre Kameraden auf den Schiffen oder an der Küste." Camillo hält kurz inne, Anna und er haben sich mittlerweile im Fond des Oratoriums an den Tisch gesetzt und schauen sich bedrückt an.

„Hast du die Mahnmale an der Seitenwand des Rathauses in Casaldi gesehen oder die vielen Gedenksteine in den Küstenorten?", fragt Camillo. Anna schüttelt den Kopf und macht ein entsetztes Gesicht. „Nicht alle sind sofort sichtbar, manche sind versteckt in den Seitengassen. Junge Männer unserer Familien sind hier auf offener Straße an die Wand gestellt worden", endet Camillo seine Kriegsgeschichten.

Im Stillen erinnert sich Anna an eine Begebenheit vor ein paar Jahren, unten an der Straße zum Meer. Dort ist eine solche Gedenktafel für drei ermordete Partisanen in eine Mauer eingefügt. Immer am Tag der Befreiung, der jedes Jahr in Italien im April begangen wird, wird der Blumenschmuck dort erneuert. Der Bürgermeister, ein paar Veteranen und Angehörige singen Lieder, es werden Reden gehalten. Das Gedenken an die jungen Menschen, die ihr Leben für die Freiheit Italiens gaben, wird ganz offensichtlich noch heute sehr hochgehalten. Oberhalb der Gedenktafel steht ein etwas zerfallenes bäuerliches Haus. Dort haben Anna und Bernt immer mal wieder einen alten Mann in den Olivenhainen bei der Arbeit gesehen, bekleidet mit einer alten Hose, am Bund mit einer Kordel festgehalten, ein zerrissenes T-Shirt, ein an vier Ecken geknüpftes Taschentuch auf dem Kopf. Im Frühjahr beschnitt er die Olivenbäume, fegte das Laub zusammen, verbrannte die alten Äste. Allerdings waren die verwitterten grünen Fensterläden an dem Haus stets verschlossen, es sah immer aus, als sei das Haus unbewohnt. Als sie einmal vor einigen Jahren anhielten, um die Gedenktafel eingehender zu studieren, kam jener alte Mann an die Straße herunter und fragte, ob sie etwas suchten, ob er ihnen helfen könne. Als er sah, dass sie vor der Gedenktafel standen und erkannte, dass sie Deutsche waren, erzählte er ihnen die Geschichte von den jungen Männern, an die dort erinnert wird.

„Sie waren am späten Nachmittag auf dem Weg nach oben, um ein verstecktes Camp ihrer Partisanenfreunde im nächsten Tal zu erreichen. Der eine war ein entlaufener italienischer Soldat. Er war aus Frankreich geflohen und wollte nach Hause, nachdem bekannt geworden war, dass die italienischen Truppen aufgelöst waren, aber sie sollten ja von Mussolinis Restregierung von Salo neu rekrutiert werden. Er hatte gerade bei einer Bauernfamilie seine Uniform gegen zivile Kleidung ausgetauscht und schien recht erschöpft zu sein. Die anderen beiden waren Söhne aus Familien der Häuser an der Kurve unten im Flusstal. Ihre Eltern waren mehrfach von den Nazifaschisten bedroht worden, die auf ihrer Partisanenverfolgungsjagd häufig auch diese Straße benutzten. Die Verfolger verlangten üblicherweise nach Essen, wollten Informationen über Deserteure und Partisanen, fragten nach Kartenmaterial und Hinweisen auf die Lage der Partisanen-Camps.

Eine junge Frau hatte auf die Partisanen gewartet. Es war die Schwester eines der Partisanen. Sie war seit Langem eine Verbindungsfrau, also eine ,staffetta' (eine sogenannte Meldegängerin oder Botin). Sie brachte Nachrichten von den Kommandanten der Partisanen mit Anweisungen in die Camps. Diese ,staffette' waren tolle und mutige junge Frauen. Keiner der Verfolger konnte sich vorstellen, dass sie so gefährliche Dienste ausüben und vor allem so rasch und geschickt die Berghänge erklimmen könnten. Daher waren sie einigermaßen geschützt vor Verfolgungen durch die Faschisten. Allerdings unterwanderten auch immer mal wieder Denunzianten und Spione aus faschistischen Kreisen die Gruppen der Widerstandskämpfer und ihre Familien, das machte die Sache so gefährlich. So gab es sehr viel Misstrauen in der lokalen Bevölkerung; keiner wusste so recht, wem er trauen konnte. Dieses junge Mädchen war also leider verraten worden. Die an der Küste stationierten Faschisten und Nazis hatten Hinweise erhalten, dass sich auf dieser Straße, geführt von einer ,staffetta' ein Deserteur und zwei junge Männer auf dem Weg zu den Partisanencamps befanden. So wurden sie bei anbrechender Dunkelheit an dieser Stelle aufgegriffen und auf der Stelle erschossen." Das alles erfuhren Anna und Bernt damals von dem alten Mann, der die Geschichte noch sehr genau in seiner Erinnerung bewahrt hatte.

Camillo ist in der Zwischenzeit durch die Ausstellung gewandert und kommt zurück zu Anna an den Tisch. „Weißt du, Anna", sagt er noch, „nach all den Geschichten im letzten Krieg war es für meine Vorfahren natürlich nicht leicht, etwa 15 Jahre nach Kriegsende, hier den ersten deutschen oder deutschsprachigen Touristen zu begegnen. Ich wundere mich noch heute darüber, dass sie ihnen ihre Häuser verkauften, aber es gab natürlich auch Menschen hier, die eher unpolitisch waren oder im Stillen selbst Anhänger der Faschisten waren, auch noch 15 Jahre nach Kriegsende. Manche sympathisierten vielleicht sogar mit den Deutschen, weil sie Mussolini und auch Hitler einmal gut fanden", sagt er nachdenklich. Nach einer Weile fügt er sehr beherzt und etwas pathetisch hinzu: „Aber eigentlich finde ich es gut, dass der Mantel des Vergessens über das alles gedeckt wurde. Damit sind wieder Frieden und ein wachsendes Vertrauen eingekehrt. Schließlich wäre unser Dorf heute leer, grau und öde, wenn die Nordeuropäer, darunter viele Deutsche, nicht so viel Gefallen an unseren Häusern und dem Dorf gefunden hätten. So sehe ich es heute. Aber das Kriegsende und die Jahre danach müssen eine schwere Zeit für unsere Vorfahren gewesen sein."

Kopfnickend schaut Anna ihn an. So etwas ähnliches hat sie vermutet, aber keiner hat ihr das jemals so ausführlich dargelegt. „Danke, dass du mir das alles erzählt hast, Camillo. Ich hatte immer schon so ein Gefühl, dass das Auftauchen der vielen Deutsch sprechenden Menschen bei der Bevölkerung hier durchaus gemischte Gefühle auslösen könnte. Dass Europa heute näher zusammenwächst und man langsam eine neue, gemeinsame Identität entwickelt, das ist ja noch recht neu und gar nicht so selbstverständlich. Wir sind jedenfalls sehr dankbar, dass wir hier sein dürfen, das haben Bernt und ich ja in unseren Reden bei der Eröffnung zum Ausdruck bringen wollen." „Ja, das hat uns auch sehr gerührt. Das kam gut an. Ich habe danach noch mit einigen Besuchern darüber gesprochen, es hat sie angenehm berührt", sagt er nachdenklich. Dann packt er energisch das große, dicke Buch aus und legt es auf den Tisch, wo bereits das Album von Carmela ausgebreitet ist.

„Und jetzt musst du dir unbedingt noch dieses Album hier anschauen", sagt er. „Ich habe es extra für dich mitgebracht. Aber wenn du jetzt keine Zeit hast, kannst du es gerne mitnehmen und dir bei Gelegenheit in Ruhe ansehen. Ich überlasse es dir. Es ist eine Postkartensammlung meiner Tante Lorenzina. Sie und ihr Mann lebten in den Dreißiger- und Vierzigerjahren an verschiedenen Adressen in Paris. Sie schickte viele interessante Postkarten an meine Familie hier im Dorf. Ich war als Kind schon immer fasziniert von den verwunschenen und bezaubernden Karten von der Place Pigalle, dem Eiffelturm, den großzügigen Parks und den Boulevards; nun weiß ich aber nicht, was ich damit machen soll. Vielleicht sollte ich auch einmal eine Ausstellung damit bestücken?" „Camillo, ich werde mir das mit großem Vergnügen ansehen. Paris kenne ich selbst auch ganz gut, war selbst einmal zwei Jahre dort. Ich bin ganz gespannt auf die alten Postkarten. Aber interessant ist doch sicher auch, was deine Tante damals vor 80 Jahren von dort geschrieben hat, also die Rückseite der Karten, oder?", fragt Anna. „Ja,

160

wenn man es noch lesen kann", sagt Camillo lachend. „Auf jeden Fall helfe ich dir gerne, eine Möglichkeit zu finden, diesen Schatz einem größeren Publikum zugänglich zu machen", fügt Anna noch hinzu. Mit einem zufriedenen Lächeln strebt Camillo mit seiner Familie dem Ausgang zu. Anna ist ihm wirklich dankbar für seine ehrlichen Worte zu der deutsch-italienischen Nachkriegsgeschichte, sie haben einiges in ihrem Kopf zurechtgerückt.

Alessandra, ihr Partner und ihre Schwiegermutter

Vor Anna steht eine brünette, schlanke Frau in einem bunt geblümten und etwas ausgeschnittenen Sommerkleid, mit kurzem frechem Haarschnitt. Als sich Anna ihr zuwendet, wird sie stürmisch von ihr umarmt. „Anna, ich finde diese Ausstellung genial. Damit können wir jetzt endlich Besucher in unser Dorf locken. Wir werden sicherlich noch ganz berühmt. Wie viele Leute waren schon hier, hast du Zahlen? Wie sind ihre Reaktionen? Eure Vernissage war ja schon ein kulturelles Ereignis. So viele Besucher, auch von der Küste unten, waren da. Es ist einfach grandios, dass du diese Initiative ergriffen hast. Und dein Mann, wie er alles so fantastisch installiert hat." Wie immer übertreibt Alessandra ein wenig, aber es ist erfrischend, wie sie die nur fünftägige Ausstellung kommentiert, denkt Anna.

Alessandra ist sehr begeisterungsfähig, und es ist stets eine Freude, ihr zu begegnen. Anna hat sie nur ein einziges Mal in schlechter Verfassung erlebt. Sie strahlt eigentlich meistens Zuversicht aus, ist immer gut aufgelegt, bei Dorfaktionen an vorderster Front engagiert dabei. Ihr Mann, Bruno, ein gutaussehender, schlanker, kräftiger Mann aus einer der alteingesessenen Familien im Dorf, kommt herein und bleibt gleich am Eingang vor der Katasterkarte stehen. Anna wendet sich ihm zu und fragt ihn, ob er Besonderheiten auf der alten Karte entdecken könne, schließlich sei er ja Fachmann. Sie weiß, dass er sich mit Straßen und vielleicht auch mit Karten, mit Sicherheit aber mit seiner Heimatregion besonders gut auskennt, er arbeitet nämlich bei der Straßenverwaltung.

„Ja, schau mal hier, Anna. Da steht ‚toman‘, das ist ein Dialektwort und könnte für das italienische Wort ‚timu‘ (Thymian) stehen“, erklärt er Anna. „Das ist genau dort, wo noch heute der alte Weg, teilweise eine ‚mulattiera‘ (Mauleselpfad), den Hang entlang in den Nachbarort führt.“ Ja richtig, denkt Anna, das ist der Spazierweg, den sie und andere Bewohner heute den kleinen Thymianweg nennen und wo sie sich oft mit dem duftenden Küchenkraut eindecken. „Und hier ‚culotta‘, der Begriff könnte für ‚cima‘ (Berggrat) stehen und auf den Gipfelweg hindeuten. Oder hier der kleine Fluss, der auf der Karte als ‚Rio Ciozo‘ bezeichnet wird, sogar seine Quelle ist eingezeichnet, an ihn kann ich mich aus meiner Kindheit noch gut erinnern, heute ist er allerdings nicht mehr zu sehen. Wenn die alte Karte stimmt, dann müsste es auch die ‚Strada Ciozo‘ entlang des kleinen Flusses geben. Ja, da ist sie doch eingezeichnet, ganz klein. Siehst du sie? Anfang des letzten Jahrhunderts war dies wahrscheinlich ein wichtiger Verkehrsweg, natürlich zu Fuß. Die Straße hier herauf, wie wir sie heute haben, gab es ja erst viel später, in den Fünfzigerjahren. Das ist doch wirklich interessant, findest du nicht auch?“, fügt er hinzu.

„Ja, da hast du recht“, gibt Anna erstaunt zu erkennen, „das habe ich noch nie so beobachtet.“ „Auf der alten Karte ist die Piazza auch gar kein richtiger Platz, eher ein verbreitertes Straßenende vor der Kirche. Erinnerst du dich daran auch noch?“ „Ja, klar“, erklärt Bruno und ist stolz, Anna noch etwas Neues aus der alten Zeit erzählen zu können. „Da wo heute das sogenannte Palmenhaus steht, gab es bis in die Sechzigerjahre eine Reihe Häuser, aber damals schon in Ruinen. Sie waren so zerfallen, dass sie abgerissen werden mussten, sie wurden durch ein neues Wohnhaus mit Mietwohnungen ersetzt. Da erst wurde aus der Straße, die tatsächlich ursprünglich hier endete, eine durchgehende Straße um den Ort herum, die dann auch befestigt wurde und ins nächste Dorf führt. Das kannst du hier auf der Karte noch sehen, da hat jemand ganz dünn mit Bleistift die neue Trasse eingezeichnet, siehst du das?“, fragt er. Anna streckt sich und entdeckt tatsächlich die skizzierte, damals neu erdachte Straßenführung. „Das ist ja irre. Aber ich habe kein einziges Bild von der Piazza in diesem Zustand gesehen, leider. Ich kann es mir kaum vorstellen“, sagt Anna.

162

Jetzt stolziert noch Jack, Brunos und Alessandras selbstbewusster Hund, durch die Ausstellung. Er sieht genauso aus wie der Hund auf dem Stuhl auf dem antiken Foto, den Bernardo fotografiert hat. Also durchaus ein Hund mit Abstammung! Bruno stammt aus der Familie eines Hirten, der am oberen Rand der Gasse ein bescheidenes Haus hatte, wo viele ähnlich aussehende, kleine Häuser, eng aneinandergeschmiegt, die aufsteigende Gasse säumen.

Da Kühe und Schafe während des Sommers früher hoch droben in den Bergen gehütet werden mussten, gab es in jedem Dorf berufsmäßige Hirten. Sie stammten häufig aus ärmeren Familien, die Hirten wurden oft von den wohlhabenderen Bauern beauftragt, diese Dienstleistung für sie und ihre Tiere zu erbringen, meistens gegen ein geringes Entgelt, das mitunter die ganze Familie ernähren musste. So ein Hirte musste dann meistens viele Monate im Sommer dort oben ausharren und wurde von den Familienangehörigen mit dem Nötigsten versorgt. Häufig gab es hier noch bis in die zweite Hälfte des letzten Jahrhunderts solche mittelalterlich anmutenden, feudal geprägten Strukturen und Abhängigkeitsverhältnisse.

Der Hirte hatte Sohn und Tochter. Die Tochter des Hirten war Brunos Mutter Maria, die Anna noch kennengelernt hat. Sie war eine bis ins hohe Alter rüstige Frau, die sich für ihre Familie und Freunde aufopferte. Als Witwe lebte sie im Alter bei Bruno, kümmerte sich um seine Oliventerrassen sowie um Garten, Oliventerrassen und Obstbäume einer verstorbenen Freundin aus dem Nachbarhaus. Es ist das letzte Dorfhaus, das in der großen Kurve liegt. Für kurze Zeit hauste dort

163

jener merkwürdige junge Mann, den man zwischendurch einmal als den Einbrecher verdächtigt hatte. Das Haus stand lange Zeit verwaist und ist heute sehr heruntergekommen. Aber es hat einen üppig tragenden, alten Feigenbaum, viele Oliven und einen weitläufigen Garten, da hatte Maria gut zu tun. Beinahe täglich auf ihren Spaziergängen traf Anna die alte Maria und ihren Hund Jack, und sie hielten so manchen Dorfschwatz am Zaun.

Ein anderer Dorfbewohner aus den Niederlanden, Johan, der einmal vorübergehend im Haus der Pianistin Clara gelebt hatte, auch ein Haus in der Kurve am Ende des Dorfes, erzählte Anna kürzlich eine nette Geschichte über Brunos Mutter: Er kam in den Siebzigerjahren als Jugendlicher hier ins Dorf, um die berühmte Musikerin Clara dabei zu unterstützen, Haus und Hund zu hüten, besonders in ihrer Abwesenheit, wenn sie auf Konzerttournee war. Um an der Küste einzukaufen, musste er circa 20 Minuten bis zur Bushaltestelle in den Hauptort hinunterlaufen. Damals konnte er nur wenig Italienisch und ihm war auch der Wert des damaligen italienischen Geldes mit den vielen Nullen noch nicht so richtig geläufig. Auf einer solchen Tour hatte er einmal zu wenig Lire eingesteckt, um seine Fahrkarte zu bezahlen. Eine fremde Dame, die schon im Bus saß, bot ihm Hilfe an und bezahlte für ihn. Als er auf der Rückfahrt war und sich Gedanken machte, wer diese Dame war und wie er ihr das Geld jemals zurückgeben könnte, traf er sie überraschenderweise aufs Neue im Bus. Auch lief sie dann mit ihm zusammen den Weg hinauf nach Villa, und da stellte sich heraus: Die liebenswerte Frau war Maria, die Mutter von Bruno.

Bruno hat ein ausgeprägtes Hobby: Er repariert gerne alte Autos. Diese stehen in großen Mengen auf seinem Grundstück, auf mehreren Terrassen aufgereiht. Er ist lieber zu Hause im Dorf als unten in den Küstenstädtchen. Bei der örtlichen Straßenverwaltung hat er zwar eine feste Stelle, aber dieser Arbeit scheint er nicht so ganz regelmäßig nachzugehen, denn meistens sieht man ihn beim Auto-Schrauben oder in seinen Oliventerrassen. Von seinen Großeltern, seinem Onkel und seiner inzwischen verstorbenen Mutter hat er einige Oliven geerbt. Alessandra, seine tüchtige Lebenspartnerin, scheint Freude daran zu finden, mit ihm und dem Hund in einem abenteuerlich verbeulten alten Pick-up mit allen möglichen aufgeladenen Gerätschaften in die Oliventerrassen zu fahren, zum Ernten, zum Schneiden, zum Äste verbrennen oder zum Säubern. Mit glühenden Wangen, fliegenden Haaren und strahlendem Gesicht sah Anna sie schon oft gegen Abend mit Bruno im offenen Jeep aus den Olivenhainen zurückkehren, ganz offensichtlich zufrieden mit ihrer Arbeit und ihrem Leben hier, obwohl dies nicht ihre ursprüngliche Heimat ist; sie stammt aus dem Süden Italiens. Sie hat eine andere große Leidenschaft, das Sonnen und Baden in ihrem Pool. Sie sagt, sie mag nicht so gerne an die von Touristen belagerte Küste fahren, um im Meer zu baden. Viele Angebote, mit Anna an den Strand zu fahren, hat sie immer wieder abgelehnt. Sie zieht es vor, in den von Bruno für sie errichteten Plastik-Pool zu hüpfen, um sich dort zu erfrischen und sich dann auf der eigenen Terrasse von der Sonne bräunen zu lassen. Gegen auf- und wegklappbare Plastik-Pools scheint laut Gemeindebauordnung ja niemand etwas zu haben. Vom Sonnen und Baden kann Alessandra nicht genug bekommen, was man an ihrem stets sommerlich gebräunten Teint sieht.

Nur einmal sah Anna sie wütend und enttäuscht, als nämlich die Katzengeschichte schief ging. Die beiden hatten sich für ein Dorfprojekt engagiert und wurden dafür von einigen Nachbarn belächelt. Das setzt selbst einer so robusten Italienerin zu. Einige Bewohner hatten sich nämlich wegen der streunenden Katzen im Oberdorf und dem durch sie verursachten Schmutz und Gestank auf den Gehwegen beschwert, was besonders rund um die Ruine des alten kommunistischen Parteibüros sehr störend war. Einige aus dem Dorfverschönerungsverein hatten daraufhin beschlossen, dass die Katzen einfach aus dem Dorf nach draußen umgesiedelt werden müssten. Bruno und Alessandra übernahmen dafür die Verantwortung, kauften aus eigenen Mitteln kleine Plastik-Katzenhäuschen und installierten sie außerhalb des Dorfes neben dem Weg zum Friedhof auf einem Podest am Boden. Wie man nun allerdings die Katzen hätte einladen sollen, nach dorthin umzuziehen, blieb vielen ein Rätsel. Vereinsmitglieder hatten die fütternden Frauen im Dorf gebeten, das Katzenfutter von nun an dort neben den Kästchen hinzustellen, was die meisten von ihnen jedoch kopfschüttelnd ablehnten. Wahrscheinlich hätte das auch gar nichts genutzt, denn bekanntlich sind Katzen nicht so leicht für Umzüge zu haben. Aus der Sicht der Katzen sahen die Plastikkästen ohne weiches Polster oder eine wollige Decke nicht gerade einladend aus, vielleicht fanden sie das Gelände rund um die Ruine der PCI viel gemütlicher. Auf jeden Fall änderte sich erst einmal nichts. Eines Tages aber verschwanden die Katzenhütten wieder. Dafür gibt es nun auf den Stufen eines Privathauses einen alternativen Futterort für die Samtpfoten, sodass es doch noch zu einer Kompromisslösung gekommen ist.

Filippo, die Rätsel um seine Familie und den Soldaten in Äthiopien

Ein letzter Besucher erregt noch Annas besondere Aufmerksamkeit: Ein hoch gewachsener, kräftiger Mann mittleren Alters sieht sich lange und ausführlich alle Fotos an. Er kommt zu Anna an den Tisch, stellt sich mit seinem Namen Filippo vor und bemerkt, dass er das alles außerordentlich spannend und interessant fände. Anna kennt ihn kaum, hat ihn nur selten im Dorf gesehen und ergreift sogleich die Gelegenheit, sich ausführlicher mit ihm zu unterhalten. Sie weiß nur, dass er der Besitzer eines Hauses auf dem Weg zum Dorfrestaurant ist, das mit dem orangefarbenen, herabblätternden Putz, dass er dort aber nicht dauerhaft wohnt, sondern das Haus zu bestimmten Jahreszeiten wie ein Ferienhaus nutzt. Er gehört ebenfalls zu der Enkelgeneration, die vielen Fotos seiner Familie im Album bezeugen, dass es eine ehemals einheimische Familie war. Sein voller Name und die Erläuterungen über seine Verwandten bringen Anna und ihn dazu, das Album aufzuschlagen, wo Anna und er ein paar interessante Entdeckungen machen.

„Auf einer Seite des Albums sind viele Hochzeitsfotos abgebildet. Ich würde dich gerne etwas dazu fragen", sagt Anna zu Filippo und schaut zu ihm hoch. „Nur zu", antwortet er amüsiert. „Schau hier", sagt Anna. „Ich bin beim Studium dieser Bilder immer wieder auf ein bestimmtes Foto gestoßen, auf dem ungewöhnlich wenige Angehörige hinter einem Brautpaar stehen, nämlich zwei Männer mit Schnurrbärten und Hüten, aber keine Frauen. Das ist doch seltsam, oder? Kennst du das Foto?" „Ja,

166

klar. Das ist das Hochzeitsfoto meiner Großeltern", sagt Filippo sofort. „Ja, das habe ich geahnt", sagt Anna. „Die hier abgebildete Braut ist ja dann wohl deine Großmutter?", fragt sie. „Ja, sie hieß Edda", sagt Filippo. „Genau. Und sie hatte einen Bruder?" „Klar, das war Valentino. Hier steht er auch am Rande des Bildes." Anna erzählt weiter. „Ja, und diese beiden Geschwister sind als Jugendliche mehrfach auf anderen Fotos zu sehen, einmal hier, wie sie auf dem Mäuerchen am römischen Brunnen sitzen, ein anderes Mal, schau da, wie sie auf einer Außentreppe eines Hauses unten an der Mühlen-Brücke stehen." Anna blättert etwas hektisch in dem Album herum. „Und weißt du, was mich daran stutzig macht? Der Mann, der dort direkt hinter ihnen auf der Treppe steht, ist der gleiche Mann, den ich auf diesem Hochzeitsfoto von Edda wieder erkannt habe. Demzufolge vermute ich, dass es sich um Eddas Vater handeln könnte. Richtig?", fragt sie. „Ja, das stimmt", sagt Filippo. Und Anna fährt fort mit ihrer Beobachtung. „Da auf dem Hochzeitsfoto außer ihm und dem Bruder nur ein weiterer älterer Mann, aber zu meiner Überraschung sonst keinerlei Verwandte zu sehen sind, vor allem keine Frauen, habe ich mich gefragt, ob die Mutter von Edda zu dem Zeitpunkt vielleicht bereits gestorben war? Die Eltern des Bräutigams waren jedenfalls deshalb nicht anwesend, weil sie nicht aus dem Dorf kamen. Das konnte ich laut einer Bildunterschrift an einer anderen Stelle entdecken. Was meinst du?" „Ja, auch da hast du völlig recht, das war so. Die Mutter der beiden Geschwister war früh gestorben. Und ihr Vater war nach unten ins Tal gezogen, als sie Jugendliche waren. Du bist ja geradezu wie eine Kriminalistin vorgegangen", antwortet Filippo schmunzelnd.

„Aber die große Frage ist: Wer ist dann der andere Mann hinter dem Brautpaar?" „Tja", räuspert sich Filippo „Der eine ist, wie bereits gesagt, mein Urgroßvater, der Vater von Edda, und der andere ist sein Bruder, ein gewisser ‚Tognu du sinque'", erläutert er. „Aha, das ist ja hochinteressant." Staunt Anna. „Dieser Tognu ist nämlich der Vor-Vor-Besitzer unseres Hauses gewesen. Hast du das gewusst? Und was bedeutet der Beiname ‚du sinque'? Ist dir das vielleicht bekannt?", fragt Anna neugierig. Filippo holt aus: „Also – in unserem Dialekt heißt ‚Tognu du sinque' so etwas wie ‚Antonio, einer von Fünfen', weil er eines von fünf Kindern war. Vielleicht hatte auch mein Urgroßvater einen solchen Beinamen, das weiß ich aber nicht; möglicherweise waren die anderen drei Geschwister weggezogen oder aber bereits gestorben. Bei der Hochzeit von Edda lebte also ihre Mutter nicht mehr, daher bestand die Familie nur aus ihrem Vater, ihrem Bruder und als einzigem weiteren Verwandten aus ihrem Onkel Tognu. Das war in der Tat eine für die Zeit ungewöhnlich kleine Hochzeitsgesellschaft." Diese familiäre Verbindung bestätigt nun also eine These, die Anna bereits seit Langem vermutet hatte.

Anna berichtet von einem weiteren Detail: „Und übrigens ist dieser Tognu der Großvater von Marco, dem Koch in unserem Dorfrestaurant. Dann müssen doch Marco und du Cousins sein, richtig?" „Ja, auch das stimmt. Ja, ja, diese Verwandtschaft ist mir natürlich bekannt", sagt Filippo. Anna ergänzt: „Und nun gibt es noch eine Koinzidenz. So viel ich von Marco weiß, hat dieser Tognu im ersten Quartal des letzten Jahrhunderts in dem Haus gelebt, das heute uns, also Bernt und mir, gehört. Es hatte lange leer gestanden, ist auch hier auf den großen alten Fotos von 1900 abgebildet. Tognu hatte es gekauft, allerdings wissen wir nicht von wem. Er muss es später in den Sechzigerjahren an Chiara, die ,avocatessa', weiterverkauft haben, und wir haben es wiederum von Chiara vor 25 Jahren abgekauft." „Ach so", ruft Filippo jetzt aus, „jetzt verstehe ich auch, warum du so an dieser Familiengeschichte interessiert bist. Nein, wirklich? Wo Tognu gelebt hat, war mir bisher nicht bekannt, das ist ja wirklich witzig. Siehst du, so haben wir beide auch etwas gemeinsam. Vielleicht war meine Großmutter Edda sogar als Kind öfters in eurem Haus bei ihrem Onkel? Wer weiß?"

„Ja, das könnte tatsächlich sein", schmunzelt Anna. „Es gibt da aber noch ein anderes interessantes Foto aus deiner Familie, über das ich mir viele Fragen gestellt habe." „Schieß los, ich bin gespannt", sagt Filippo. Anna zeigt auf ein anderes Foto. „Hier ist Eddas Mann, dein Großvater Francesco, als junger Mann abgebildet. Da trägt er kurze Hosen und ein schwarzes Hemd. Die schwarzen Hemden (,camisa nera') waren bekanntlich die Ausstattung der Faschisten unter Mussolini. Unter dem Bild steht, dass es in Äthiopien aufgenommen ist. Das Foto und die Information kommen doch wahrscheinlich von dir?", fragt Anna vorsichtig. „Das ist richtig", sagt er. „Dieses Foto erinnert an eine unrühmliche Epoche der italienischen Geschichte, der Besetzung Äthiopiens durch die italienischen Faschisten zwischen 1936 und 1941. Aber ich weiß leider so gut wie gar nichts über das, was mein Großvater dort getrieben hat", antwortet Filippo. „Ich habe damals den Organisatoren des Albums dieses Foto zur Verfügung gestellt, weil es in meinen Schubladen herumflog und meinen Großvater zeigt. Ich weiß noch nicht einmal, wie und wo meine Großmutter und er sich kennengelernt haben, er stammte ja nicht aus unserem Dorf, wie du schon herausgefunden hast. Das Foto ist aus den Dreißigerjahren, ich habe ihn leider nie kennengelernt. Es wäre schon recht interessant, über sein Leben zu forschen. Du bringst mich da auf eine gute Idee, schließlich sind wir ja alle irgendwie auch ein wenig mit der größeren Weltgeschichte verbunden, auch wenn wir ‚nur' in diesem kleinen Dorf hier gelebt haben oder noch leben. Wir beide sollten uns übrigens öfters einmal treffen und uns über weitere Nachforschungen austauschen." „Ja, das fände ich toll", antwortet Anna und freut sich sehr, in Filippo einen neuen Gleichgesinnten und vielleicht sogar Freund gewonnen zu haben.

Sonny ändert ihre Pläne

Anna und Bernt hatten sich durchaus gefreut, dass Sonny von ihrem Aufenthalt bei ihnen in Italien so begeistert war und erwogen hatte, sie nochmals zu besuchen. Dabei wollte sie auch ihre zurückgelassenen Kleidungsstücke und ihr altes Handy abholen. Aber ihr Anruf drei Wochen nach der Ausstellung machte diese Hoffnung zunichte. Sonny berichtete, dass sie nun doch früher als erhofft eine neue Stelle gefunden habe und sich daher aus Zeitgründen keinen weiteren Besuch in Villa erlauben könne. Anna und Bernt sollten die Gegenstände nun doch bitte in ein Päckchen stecken und zur Post geben. Von Stefano war mit keinem Wort mehr die Rede; schließlich hatte Anna ja auch nicht verraten, dass sie die Chatnachrichten und verräterischen Fotos auf Sonnys Handy entdeckt hatte. Wäre ja auch schändlich gewesen, so

169

als hätte sie heimlich ihr Tagebuch gelesen! Und damit war diese kleine „Affäre" wohl ausgestanden.

Kapitel 7: Samstag

Ein Dorffest mit dem Verschönerungsverein

Schon am Mittag hört Anna von der Piazza her merkwürdige Maschinengeräusche, auch mitunter Anklänge von Tanzmusik, immer wieder unterbrochen von lauten Zwischenrufen. Als sie zur Piazza hinuntergeht um nachzuschauen, sieht sie, dass auf dem Dorfplatz Vorbereitungen für ein großes Fest getroffen werden. Sie erinnert sich jetzt, dass der Dorfverschönerungsverein ein Sommerfest angekündigt hatte. Da die finanziellen Mittel der Gemeinde nicht mehr ausreichen für die Ausrichtung eines Festivals wie in früheren Jahren, fällt dieses Kulturereignis bereits seit einigen Jahren aus und damit auch die Gelegenheit für das ganze Dorf, sich wieder einmal zu treffen. Eine kleine Gruppe hat daher spontan entschieden, in diesem Jahr wenigstens ein Dorffest zu organisieren. Diese Gruppe hatte überall Zettel mit der Einladung zu dem Fest in die Briefkästen gesteckt, verbunden mit dem Hinweis, dass jeder seine Getränke und möglichst eine Speise mitbringen möge. Stühle und Tische wurden von der Gemeinde aufgestellt, auch wurde die ‚Brasiliana Band' aus der Nachbargemeinde eingeladen.

Beinahe hätten Anna und Bernt das Fest vergessen, schließlich hatten sie mit dem Aufräumen der Ausstellung alle Hände voll zu tun. Sie überlegen rasch, was sie noch zubereiten könnten, um der Bitte auf dem Zettel nachzukommen und etwas beizusteuern. Bernt eilt zum Einkaufen in die Küstenstadt und bringt ein paar Lebensmittel mit, sodass Anna einen Salat und eine Platte mit gefüllten Schinkenröllchen als ihren Beitrag zum Fest vorbereiten kann. Um acht Uhr am Abend sitzen die beiden mit allen ihren Nachbarn gemütlich auf Bänken und Stühlen auf der Piazza, über der kleine, dreieckige, bunte Fähnchen an einer Leine flattern. Scheinwerfer strahlen die Kirchenfassade an, bunte Lampions schaukeln auf der für die Band aufgebauten Bühne, Wind kommt auf, der an dem Abend noch ein paar Wolken bringen wird.

An einem langen Seitentisch häufen sich Platten und Teller mit Focaccias, Pizzen, Salaten, aufgeschnittenen Tomaten, Mozzarella, Torten und all den leckeren Speisen, die die Dorfbewohner mitgebracht haben. Anna und Bernt sitzen bei Rotwein aus Plastikbechern an einem langen, mit weißem Papier gedeckten Tisch, vor ihnen steht jeweils ein Teller voller Köstlichkeiten. Sie schwatzen mit der Hamburger Nachbarin Franziska und ihren Töchtern. Camillo schaut vorbei und winkt ihnen fröhlich zu, Erdmuthe ist mit ihrem Mann und ihrem Sohn dazu gekommen, Dorothea kämpft am Buffet mit Platten und Tellern und hilft, die Speisen auszuteilen, Paola und Carmela sitzen mit italienischen und Schweizer Nachbarn aus dem Oberdorf am Nebentisch. Weitere Besucher kommen mit Autos und Vespas aus den Nachbarorten herangebraust und suchen Parkplätze am Rande der Piazza, auch sie haben Wein und Speisen mitgebracht, das Buffet wird immer voller und reichhaltiger. Die Band fängt an zu spielen, die Sängerin aus Annas Nachbarhaus in einem rot getupften Blumenkleid hüpft auf die Bühne, schwingt ihre Hüften und singt aus vollem Halse. Viele springen auf und drehen sich zunächst zu Musetteklängen, stampfen dann aber alsbald bei den heißen Salsa-Rhythmen über die Piazza.

Bei diesem Rhythmus hält es Anna nicht mehr länger auf ihrem Stuhl. Sie swingt und dreht sich, tanzt mal mit Franziska, mal mit Petra. Alessandra dreht an Anna vorüber und strahlt sie an. „Anna, du bist einfach grandios, wie du dich bewegst und tanzt", ruft sie ihr zu. Bald ist die Salsa-Tanzwelle abgeebbt und man dreht sich wieder paarweise bei leiseren Musettetönen im Kreis. Etwas erhitzt setzt sich Anna zu Bernt, der das Gespräch dem heißen Tanzen vorzieht. Sie ist erstaunt, Paola neben ihm und Carmela ihm gegenübersitzend vorzufinden und setzt sich dazu.

Paola schenkt Bernt ein weiteres Glas ihres Weines ein und unterhält sich angeregt mit ihm. Carmela strahlt Anna an, als sie sich ihr gegenübersetzt. „Na, wie ist es bei euch mit den Fotos gelaufen?", fragt sie Anna neugierig. Im Halbdunkel hat sie ihre ewige Schirmmütze abgelegt und ihre lockigen dunkelblonden Haare kommen zum Vorschein. Hinter ihrer kleinen Nickelbrille schaut sie Anna mit großen Augen vergnügt an. Anna ist ziemlich erstaunt über diese neue Freundlichkeit. Hat Paola, ihre Mutter, ein wenig Fürsprache gehalten und Carmela von den positiven Reaktionen der Besucher erzählt? Hat Carmela etwa ihre kritische Meinung über Annas und Bernts Ausstellung geändert? „Ja, gut ist es gelaufen", sagt Anna. „Viele Besucher aus den Nachbarorten und von der Küste sind gekommen. Sie haben sich über dieses Erbe aus einer verflossenen Zeit offensichtlich gefreut, auch wenn sie die Menschen von vor über 100 Jahren natürlich nicht mehr kennen, es ist ja zu lange her. Welcher Enkel kennt noch seine Urgroßeltern von Angesicht? Es gab ja damals nur ganz wenige Fotografen, die solche Bilder machen konnten. Aber schade, dass du nicht da warst. Ich hätte dir die Ausstellung gerne gezeigt, ja eigentlich hätte ich sie sogar gerne mit dir gemeinsam gestaltet. Schließlich hast du ja als Erste ein Album mit Fotos über die Dorfbewohner herausgegeben. Wir hätten uns gut ergänzen können."

„Na ja, es ist so", meint Carmela, „die Fotos, die du von mir haben wolltest, traute ich mich so richtig nicht herauszugeben, da viele der alten Dorfbewohner sie mir vertrauensvoll überlassen haben. Ich dachte, sie hätten vielleicht etwas dagegen gehabt, wenn diese Fotos groß in einer Ausstellung hängen würden." „Aber, Carmela, mit der Veröffentlichung in deinem Album haben diese Mitbewohner doch bereits zugestimmt, dass die Fotos einer gewissen Öffentlichkeit zugeführt wurden, oder?", fragt Anna. Carmela ist eine Weile still. Dann sagt sie: „Ja schon, das ist klar. Aber es gibt noch einen anderen Grund: Die Menschen auf den Fotos von Bernardo aus den Jahren vor und nach 1900 kennt ja keiner mehr. An die Menschen auf den Fotos in meinem Album ‚Per non dimenticare' können sich viele der heutigen Einwohner noch erinnern", erläutert Carmela leise. „Ich dachte eben, das Erinnern ist doch wichtig, das ist es, was zählt und was die Leute lieben. Aber natürlich hast du auch recht, das Argument mit den Veröffentlichungsrechten war kein triftiger Grund, eure Ausstellung zu kritisieren." Nach einer Pause fügt sie hinzu: „Aber es gab noch einen dritten Grund für mein Zögern. Du hattest mich um ganz bestimmte Fotos gebeten, und die sollte ich dir in digitaler Form zur Verfügung stellen. Aber – und das war eben blöde – ich hatte die Fotos gar nicht mehr auf meinem PC. Es ist ja schon eine Weile her, dass ich das Album, übrigens mit Hilfe anderer Freunde und Freundinnen, veröffentlicht habe. Mittlerweile habe ich längst einen

173

neuen Rechner, und nur noch wenige der alten Fotos sind darauf abgespeichert. Ich habe mich nicht recht getraut, dir das zu sagen", meint sie etwas kleinlaut. Anna nickt und beschwichtigt: „Ach so, das kann ich natürlich verstehen." Dann trinkt sie genüsslich einen Schluck aus ihrem Glas.

„Weißt du", fügt Anna hinzu, „es wäre eben schön gewesen, wenn wir die alten Fotos von 1900, deine Fotos von 1960 und ein paar aktuelle Bilder von heute miteinander verglichen hätten, wir hätten sie einander gegenüberstellen können. Das war eigentlich Bernts und meine Idee. Das ist uns nicht so gut gelungen, weil es nur wenige Fotos gab, die sich für eine solche Gegenüberstellung eigneten. Aber zum Beispiel hattest du ein Foto von einem Mandelbaum, auf dem Kinder schaukelten, und wir entdeckten, dass es diesen Mandelbaum noch immer gibt und machten selbst ein aktuelles Bild davon. Auch Fotos von der Piazza und einigen Gassen, die schon Bernardo fotografiert hatte, konnten wir in deinem Album entdecken, sodass man die Veränderung zwischen 1900, 1960 und heute hätte aufzeigen können", erklärt Anna. „Ja klar, das verstehe ich schon", sagt Carmela, „aber es ist jetzt, wie es ist."

„Na ja", erläutert Anna noch „es gibt natürlich auch einen großen Unterschied zwischen der Qualität der Fotos, die man dir für das Album überlassen hat und denen von Bernardo. Bernardos Fotos haben etwas von einem Kunstwerk, sie sind fotografisch ganz besonders gelungen, das haben viele Besucher auch bemerkt. Man muss sich vorstellen, wie damals fotografiert wurde. Mit der damaligen Technik mussten die Menschen ja ganz lange stillhalten, bis ein Foto geschossen werden konnte. Es sind keine Schnappschüsse oder Momentaufnahmen, es sind alles von ihm inszenierte und gestellte Fotos. Darum ist es umso erstaunlicher, wie er das alles hingekriegt hat. Auch seine silbergrauen Olivenbilder von 1900 oder seine Strandbilder sind teilweise so skurril und gut gemacht, dass sie eigentlich in ein Museum oder einen speziellen Kunstband gehören. Aber das war uns leider nicht möglich zu organisieren", fügt Anna seufzend hinzu. „Ja, schade, vielleicht können wir so etwas einmal gemeinsam angehen, ich könnte mich ja umhören, wer daran interessiert sein könnte", sagt Carmela. Anna schaut sie zweifelnd an und überlegt, ob sie das wirklich ernst meint. „Ja, das wäre doch schön", sagt sie dann.

„Gibt es eigentlich noch andere Gründe, warum du so kritisch uns und der Ausstellung gegenüber reagiert hast?" fragt Anna dann. „Immerhin bist du doch zum Bürgermeister gegangen und hast ihn gefragt, ob es in Ordnung sei, dass Ausländer hier im Dorf gefundene Familien-Fotos ausstellen. Wir hatten sie ja nicht gestohlen, sondern man hat sie uns überlassen, wir haben sie aus den alten Negativen entwickelt, und unsere Idee war, sie allen Dorfbewohnern auf diese Weise zugänglich zu machen, sozusagen wiederzugeben", erläutert Anna. „Ja, ja", sagt Carmela zögerlich und wird dann doch sehr deutlich. „Da gibt es tatsächlich so ein Bauchgefühl bei uns. Schau, es ist doch so gewesen: Ihr Nordeuropäer kommt daher und kauft unsere Häuser, richtet sie als euer Feriendomizil ein und wohnt darin. Und dann verwendet ihr auch noch unsere Dinge, unsere Bilder, unsere Gegenstände und deutet sie einfach für euch um. Ihr nehmt sozusagen Besitz davon, reißt sie aus dem Zusammenhang und dadurch werden sie irgendwie entwürdigt. So habe ich manchmal das Gefühl." Anna schaut Carmela etwas verstört an, kratzt sich am Kopf und nimmt dieses Mal einen tiefen Schluck aus ihrem Glas. Mit einem solchen Vorwurf hat sie nicht gerechnet. Wie soll sie darauf reagieren?

Schließlich, nach längerem betretenem Schweigen, fragt Anna: „Woher bist du und ist deine Familie eigentlich gekommen und wann?" „Wir kommen aus Kalabrien und meine Eltern sind meinem Bruder gefolgt, als er hier Arbeit gefunden hatte", sagt Carmela. „Bei uns waren früher in den Siebziger- und Achtzigerjahren alle arbeitslos und sehr arm. Ich war ja damals noch sehr jung, aber ich habe hier meine Jugend verbracht und bin praktisch in diesem Dorf groß geworden. Die alten Dorfeinwohner, sie leben heute leider nicht mehr, die auf den Bildern im Album abgebildet sind, das waren meine Nachbarn, sie waren fast so etwas wie meine Großeltern, Tanten und Onkel. Ich habe sie liebgewonnen mit all ihren Eigenheiten und Verrücktheiten. Das alte Dorf war damals noch irgendwie lebendig, wenn auch schon etwas krank und verfallen. Es waren ja nur noch die alten Menschen hier, die Jungen waren alle an die Küste gezogen. Aber für uns war das hier unser Heim, fast wie ein Paradies, diese Natur, diese Gärten, diese alten Dorfhäuser, viele davon waren ja damals noch intakt. Und für mich und meine Familie gab es hier Arbeit, in der Gastronomie, in der Pflege oder in der Landwirtschaft, die war allemal leichter zu finden als in Kalabrien", erzählt sie Anna und schaut mit verträumtem Blick auf das Gewühl auf der Tanzfläche und die plaudernden Menschen an den Nachbartischen.

„Siehst du", sagt Anna. „Die Liebe zu dieser Gegend hat auch uns als Ausländer hierhergeführt, vielleicht nicht die Suche nach Arbeit wie in eurem Fall. Aber die Suche nach landschaftlicher Schönheit, die Nähe zum Meer, das mediterrane Klima, die gute und gesunde italienische Küche, das Lebensgefühl der Menschen hier, das hat eben immer schon Nordeuropäer nach Italien gelockt. Die einen kommen nur für kurze Zeit und gehen wieder, die anderen entdecken, dass es verlassene Häuser und ganze leerstehende Dörfer gibt und dass die wenigen verbleibenden Besitzer sie freudig anderen Menschen gegen eine gewisse Geldsumme überlassen. Und schließlich wurden viele der Ruinen so wieder aufgebaut, und nun sind viele der Dörfer wieder von einem eigenen, wenn auch veränderten Leben erfüllt. Sah das Dorf in den Sechzigerjahren nicht traurig aus, so grau, zerfallen und öde? Das sieht man auf manchen Bildern in deinem Album!" „Jaaa", meint Carmela etwas gequält. So ganz folgt sie Annas Argumenten wohl noch nicht. Anna versucht, Carmela weiter zu überzeugen: „Ich fand es zum Beispiel auch witzig, dass die Ersten, die es dauerhaft hierherzog, Künstler waren. Du erinnerst dich ja sicherlich noch an sie. Dann kamen die etwas wohlhabenderen Geschäftsleute, die es sich leisten konnten, größere Ferienhäuser zu besitzen und dauerhaft zu unterhalten, danach kamen Süditaliener auf Arbeitssuche, so wie ihr, und auch Nordafrikaner. Und schließlich wurde das Dorf wieder soweit bewohnbar, dass nun selbst Italiener von der Küste wieder heraufziehen, weil es hier Ruhe, gute Luft und preiswerte Wohnungen gibt. Das ist doch so, oder? Und hat sich das alles mittlerweile nicht zu einem internationalen Dorf zusammengerüttelt, das wir alle mögen? Sieh dir das doch heute Abend hier an! Ist das nicht erstaunlich?", fragt Anna. „Ja, wenn du das so siehst, hast du natürlich recht", gibt Carmela zu. „Wir waren genauso Migran-

176

ten, wenn auch aus anderen Gründen als ihr Ferienhausbesitzer aus Nordeuropa."

„Aber", bringt Carmela dann ihr Argument vor. „Die Art und Weise, wie viele von euch sich der Dinge, der Häuser, der Grundstücke, der Gegenstände hier bemächtigt haben, das produziert mitunter ein ungutes Gefühl, ein Grummeln im Bauch sozusagen. Kannst du das verstehen?" Anna denkt nach und merkt, wie sie sich mit Carmela immer mehr einig wird über die Transformation, die sich hier im Dorf ereignet hat. Schließlich übernehmen Nordeuropäer viele der Tätigkeiten, die die Dorfbewohner einmal selbst bewerkstelligt haben. Das geht ja so weit, dass sie selbst Olivenbauern werden wollen, sozusagen als Freizeitbeschäftigung. Es gibt an der Küste Nordeuropäer, die Eisdielen betreiben, eine Urtätigkeit für echte Italiener oder es gibt ausländische Restaurantbesitzer, die vorgeben, echte italienische Küche anbieten zu wollen. Manches geht irgendwie zu weit, findet auch Anna. Das Thema hat sie ja auch vor und während der Vorbereitungen für die Ausstellung begleitet.

„Dein Einwand bringt mich echt zum Nachdenken", gesteht sie Carmela. „Vieles haben wir Nordeuropäer uns tatsächlich hier angeeignet, ohne darüber nachzudenken, wie das bei den Dorfbewohnern ankommen könnte. Ich denke auch an die Festivals, die früher hier stattfanden. Die hast du ja auch erlebt. Eigentlich haben doch damals die Künstler die Kirchen, die Gassen oder die Piazza wie eine Kulisse benutzt. Vielleicht war es aber auch eine Inspiration für ihre Kunst. Dort haben sie ihre Werke angebracht, aufgehängt, vorgeführt, dort haben sie sich zu Musik inspirieren lassen, das mediterrane Lebensgefühl hat sie Kompositionen oder Romane hervorbringen lassen." „Ja stimmt", sagt Carmela.

Anna hat noch andere Beispiele: „All diese Cantinas, Ölmühlen, Heuschober und Schuppen haben doch praktisch ihre Funktionen aus dem bäuerlichen Dasein verloren. Sie sind zu Häusern und Wohnungen umgebaut geworden. Terrassen und kleine Balkons wurden zu geräumigen oder versteckt blühenden Dachgärten, ehemalige Nutzgärten werden immer öfter zu Swimmingpools", sagt sie. „Ja, genau", pflichtet

Carmela ihr bei. Nun gibt Carmela allerdings zu, dass ihre Sicht der Dinge doch auch recht romantisch ist. „Nur noch die Mulipfade erinnern an die alte Zeit", sagt sie sichtlich traurig. „In der Kirche werden keine Messen mehr abgehalten, aber sie haben noch ihren Turm mit der Glocke. Und diese schlägt wie in alten Zeiten um acht Uhr morgens, um zwölf Uhr mittags und um sieben Uhr abends. Immer werden wir Menschen daran erinnert, dass der Tag, früher der oftmals harte und heiße Arbeitstag, streng eingeteilt ist. Noch immer liefern die alten Feigen- und einige andere Obstbäume alljährlich ihre Früchte. Noch immer hängen an den alten Olivenbäumen alle Jahre die kleinen grünschwarzen Oliven, auch wenn sie heute nicht mehr in den kleinen ‚frantoios' des Dorfes verarbeitet werden, sondern in große, maschinell betriebene Mühlen gebracht werden. Immerhin liefern sie uns doch noch immer das wunderbare, kostbare gelb-grüne Olivenöl." „Ja, das ist doch wunderschön und wohltuend. Wir sind uns da völlig einig", sagt Anna. Die beiden Frauen lachen sich an und stoßen ihre Weingläser aneinander.

Inzwischen haben Bernt und Paola ihr Gespräch beendet. Carmela und Anna lächeln sich verständnisinnig an. Paola geht an die Theke und kommt dann mit vier kleinen Tassen mit starkem Kaffee zurück. Auf dem Tisch steht schon ein Becher mit Zuckertütchen. Jeder nimmt sich eines, schüttelt es heftig, damit der Zucker sich in einer Ecke sammelt, dann reißen alle zusammen fast gleichzeitig die Zuckertütchen auf, schütten sich den Zucker in die Gläschen, rühren um und schlürfen den Kaffee hinunter. Camillo stellt ein paar Gläschen Limoncello am Tischende ab, die dann verteilt werden. Ein gemütlicher Abend geht zu Ende. Es ist etwas kühl und feucht geworden. Anna zieht den Schal, den sie mitgebracht hat, etwas enger um ihre Schultern.

Kapitel 8

Etwas später im Jahr - Ein Jahr später

Etwas später im Jahr...

... kam heraus: Die Einbrecher in Annas und Bernts Wohnstube waren tatsächlich Jungs aus einer albanischen Großfamilie. Sie waren ein paar Monate nach der Ausstellung von der Polizei unten im Küstenort aufgegriffen worden, als sie wieder einmal einen nächtlichen Einstieg vorhatten. Einer der Jungs hatte versucht, über eine Mauer zu fliehen und war dabei unglücklich gestürzt. Er brach sich ein Bein und konnte deshalb sofort dingfest gemacht werden. Bei der Vernehmung stellten sich dann ein paar interessante Fakten heraus, wobei Bernt und Anna nur an den Vorfällen in ihrem Dorf wirklich interessiert waren. Im Fall des Diebstahls in ihrem Haus ergaben die Ermittlungen, dass die Jungs von einem Mann aus dem Küstenort angestiftet worden waren. Ihr Auftrag war, dass sie nach einem bestimmten gemalten Porträt in diesem Haus Ausschau halten und es bei dem Einbruch mitnehmen sollten. Sie wurden mit 100 Euro dafür entlohnt. Nebenbei machten sie natürlich ihre übliche Beute, Kameras, Handys, Geldbeutelinhalt; darin hatten sie mittlerweile große Routine entwickelt. Bei den Ermittlungen wurde das Bild sogar wieder gefunden und als Diebesgut sichergestellt. So gelangte es irgendwann wieder in Annas Hände.

Warum nur dieses Bild? fragten sie sich immer wieder. Wer war der Auftraggeber? Und wer war der Mann auf dem Bild, was war daran so begehrenswert? Es stellte sich heraus, dass eben jenes Porträt, das Anna einmal von Federico, dem alten Maurer, aus dem herumliegenden Müll im Nachbarhaus erhalten hatte, das Konterfei eines Verwandten des ominösen Auftraggebers war, das er in seinen Besitz bringen wollte. Dieser, so erfuhren sie nach der Festnahme der jungen Diebe, war jener Freund von Camillo, den er einmal bei einem Besuch in Annas und Bernts Wohnung mitgebracht hatte und der wohl das Bild dort gesehen hatte. Aber natürlich hat er damals nicht zu erkennen gegeben, dass er das Bild bereits aus einem anderen Zusammenhang kannte und es sich dabei um jemanden aus seiner Familie handelte. Auch nicht, dass es ihn ganz offensichtlich berührte oder auch mächtig störte, dass es hier bei Deutschen in der Wohnstube ihres ligurischen Ferienhauses hing. Möglicherweise war er sogar wütend darüber, dass diese „Ausländer" nicht nur die Häuser seiner Vorfahren aufgekauft hatten, um darin ihre Ferien zu verbringen, sondern dass sie auch in den gefundenen Möbeln und mit den persönlichen Dingen seiner Ahnen lebten. Sie schmückten damit ihre Wohnung, als wäre es ein bedeutungsloses Dekor. Er hatte es bei dieser Entdeckung belassen, jedoch mit niemandem jemals darüber geredet.

Ein ungutes Gefühl beschlich Anna und Bernt erneut: Die Schränke und Tische, die ihre Vorgängerin zurückgelassen hatte, die Gegenstände, die Federico ihnen aus liegengelassenen Beständen aus dem Nachbarhaus angeboten hatte, einige selbst gefundene Dinge hatten sie einfach für sich weiter genutzt, ohne zu wissen, woher diese Dinge wirklich stammten und ob sie jemandem noch etwas bedeuteten. Schließlich hatte ja auch Federico bereits Gegenstände aus den verlassenen Häusern und ‚cantinas‘, die ihm bei Renovierungsarbeiten in die Hände gefallen waren, entwendet bzw. „gerettet" und zum Teil verschenkt, zum Teil verkauft, wie zum Beispiel die alten Ölvasen. Aber es gab auch niemanden, der zu der damaligen Zeit darauf einen Anspruch erhoben hätte. Daher hatten Anna und Bernt auch keine Gewissensbisse verspürt, die Dinge anzunehmen und in ihren Räumen aufzustellen oder aufzuhängen. Zusammen mit ein paar alten Möbeln und einem Wandteppich mit einem Marienbildnis hatten sie dieses Porträt eines Bauern vereinnahmt und damit ihre Wohnung möbliert. Sie fanden das Männerporträt eben schön, sehr typisch für einen Bewohner dieses Dorfes und sehr ansprechend. Aber dass jemand auf die Idee kommen könnte, junge Albaner auf ihrem Raubzug zu beauftragen, an dieses Bildnis zu gelangen, wäre ihnen doch niemals in den Sinn gekommen.

Nun beschäftigte sie allerdings doch die Frage, wer sich hinter diesem Auftraggeber wirklich versteckte, wie er mit dem Dorf in Beziehung stand und vor allem, wer der Mann auf dem Bildnis sein könnte. Und warum er, um an das Bild zu kommen, einen Auftragsdiebstahl gewählt hatte. Für zwei dieser Rätsel gab es ziemlich bald eine Auflösung. Als Anna und Bernt sich darüber mit Camillo unterhielten, erfuhren sie nämlich, dass Camillos Begleiter beim damaligen Besuch ein Verwandter von ihm war. Es handelte sich also nicht nur um einen früheren Freund, wie er damals behauptet hatte, sondern um einen etwas entfernten Cousin. Irgendwie sind ja hier alle miteinander verwandt, wie bereits früher festgestellt, sodass diese Eröffnung nicht allzu überraschend war. Camillo war aber sichtlich entsetzt und peinlich berührt, als er nunmehr erfuhr, was sein Cousin nach dem Besuch bei Anna und Bernt heimlich geplant hatte. Als er ihnen den familiären Hintergrund seines Cousins erläuterte, wurde die Geschichte etwas klarer. Er war der Sohn jenes Schmieds, der dem alten Herrn aus der Schweiz das erste Haus im Dorf verkauft hatte. Er hatte damals weder die restliche Familie noch seine damals kranke Frau, eine Schwester des Fotografen, über den Verkauf informiert. So hatte Signora Grazietta einmal den geheimnisvollen Verlauf des Hausverkaufs geschildert, als sie mit Anna in deren Mühlenapartment zusammensaß. Dieser Schmied und seine ganze Familie, auch jener Sohn, hatten unter dem Streit, den dieser Vorfall nach sich zog und der Verachtung durch die Familie so viel zu erdulden, dass er daraus vielleicht eine Art Trauma entwickelt hatte. Das war also Camillos sogenannter Cousin. Sein wirkliches Motiv blieb allerdings etwas im Dunkeln, war bisher nur eine Vermutung.

Die Diebe saßen im Gefängnis, das Diebesgut ging an die Besitzer zurück, so war das Bild wieder in Annas und Bernts Händen gelandet. Als sie das Bild nun mit ganz neuen Augen studierten und etwas über den Auftraggeber des Diebstahls in Erfahrung gebracht hatten, wollten sie nun doch auch das Geheimnis lüften, wer denn hier abgebildet sein könnte. Sie gingen damit zu Signora Grazietta, der Chefin der Ölfabrik, der einzigen Überlebenden aus jener Familie, die sie kannten und die für sie zugänglich war. Durch sie erhofften sie sich eine Aufklärung dieser rätselhaften Familienfehde, die Person jenes Schmieds und eventuell eine Deutung der Person auf dem Bild. Sie baten sie nachzusehen, ob sie den Mann auf dem Gemälde eventuell anhand alter Familienfotos identifizieren könne. Das Bild war ja damals im Hause von Signora Graziettas Großvaters aufgetaucht. Es dauerte ein paar Wochen, bis

Anna schließlich eingeladen wurde, in die Ölfabrik zu kommen. Man wolle ihr nicht nur, wie zuvor einmal versprochen, die Ölproduktion vorführen, sondern man habe auch eine außerordentliche Nachricht für sie.

Bei Wein, Öl und Oliven feierten sie die kleine, große Neuigkeit: Die Signora bestätigte, dass es sich bei dem Porträt tatsächlich um *Bernardo*, den Fotografen, ihren Großonkel handelte. Signora Grazietta hatte eine Ähnlichkeit auf einem Foto erkannt, auf dem die Brüder ihres Großvaters abgelichtet waren und ihn so identifiziert. Bernt und Anna hielten also endlich ein Bildnis von dem Fotografen selbst in den Händen, nicht nur seine Bilder, an denen sie sich so lange und so ausgiebig erfreut hatten.

Ein Jahr später

... saßen Anna und Bernt im Gerichtssaal der kleinen Küstenstadt bei einer Verhandlung des Diebstahls. Anna und Bernt waren als Zeugen für die Gerichtsverhandlung in der Provinzhauptstadt vorgeladen; die wirklichen Täter waren natürlich längst aus Italien entfleucht und gegen sie wurde in Abwesenheit nur noch pro forma verhandelt, um ihre Wiedereinreise zu verhindern. Somit saß nur der arme Anstifter der Entwendung des alten Ölgemäldes aus ihrem Wohnzimmer auf der Anklagebank.

Sie erkannten den Mann, der nun völlig in sich zusammengesunken auf der Anklagebank kauerte. Allerdings hatte er einen Blick in den Saal geworfen und auch Anna und Bernt entdeckt. Er war eine bislang völlig unbescholtene Person, „der Polizei unbekannt", das hatte ihnen schon längst ihr Nachbar Gabriele, der Polizeiermittler, erzählt. Sie waren überrascht, dass es überhaupt zu einer Gerichtsverhandlung gekommen war; sie konnten sich das nur so erklären, dass in jenem Sommer in der ganzen Gegend viele solche Diebstähle und Einbrüche vorgekommen waren und dass sich die Ermittlungsbehörden so sehr darüber geärgert hatten, dass man wenigstens zukünftige Täter irgendwie abschrecken wollte. Anna und Bernt hatten die ganze Episode schon fast vergessen;

der einzig verbliebene Angeklagte tat ihnen eigentlich nur noch leid. Wer hatte denn das alte Bild ursprünglich aus dem Haus in ihrer Nachbarschaft entwendet? Schließlich war das doch Federico, der Maurer, als er es vor vielen Jahren in dem alten, verlassenen und langsam verfallenden Haus gefunden hatte. Sie, Anna und Bernt, hatten es ja lediglich als „Schmuckstück" in ihrem Wohnzimmer aufgehängt. Warum und wie sehr hat das wohl den nun hier Angeklagten getroffen, als er damals in ihrem Wohnzimmer das Bild erblickt hatte? Er war offenbar zum ersten Mal in seinem Leben straffällig geworden und wieso hatte er sich doch wahrhaftig mit Dieben eingelassen? Was war wirklich sein Motiv?

Anna und Bernt hatten beschlossen, das alte Bild als „corpus delicti" in die Gerichtssitzung mitzunehmen; sie dachten sich, dass sie es dabeihaben sollten, um es vielleicht dem Richter vorzuzeigen oder gar dem Angeklagten zu übergeben, falls sich ihre Vermutungen irgendeines Traumas in der Verhandlung als zutreffend herausstellen sollten. Sie dachten auch, dass das Gericht diese ganze Bagatelle in einer Viertelstunde abgehandelt haben würde. Es dauerte dann aber doch etwas länger. Zuerst wurde der Angeklagte vernommen, um sein Motiv herauszufinden: Warum hatte er die Diebe angestiftet und belohnt, um das Bild mitgehen zu lassen? Ganze 100 Euro hatten dafür genügt, das stand schon so in den Ermittlungsakten. Der Angeklagte war völlig zerknirscht, und es war im offensichtlich zutiefst peinlich, diese Angaben noch einmal wiederholen und bestätigen zu müssen. Ebenso unangenehm war es ihm, seine familiäre Beziehung und seine Gefühle für den Großonkel Bernardo, den er natürlich gar nicht persönlich gekannt haben konnte, öffentlich zu erläutern. Er hatte ihn aus tiefstem Herzen verehrt.

Seine Mutter hatte ihm von dem jungen Ingenieur und Fotografen Bernardo, der ihr Bruder war, erzählt. Er war zu seiner Zeit in der Gegend sehr bekannt und der Stolz der ganzen Familie. Immerhin hatte er beim Wiederaufbau nach dem großen Erdbeben am Aschermittwoch 1887 dafür gesorgt, dass die Gebäude der Zukunft erdbebensicher errichtet wurden. Viele dieser damaligen Neubauten im Stil des Klassizismus prägen noch heute das Bild des Städtchens am Meer unterhalb von Villa. Bernardo war der Erste, der einen wirklichen sozialen Aufstieg aus einer bäuerlichen Familie geschafft hatte. Er blieb aber sozusagen „geerdet" und kam oft nach Villa zurück; seine Spuren hatten Anna und Bernt ja in Form der alten Fotographien dort entdeckt; besonders die vielen liebevollen Porträts und Gruppenfotos zeugen davon, dass er sich für seine Herkunft nie geschämt hat.

Der Angeklagte hob den Kopf und erzählte nun stockend, fast den Tränen nahe, dass der Großonkel das Vorbild seiner Kindheitsträume gewesen war. Er wollte so wie er auch Bauingenieur werden, aber er hatte die Sekundarschule nicht abgeschlossen und weitere Ausbildungskosten konnte sich die Familie nicht leisten. So blieb es bei einem unerfüllten Traum. Er sank wieder in sich zusammen. Dann schilderte er, wie er in den Sechzigerjahren die „Vereinnahmung" – wie er es nannte – des Dorfes und der Häuser im Geburtsort seines viel bewunderten Großonkels erlebt hatte. Er bedauerte sehr, dass dort mittlerweile nichts mehr an seine Familie von einst erinnerte.

Anna und Bernt merkten, wie er Mühe hatte, seine versteckten Aggressionen gegen die vielen „reichen Ausländer", die sich allmählich überall in den Dörfern der ganzen Gegend Häuser für ihren Zweitwohnsitz gekauft hatten, zu verbergen. Er konnte es nicht klar artikulieren, aber es war deutlich zu spüren, welchen Hass er gegen Fremde hegte. Seinem Empfinden nach benahmen sie sich in ihren Ferien wie „Berufs-Einheimische" und bemächtigten sich dabei schamlos aller möglichen lokalen Insignien ihrer eigenen Großartigkeit und Kennerschaft. Deswegen hatte er unbedingt das Gemälde seines Onkels, des Helden seiner Kindheit, in seinen Besitz bringen wollen, koste es was es wolle.

Das war es also: eine vermeintliche Protest- oder auch Trotzreaktion. Und auch ein Dilemma. Das Dilemma des Tourismus. Das Dilemma des Sammelns, Abtransportierens und der Zurschaustellung von Artefakten, die damit ihrer ursprünglichen kontextuellen und emotionalen Bedeutung entkleidet werden. Für Anna und Bernt hat das Bild von Bernardo, wenn sie ehrlich waren, tatsächlich keine tiefere Bedeutung, es war nur eine dekorative Spur in die Vergangenheit. Für den Ange-

184

klagten ist das Gemälde aber mehr als nur ein Bild, es ist ein Gesicht, eine lebendige und intime Erinnerung, sein Stolz, ein Teil seiner Identität.

Anna und Bernt machten ihre Aussage und betonten, dass außer des in dieser Gerichtsverhandlung behandelten Einbruchs im gleichen Monat fast ein Dutzend ähnlicher Einbrüche in Villa und Villetta verübt worden waren. Auch sei es wahrscheinlich, dass es sich dabei um die gleichen Täter gehandelt habe. Deswegen wären sie wahrscheinlich ohnehin bei uns eingestiegen, selbst wenn der Angeklagte die Diebe nicht zum Stehlen dieses Bildes angestiftet hätte; und dies umso eher, als der finanzielle Wert der anderen Beutestücke aus dem Wohnzimmer von Anna und Bernt ein Vielfaches von jenem Wert der „Belohnung", nämlich 100 Euro, betragen habe, den der Anstifter den Dieben für das Mitnehmen des Bildes gezahlt hatte. Sie schauten den Angeklagten dabei freundlich an und beendeten ihre Aussage damit, dass sie, da der Wert des Bildes für den Angeklagten offenbar ganz erheblich jenseits irgendeines Geldbetrages läge, ihm gerne das Bild zurückgeben würden.

Es war erschütternd zu sehen, wie der Mann plötzlich seine Fassung verlor und hemmungslos vor sich hin schluchzte. Das hatten die beiden nicht erwartet. Der Richter unterbrach die Verhandlung für eine Weile. Dann kehrte er zurück und verkündete die Einstellung des Verfahrens wegen Geringfügigkeit und dass die Kosten die Staatskasse trage. Seitdem nennen sie den Richter „Salomo", wenn sie diese Geschichte erzählen.

Auf ihrer Rückfahrt nach Villa pfiffen sie fröhlich vor sich hin und freuten sich, dass sie diese Geschichte nun nach Jahr und Tag aus ihrer Sicht endlich und friedvoll beendet hatten. Kurz bevor sie in Villa eintrafen, kam ihnen noch Carmela in ihrem kleinen Geländewagen auf dem Bergsträßchen entgegen gebraust. Sie winkte ihnen routiniert zu und schon war sie vorbei und weg. Auch dieses Kapitel war gut ausgegangen. Bernt sagte zu Anna: „Ob sie uns noch böse ist, dass wir ihr mit der Ausstellung die Schau gestohlen haben? Sie hat doch schließlich als Erste mit ihrem Fotobuch die Leute von Villa in Szene gesetzt! Und keiner davon war ein Onkel oder irgendein Verwandter von ihr." „Na ja", sinnierte Anna, „deshalb wollte sie ihre geliebten Dorfbewohner vielleicht sozusagen davor bewahren, in einer regelrechten Ausstellung wie der unsrigen zur Schau gestellt zu werden. Aber wirklich böse ist sie uns nicht, das habe ich schon bemerkt."

„Oje. Wir sind angekommen. Juhu!! 350 Meter über dem Meer!" Sie gingen in ihr Haus mit der wunderschönen Aussicht auf das Mittelmeer, das auch eine Heimat geworden war; ihre zweite Heimat.

Personen, die im Roman auftauchen

Ehemalige italienische Dorfbewohner:

Bernardo – Fotograf und Ingenieur, in Villa geboren, fotografierte vor 120 Jahren Dorfbewohner, ligurische Landschaften und Strandszenen

Chiara – „l'avocatessa", Vorbesitzerin von Annas Haus

Ernestina – eine ältere Bewohnerin von Villa aus dem Oberdorf

Franca – Tante von Rinaldo, dem Besitzer der alten Ölmühle im Dorf

Lorenzina – verstorbene Tante von Camillo (Erbe), lebte vor Jahren in Paris

Raffaele – ehemaliger Hausbewohner und Besitzer, kommt aus Kalabrien, lebt und arbeitet jetzt in der Küstenstadt

Rinaldo – ehemaliger Bewohner des Hauses unterhalb von Annas Haus, Neffe von Franca, besaß alte Ölmühle im Dorf

Ehemalige ausländische Dorfbewohner:

Aisha – marokkanische Pflegerin, Frau von Bashir, dem Gärtner, lebt heute an der Küste

Annette – Schweizer Hausbesitzerin im Bogen über der Gasse an der Piazza, lebt heute in der Schweiz, Mutter von Peter

Bashir – marokkanischer Gärtner in Großgärtnerei, lebt heute an der Küste

Clara – international bekannte, ehemalige Schweizer Barock-Pianistin

Erna – ehemalige deutsche Hausbesitzerin aus einer Stadt am Rhein, Frau von Roberto

Martha – ehemalige langjährige Dorfbewohnerin aus Süddeutschland mit starkem Akzent

Reinhard – ehemaliger Schweizer Musiker und Komponist, Mitbegründer des Kulturfestivals

Roberto – ehemaliger deutscher Hausbesitzer aus einer Stadt am Rhein, Mann von Erna

Volker – Hamburger Kunstprofessor und Künstler, hat sein Haus an Franziska verkauft

Derzeitige italienische Dorfbewohner:

Carmela – Hausbetreuerin, Pflegekraft, kommt aus Kalabrien, Tochter von Paola

Emilio – deutsch-italienischer Schmied

Magda – Emilios italienische Mutter

Paola – Hausbetreuerin, Pflegekraft, kommt aus Kalabrien, Mutter von Carmela und Raffaele

Stefano – Lehrling bei Emilio, seinem Vater

Die Enkelgeneration der italienischen Hausbesitzer:

Albina – die Mutter von Filippo, wohnt im Haus an der Kurve

Alessandra – Lebenspartnerin von Bruno

Arturo – Hausbesitzer, noch immer Landwirt, Olivenbauer, passionierter Jäger, Partner von Rosalina

Bruno – Automechaniker, Olivenbauer, Enkel eines Hirten, Partner von Alessandra

Camillo – „der Kommunist" genannt, Hausbesitzer und Vermieter, Enkel einer bäuerlichen Familie

Filippo – pensionierter Polizist, Sohn von Albina, wohnt im Haus an der Kurve

Gilberto – Hausbesitzer, der sein Erbe selbst als Ferienhaus nutzt

Marco – Koch und Pächter des Dorfrestaurants, Großeltern besaßen einst Annas Haus

Maria – Mutter von Bruno, verstorben

Rosalina – Hausbetreuerin, Lebenspartnerin von Arturo

Italienische Informanten über die Dorfgeschichte:

Federico – ehemaliger Maurer, der früher viele Umbauten in Annas Haus vornahm

Signora Grazietta – Chefin einer Olivenölfabrik, Großnichte des Fotografen Bernardo

Rosetta – Tochter von Federico, dem Maurer

Vincenzo – Architekt, der die Umbaugenehmigung für Annas Haus erteilte

Derzeitige nicht-italienische Dorfbewohner:

Ahmad – marokkanischer Bauunternehmer

Alfred – schwedischer Hausbesitzer und Vermieter des Hauses unterhalb von Anna und Bernt

Andreas – deutscher Hausbesitzer, Schauspieler

Anna – deutsche Hausbesitzerin, Veranstalterin der Fotoausstellung zusammen mit Bernt, ihrem Mann

Bernt – deutscher Hausbesitzer, Mitveranstalter der Fotoausstellung, Mann von Anna

Dorothea – Schweizer Hausbesitzerin und Vermieterin, Jazz-Musikerin

Elsa – norwegische Besucherin des Hauses ihres Schwiegervaters

Erdmuthe – deutsche Hausbesitzerin, Kunsthistorikerin

Franziska – deutsche Hausbesitzerin, übernahm Haus von Volker, wohnhaft in Norddeutschland

Hans – schwedischer Architekt, Schwiegervater von Alfred

Monique – Schweizer Hausbesitzerin, Enkelin des ersten fremden Hauskäufers im Dorf

Norbert – deutscher Hausbesitzer, Architekt, betätigte sich einst als Spekulant

Peter – Schweizer Hausbesitzer, Designer, Sohn von Annette, wohnhaft in der Schweiz

Petra – Schweizer Hausbesitzerin, Frau von Ricardo, befreundet mit Initiatoren des Kulturfestivals

Ricardo – Schweizer Hausbesitzer, Naturwissenschaftler, Mann von Petra

Sonny – Bernts Großnichte, Besucherin bei Bernt und Anna

Suzanne – Frau von Andreas, Designer

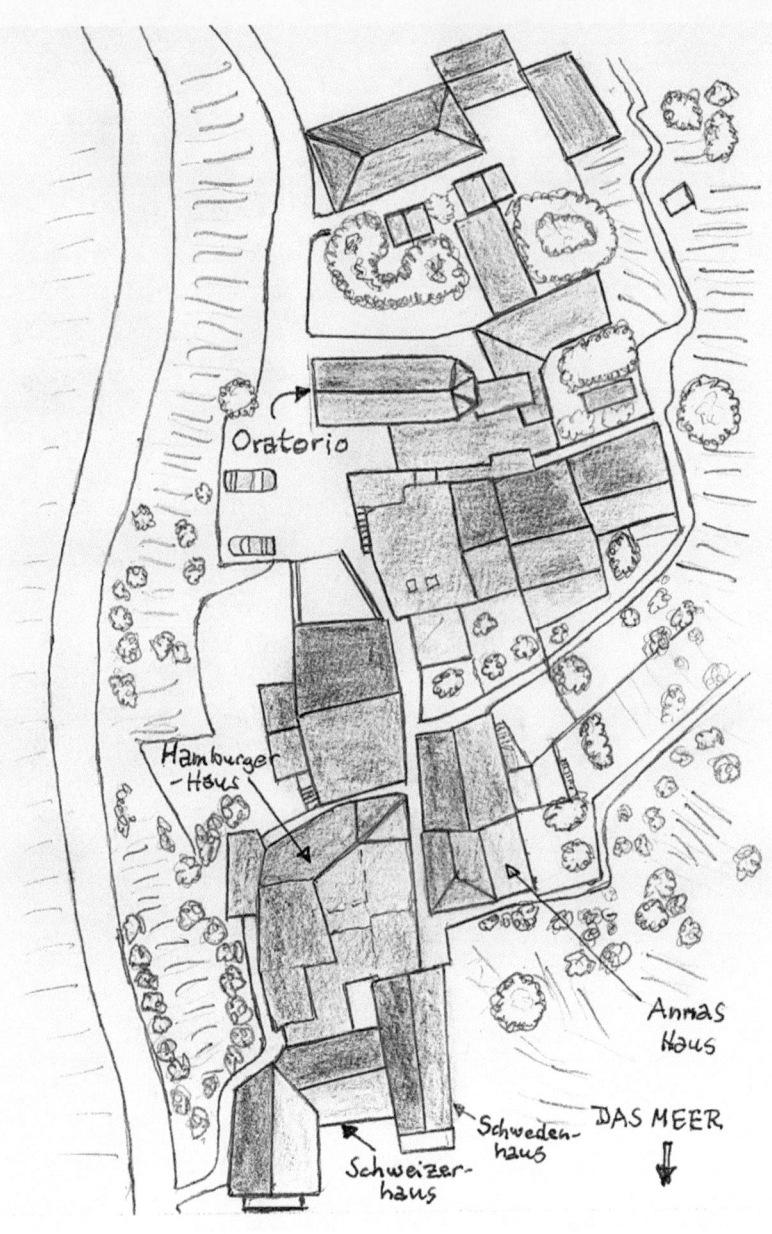

Oratorio

Hamburger-
Haus

Anmas
Haus

Schweden-
haus

Schweizer-
haus

DAS MEER